ciències socials

Saba

smarrels
educació en valors

6 primària

EL TEU LLIBRE

Que important que és...

- la investigació humana.
- cuidar la Terra.
- respectar la diversitat.
- ...

Començaràs cada unitat reflexionant sobre un valor a partir d'un text o d'una imatge.

Seccions més destacades

CONTINGUTS

Els textos i les imatges t'ajudaran a aprendre.

TALLERS

Podràs practicar les tècniques de les ciències socials.

ORGANITZA'T LES IDEES I REPASSA LA UNITAT

Un esquema i activitats que t'ajudaran a repassar.

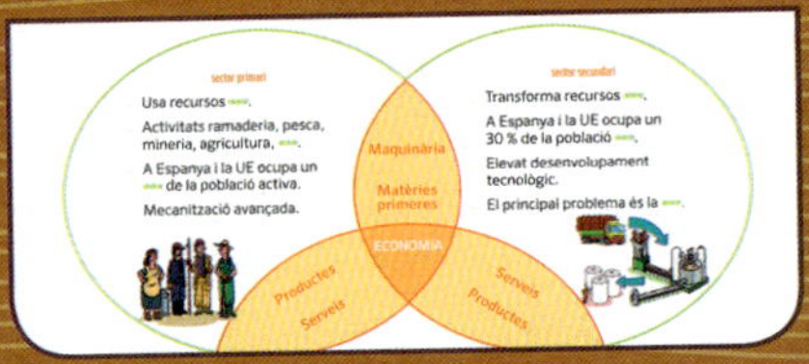

Posa't a prova

Posa en marxa les teues competències i comprova el que has aprés amb la **tasca final**.

Amb les teues unitats

ATLES. EL MEU MÓN, EL MEU PAÍS, LA MEUA COMUNITAT

Aprén més amb aquest atles i coneix a fons la Comunitat Valenciana.

I a més a més...

Al final de cada trimestre

- REVISTA.
- COMPROVA EL QUE HAS APRÉS.
- PROJECTE TRIMESTRAL.

Al final del llibre

APRÉN MÉS

Treballa amb la cronologia i les fitxes d'ampliació.

El teu entorn d'aprenentatge **Saba**digital

(www.smsabadigital.com)
El teu lloc en la web per a aprendre i divertir-te.

Posa't a punt

Activitats inicials per a recordar el que ja saps i preparar-te per a continuar aprenent.

Comprén

Vídeos i animacions que t'ajudaran a comprendre millor els continguts.

Animació

Juga i aprén / Practica

Jocs i activitats. Així, tot el que aprengues no se t'oblidarà.

Joc

Valora el que has aprés

Activitats finals amb les quals comprovaràs tot el que has aprés i com has treballat.

Entrar en **Saba**digital és fàcil:

1. Escriu en internet l'adreça següent: smsabadigital.com
2. Registra't en la pàgina. Anota i recorda el teu usuari i la teua contrasenya.
3. Introdueix el número de llicència que trobaràs quan òbrigues el teu llibre.

unitat

0 La Terra a l'univers

Senyals de fa milions d'anys!

El pol Sud és el lloc més pròxim a l'espai de tota la superfície de la Terra. La sequedat de l'aire i la claredat dels cels permeten que els científics, amb els seus telescopis potents i moderns, arriben fins als senyals més febles i imperceptibles del *Big Bang* que encara solquen l'univers.

I, precisament des del mateix cor de l'Antàrtida, [...] acaben de detectar les primeres proves que demostren la teoria del *Big Bang*.

En una esperada conferència de premsa [...], els investigadors van confirmar ahir la troballa de la primera evidència directa de l'expansió accelerada de l'univers, que es va produir després de la gran explosió que va donar lloc al cosmos.

Diari *El Mundo*,
15 de desembre de 2014

El teu entorn d'aprenentatge Sabadigital

(www.smsabadigital.com)
El teu lloc en la web per a aprendre i divertir-te.

Posa't a punt

Activitats inicials per a recordar el que ja saps i preparar-te per a continuar aprenent.

Animació

Comprén

Vídeos i animacions que t'ajudaran a comprendre millor els continguts.

Juga i aprén / Practica

Jocs i activitats. Així, tot el que aprengues no se t'oblidarà.

Joc

Valora el que has aprés

Activitats finals amb les quals comprovaràs tot el que has aprés i com has treballat.

Entrar en Sabadigital és fàcil:

1. Escriu en internet l'adreça següent: smsabadigital.com
2. Registra't en la pàgina. Anota i recorda el teu usuari i la teua contrasenya.
3. Introdueix el número de llicència que trobaràs quan obrigues el teu llibre.

Índex

Continguts

Més activitats i continguts en smSabadigital.com

unitat

0 La Terra a l'univers

Senyals de fa milions d'anys!

El pol Sud és el lloc més pròxim a l'espai de tota la superfície de la Terra. La sequedat de l'aire i la claredat dels cels permeten que els científics, amb els seus telescopis potents i moderns, arriben fins als senyals més febles i imperceptibles del *Big Bang* que encara solquen l'univers.

I, precisament des del mateix cor de l'Antàrtida, [...] acaben de detectar les primeres proves que demostren la teoria del *Big Bang*.

En una esperada conferència de premsa [...], els investigadors van confirmar ahir la troballa de la primera evidència directa de l'expansió accelerada de l'univers, que es va produir després de la gran explosió que va donar lloc al cosmos.

Diari *El Mundo*,
15 de desembre de 2014

1 L'origen de l'univers

Al llarg de la història, l'ésser humà s'ha preguntat quin és l'origen de l'univers i ha intentat explicar-lo mitjançant la religió i la ciència. Coneixes algunes d'aquestes explicacions?

Tintoretto va representar *L'origen de la Via Làctia* com una escena mitològica.

Com es va formar l'univers?

L'**univers** és el conjunt dels cossos celestes, la matèria i l'energia que hi ha en l'espai.

En l'actualitat, sabem que l'univers ocupa un espai **immens**, on tot està **ordenat** i que es troba en **evolució** contínua. I així i tot, ens queda molt per conéixer!

Hui en dia la teoria més acceptada pels científics per a explicar l'origen de l'univers és la **teoria del *Big Bang***. Segons aquesta teoria, fa 15.000 milions d'anys es va produir una **gran explosió** de matèria. Segons després d'aquesta explosió, l'univers va començar a expandir-se a gran velocitat.

Amb el pas del temps, l'energia d'aquella explosió es va anar refredant i es van formar diferents **acumulacions de matèria**, que van donar lloc a les **galàxies**.

On ens trobem?

Una **galàxia** és un conjunt de gasos, de pols i de milions d'**estreles**, que són masses gegants formades per gasos que emeten llum i calor. La nostra galàxia és la **Via Làctia**.

Una dels milions d'estreles de la Via Làctia és el **Sol**. Al voltant del Sol s'organitza tot el **sistema solar**. Els planetes que orbiten al seu voltant són Mercuri, Venus, Terra, Mart, Júpiter, Saturn, Urà i Neptú.

LA TEORIA DEL BIG BANG

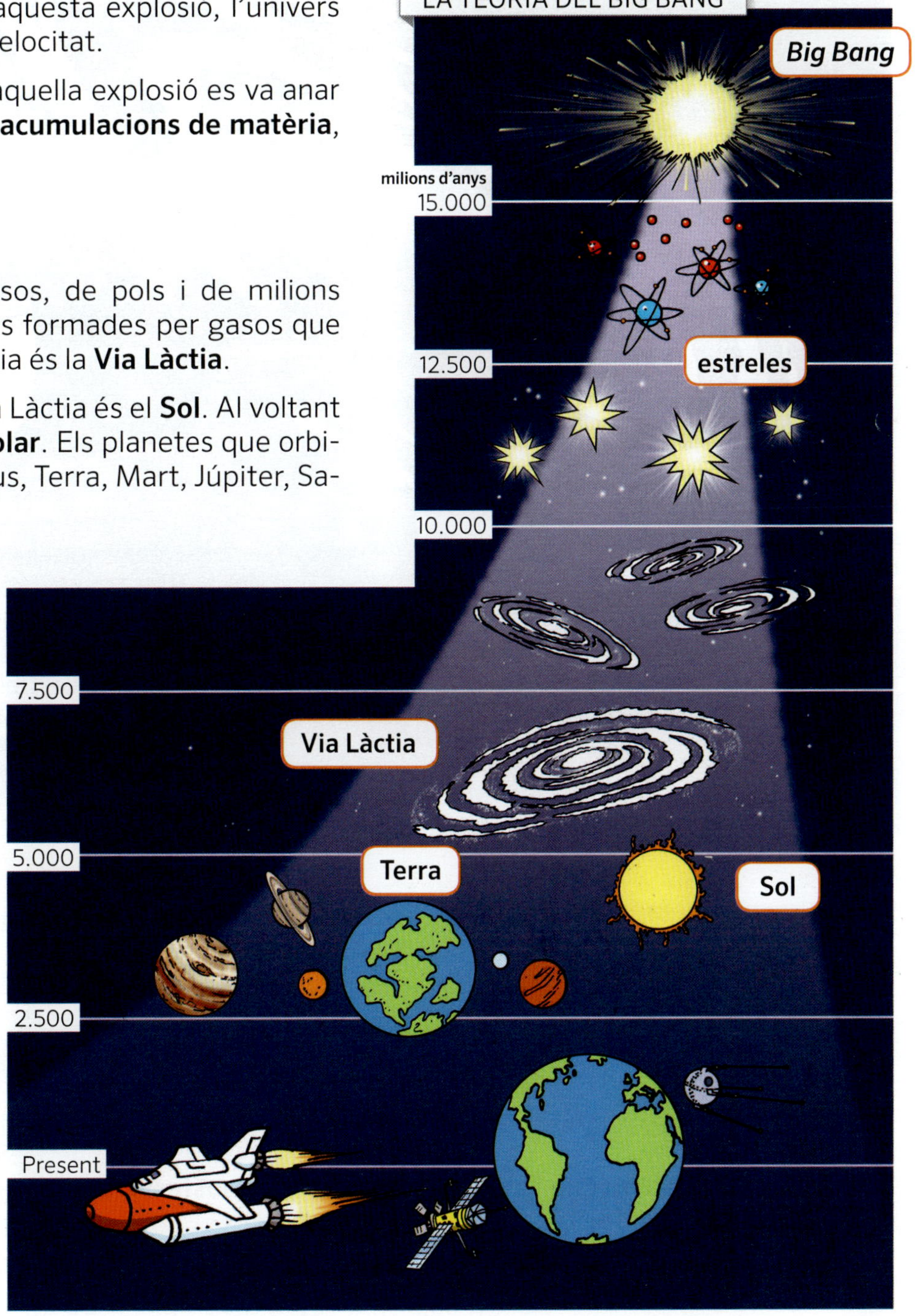

Treballa amb la imatge

1. Defineix: univers, galàxia, estrela.
2. Què explica la teoria del *Big Bang*?
3. Dibuixa un sistema solar en el quadern i anota el nom dels planetes.
4. Quina edat té el planeta Terra?
5. Investiga quan hi apareix el primer homínid.

2 La composició de la nostra galàxia

Si mirem al cel en una nit clara, amb lluna nova, podrem veure els milers d'estreles que brillen sobre nosaltres.

Però són les estreles els únics elements visibles de la nostra galàxia? Quins altres elements en formen part? Nosaltres només som una minimíssima part de tota la matèria i energia que formen la Via Làctia!

LA TERRA DINS DE LA VIA LÀCTIA

- Dins d'una **galàxia** hi ha milions d'elements diferents: estreles, planetes, satèl·lits, asteroides, cometes, meteorits, etc.
- El **Sol** és l'estrela al voltant de la qual s'organitza el **sistema solar**, format per huit planetes, entre els quals es troba la Terra.
- El planeta **Terra** està format per tres capes: **atmosfera**, **hidrosfera** i **geosfera**.

Sabies que...?

El **meteor** i el **meteorit** són trossos de roca que poden travessar la nostra atmosfera. En fer-ho, el meteor es desintegra i forma una estrela fugaç, però el meteorit resisteix el contacte amb l'atmosfera i pot impactar contra el planeta.

- Què és més perillós, un meteor o un meteorit? Per què?

5. Cometa: cos celeste compost de roca, gel i pols, que gira al voltant d'una estrela. En acostar-se a l'estrela, el gel es converteix en gas i es crea la cua del cometa.

6. Asteroide: objecte rocós o metàl·lic, més xicotet que un planeta. Al sistema solar orbiten al voltant del Sol.

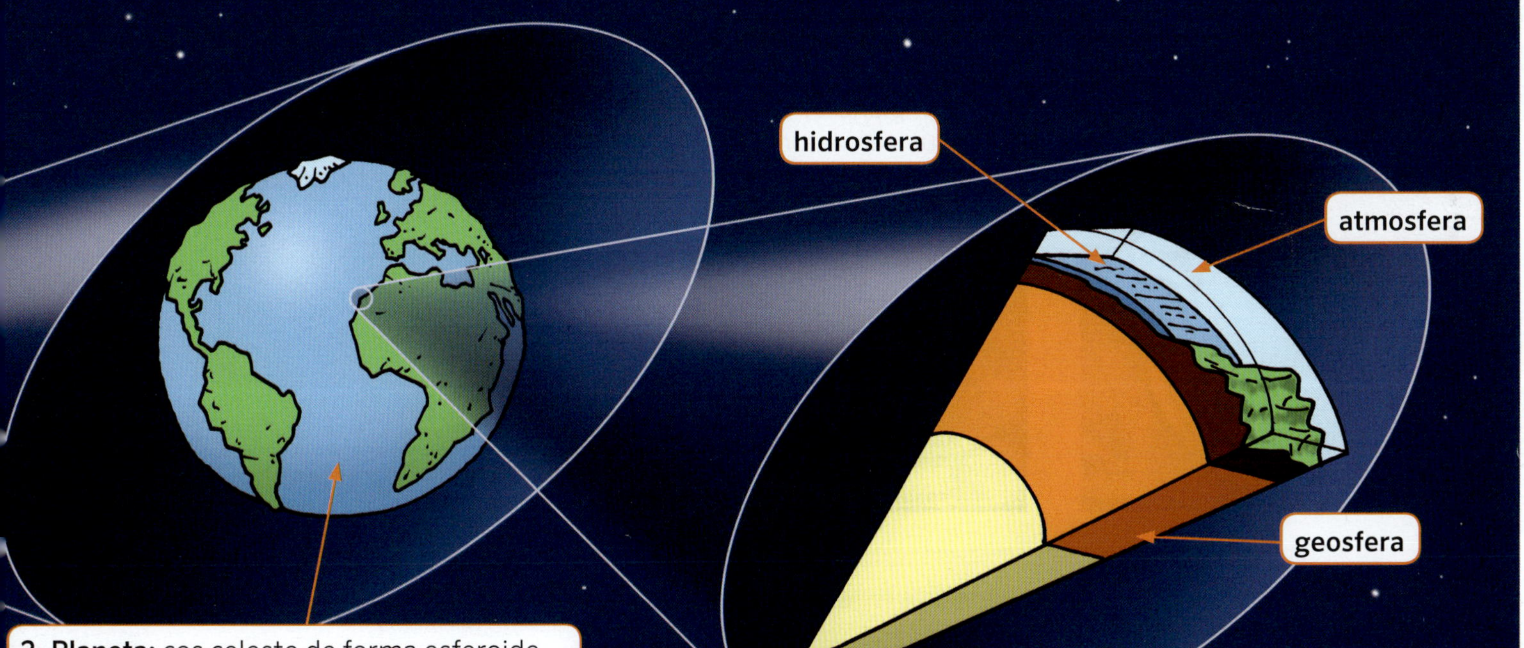

2. Planeta: cos celeste de forma esferoide que gira al voltant d'una estrela seguint un moviment de **translació**. Els planetes del **sistema solar** giren al voltant del Sol.

7. La Terra és un planeta de **roca** cobert, en gran part, per **aigua** i envoltat d'una **atmosfera** que el protegeix de l'espai exterior.

Activitats

6 Copia aquesta taula en el quadern. Anota els elements que formen les galàxies i la composició de cadascun.

Element	Composició
•••	•••

7 A més dels planetes, quins altres cossos del sistema solar fan el moviment de translació al voltant del Sol?

Usa tots els teus recursos

8 Qui construeix els satèl·lits artificials? Amb quina finalitat?

9 Recorda:

a) Defineix *atmosfera*, *hidrosfera* i *geosfera*.

b) Quines conseqüències té la translació per a la Terra?

3 La representació de la Terra

Des de l'antiguitat, l'ésser humà ha explorat el planeta i ha intentat representar-lo. Però, com ho feia abans que existiren les fotografies de satèl·lits? No era fàcil: feia viatges molt arriscats per a crear mapes amb la informació recollida.

Com podem estudiar la Terra?

Hui en dia, disposem de sistemes molt avançats que ens permeten **representar el planeta** amb molta **precisió**. Podem utilitzar diferents maneres per a representar la Terra:

GLOBUS TERRAQÜI

El **globus terraqüi** és una **esfera** que representa la Terra a menor escala. És una representació molt **precisa**, ja que manté la proporció i la forma del planeta.

PLANISFERI

El **planisferi** és una representació de la Terra traçada sobre una superfície **plana** i a escala. En representar el planeta, que és esfèric, es produeixen deformacions.

MAPES PARCIALS I PLÀNOLS

Si es representa una porció de la Terra, usem mapes, però si el lloc que volem representar és encara més xicotet, com una localitat o una **casa**, usem els **plànols**.

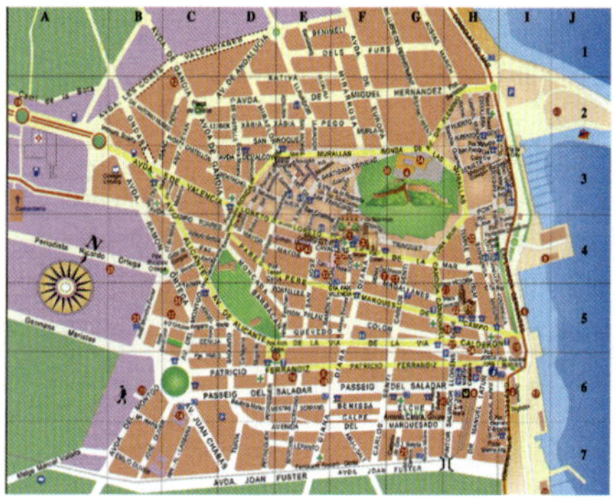

La interpretació dels mapes

Per a interpretar els **mapes** analitzem la **informació** que ofereixen. Les **coordenades geogràfiques** establides pels paral·lels i meridians ens ajuden a orientar-nos.

Rosa dels vents: indica la situació dels **punts cardinals**.

Paral·lels: són circumferències paral·leles a l'equador i mesuren la latitud nord o sud.

Meridians: són semicircumferències traçades de pol a pol. Mesuren la longitud est-oest.

Llegenda: és un aclariment que recull el significat dels **signes** i **símbols** utilitzats en el mapa.

Escala: és la relació entre la **distància real** d'un espai geogràfic i la **representació en el mapa**.

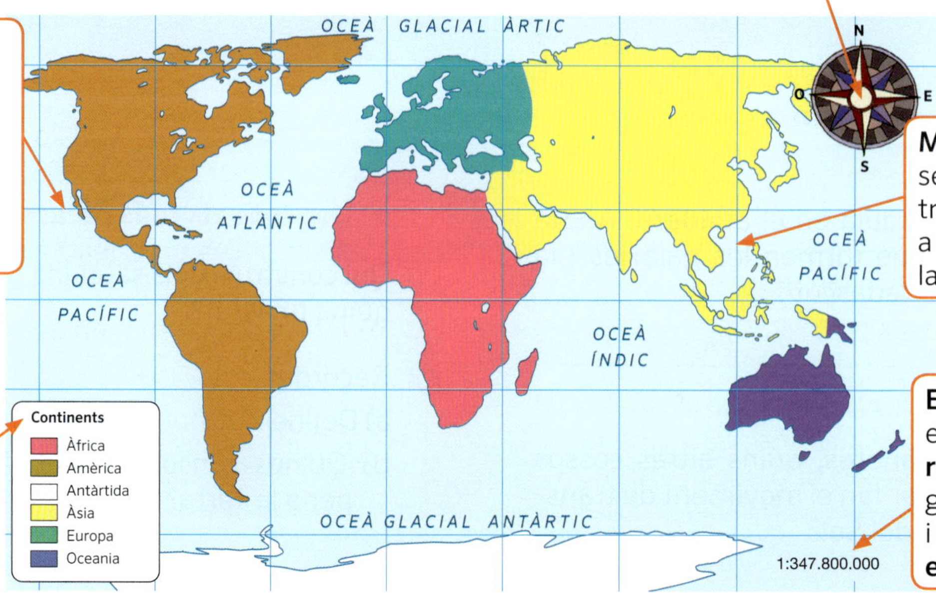

CERCLES POLARS I TRÒPICS

A la Terra destaquen diversos **paral·lels** que anomenem **notables**, com l'**equador**, que separa l'hemisferi nord del sud. Altres paral·lels destacats són els tròpics i els cercles polars.

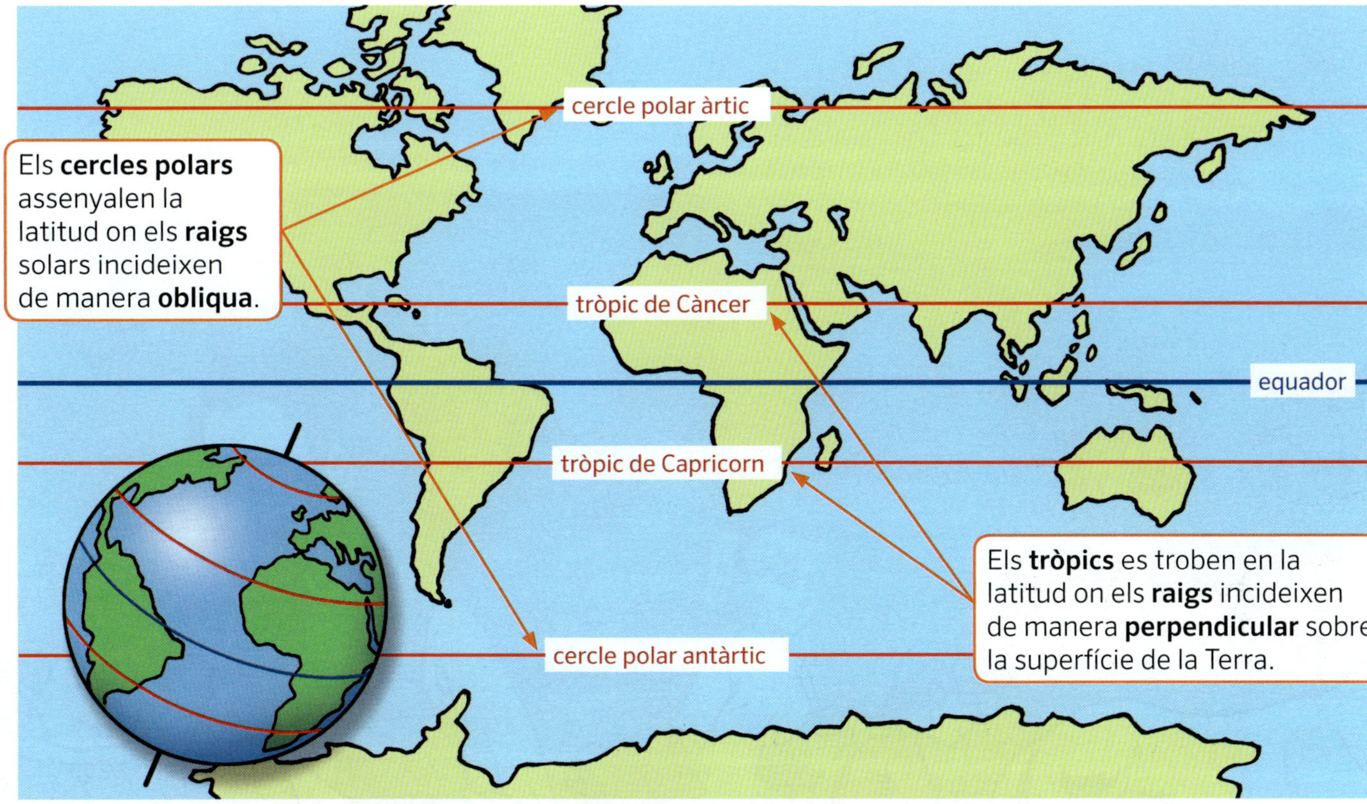

- La Terra es pot **representar** mitjançant el **globus terraqüi** i el **planisferi**.
- Per a extraure la informació dels mapes interpretem la **llegenda**, la **rosa dels vents** i l'**escala**.

Treballa amb la imatge

10 Copia el globus terraqüi.

a) Cita els paral·lels notables i assenyala els hemisferis.

b) Dibuixa amb fletxes la direcció del gir de rotació.

Activitats

11 Per què creus que és més comú l'ús del planisferi que el del globus terraqüi?

Usa tots els teus recursos

12 Quin tipus de mapa és?

a) Representa el relleu del planeta.

b) Representa els països d'Europa.

c) Representa els carrers de València.

13 Consulta el teu *Atles*. Aquesta és una escala gràfica o numèrica? Com s'interpreta?

1:100.000 = 1/100.000.

14 El tròpic de Càncer és el lloc més al nord del planeta on els raigs del Sol incideixen perpendicularment. Investiga.

a) Quin dia es produeix? Quina estació comença?

b) A l'hemisferi sud, en quin paral·lel ocorre el mateix? Quan?

15 smSabadigital.com

PRACTICA Saps interpretar tota la informació que hi ha en un mapa?

unitat

1 Els paisatges d'Espanya

Que importants que són... els espais naturals protegits!

Els espais naturals protegits són fonamentals per a la conservació dels paisatges i dels animals i les plantes que hi habiten, com també perquè les persones puguen conéixer l'entorn natural i gaudir-ne.

Tasca final

Preparem un programa de televisió per a impulsar el turisme en un espai natural.

www.wwf.es

Una gran diversitat

Espanya és un dels llocs més rics d'Europa quant a paisatges, ja que hi podem trobar des de verds i humits paratges muntanyosos, semblants als del nord d'Europa, fins a assolellades i càlides terres mediterrànies, que recorden el nord d'Àfrica.

La localització geogràfica, el clima i l'existència de dos grans conjunts d'illes han creat les condicions perquè a Espanya visquen 85.000 espècies de fauna i flora, més de la meitat de totes les que hi ha a Europa.

Per això és molt important conservar aquests espais naturals, lluitar contra la desaparició de les espècies en perill d'extinció i saber combinar la conservació dels recursos naturals amb el desenvolupament econòmic.

Un espai privilegiat per a la diversitat biològica.

Parlem

1. Llig amb atenció el text. Per què es diu que Espanya és un dels llocs més rics d'Europa? Què hem de fer perquè Espanya mantinga la seua riquesa i diversitat?
2. Observa el paisatge que apareix en la fotografia.
   a) Quin tipus de paisatge és, d'interior o de costa?
   b) Per què l'aigua és important en aquest paisatge?
   c) Quin paper creus que té l'ésser humà a l'hora d'aprofitar, cuidar i respectar l'entorn natural?

I tu, què n'opines?

3. Has estat en algun espai natural protegit? Per a què penses que s'han creat aquests espais?

1 El relleu i els rius

Segur que a l'estiu, quan fa molta calor, sols menjar meló d'Alger per a postres. T'has fixat com s'assembla la corfa a l'escorça terrestre? En aquesta capa tan prima tenen lloc alguns dels grans fenòmens de la Terra.

Les roques i el relleu del planeta

L'escorça terrestre és la capa més superficial i prima de les que integren la Terra. Està composta per roques i la seua part més externa forma el **fons marí** i els **continents**.

Segons la teoria de la **tectònica de plaques**, la superfície de l'escorça terrestre està formada per plaques que encaixen com un puzle. A causa de la **calor de la terra** i per la força de la **gravetat**, les plaques es desplacen lentament.

A les zones on limiten dues plaques, es crea o es destrueix la roca de la superfície:

- Algunes plaques **se separen**. A la zona de separació es produeixen expulsions de magma, per la qual cosa són habituals els **volcans**. Són les zones de les **dorsals** oceàniques.
- Altres plaques es desplacen **les unes davall de les altres** i destrueixen la superfície de l'escorça. Això ocorre a les **àrees de subducció**, on són habituals grans **terratrèmols**.

Aquests moviments tectònics formen el **relleu terrestre**, i donen lloc a elevacions i depressions com les muntanyes i les valls.

El relleu és essencial per als éssers vius, ja que influeix en l'**hàbitat** i en el **clima** on es desenvolupen. A més, el relleu proporciona **fonts d'energia** i **matèries primeres** als éssers humans.

zona de separació de plaques

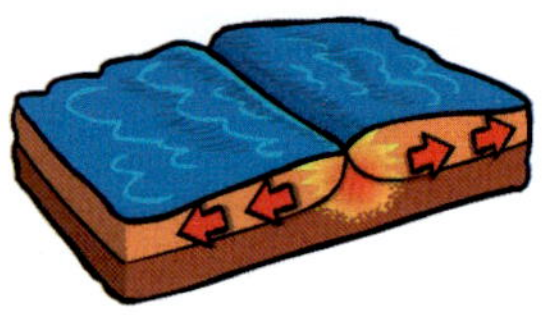

zona de subducció

LA TECTÒNICA DE PLAQUES

Fa uns 300 milions d'anys hi havia un únic continent, anomenat **Pangea**. Els desplaçaments de les plaques tectòniques han format els continents actuals.

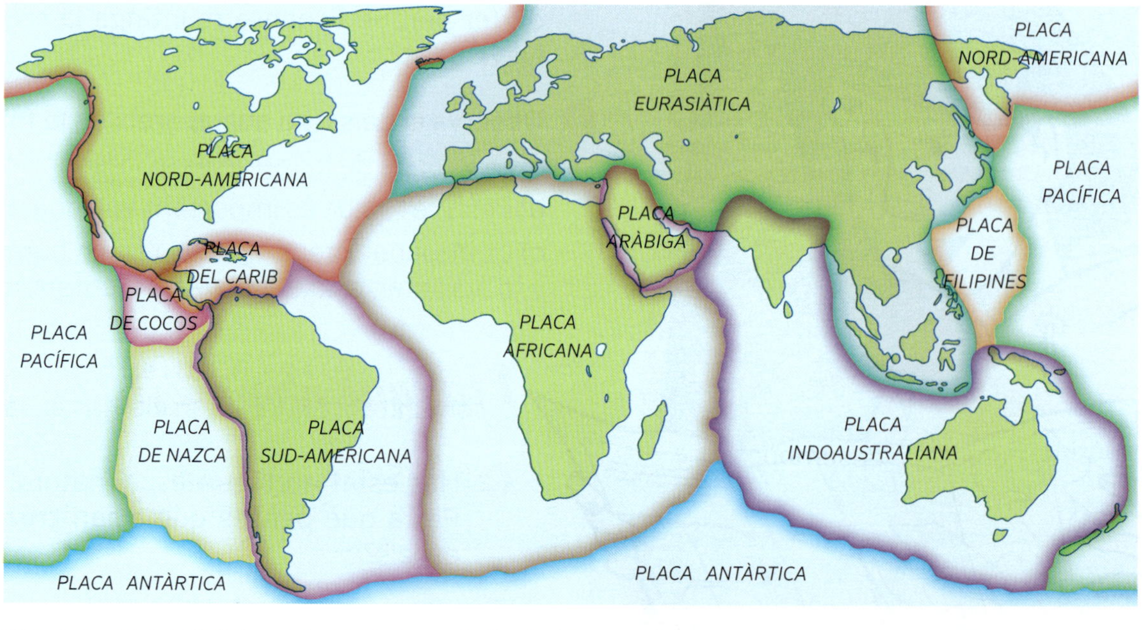

L'aigua i el relleu

Juntament amb les roques de la superfície terrestre, hi ha els **oceans**, que modelen les costes continentals.

A més, l'**aigua continental** també modela el relleu. Per exemple, l'aigua dels rius, al llarg del seu curs, erosiona els diferents tipus de roca i dóna lloc a diferents formes de relleu.

ELS RIUS DEL PLANETA

El recorregut d'un riu es compon de diverses parts.

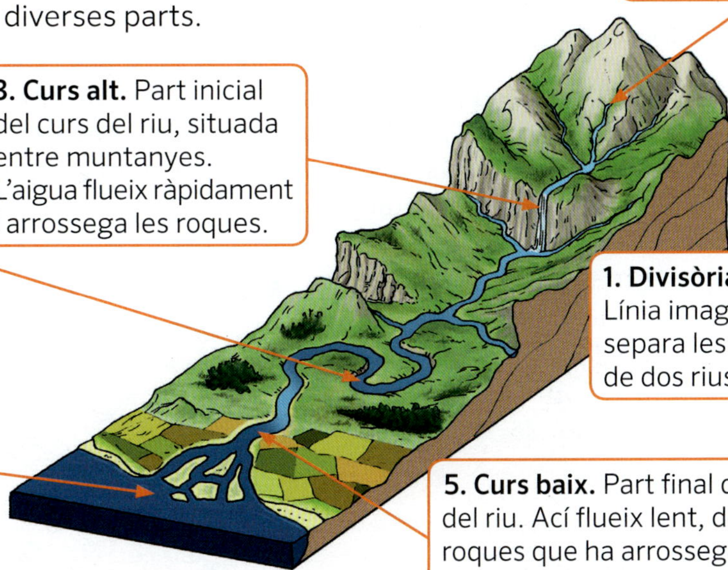

1. Divisòria d'aigües. Línia imaginària que separa les conques de dos rius.

2. Naixement. Lloc on es forma el riu.

3. Curs alt. Part inicial del curs del riu, situada entre muntanyes. L'aigua flueix ràpidament i arrossega les roques.

4. Curs mitjà. Zona mitjana del riu. Els terrenys són més plans, per la qual cosa les aigües flueixen més a poc a poc.

5. Curs baix. Part final del curs del riu. Ací flueix lent, deposita les roques que ha arrossegat, i forma corbes anomenades *meandres*.

6. Desembocadura. Lloc on el riu aboca les aigües a un altre riu, a un mar o a un llac. Allí es depositen tots els sediments restants.

El relleu i el clima afecten les característiques dels rius:

- **La longitud** és la distància entre el naixement i la desembocadura.
- **El cabal** és la quantitat d'aigua que porta.
- **El règim** és la variació de cabal al llarg de l'any.

▶ El **relleu terrestre** s'ha format per les **forces internes** de la Terra i per l'**aigua**.

▶ L'aigua **erosiona** la roca del litoral i els rius originen valls i noves formes de relleu d'interior.

- dorsal oceànica
- subducció
- règim

Activitats

1 Defineix:

relleu · zona de subducció · Pangea · divisòria d'aigües · desembocadura

2 Dibuixa en el quadern un esquema que represente el curs d'un riu i explica'l.

Usa tots els teus recursos

3 Explica com són el relleu i el clima a la nostra comunitat. Influeixen en els rius de la zona?

4 smSabadigital.com
COMPRÉN El paper de l'aigua en el cicle de l'**erosió**.

2 El relleu d'Espanya

Observa aquest tall topogràfic nord-sud de la península Ibèrica. Quines unitats de relleu hauries de travessar per a creuar-la?

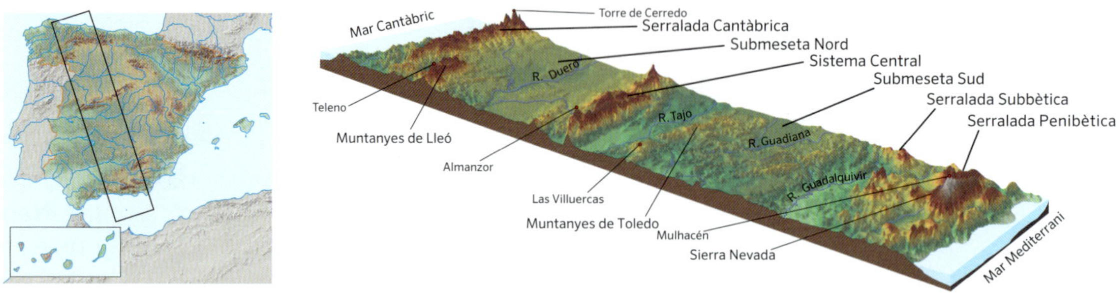

Com s'aprecia en el tall, el **relleu interior** a Espanya és molt **muntanyós**. A més, Espanya, en especial la península Ibèrica, presenta una important **xarxa fluvial**. Alguns dels rius que la integren han arribat a formar **valls** extenses entre les muntanyes.

Treballa amb el mapa

5. Copia i completa la taula. Ordena els cims de menys elevats a més.

Cim	Altitud	Sistema / Serralada
•••	•••	•••

6. Quins mars i oceans envolten la península? Quina serralada la separa de França?

7. Dibuixa el mapa físic d'Espanya en el quadern i assenyala-hi les unitats de relleu.

LES UNITATS DEL RELLEU A ESPANYA

LA MESETA CENTRAL I LES SEUES MUNTANYES

1. La Meseta ocupa el centre de la península Ibèrica, amb una altitud mitjana de 650 metres.
2. El **Sistema Central** divideix la Meseta en dues submesetes. El cim més elevat és l'Almanzor:
   - Per la **Submeseta Nord** flueix el riu Duero.
   - A la **Submeseta Sud,** les muntanyes de Toledo separen les valls dels rius Tajo i Guadiana.

LES SERRALADES QUE ENVOLTEN LA MESETA

Es tracta de quatre sistemes muntanyosos:

3. Les **muntanyes de Lleó** i el **massís Galaic** al nord-oest. El Teleno n'és el cim més alt.
4. La **serralada Cantàbrica** al nord, amb la Torre de Cerredo com a cim més elevat.
5. La **serralada Ibèrica** al nord-est, amb el Moncayo com a elevació màxima.
6. **Sierra Morena** al sud, que separa la Meseta de la **depressió del Guadalquivir**.

LES SERRALADES EXTERIORS

Són els sistemes muntanyosos situats als límits de la península:

7. Les **muntanyes Basques** al nord.
8. Els **Pirineus**, al límit amb França, al nord de la **vall de l'Ebre**. El cim més alt n'és l'Aneto.
9. La **serralada Litoral Catalana** al nord-est.
10. Les **serralades Bètiques**, formades per la serralada Subbètica i la serralada Penibètica. Ací es troba el cim de més altitud de la península: el Mulhacén, a 3.479 metres.

EL RELLEU DELS ARXIPÈLAGS

Espanya té dos arxipèlags:

11. Les illes Balears, situades a l'est, en aigües del mar Mediterrani. La principal elevació n'és la **serra de Tramuntana**, a Mallorca.
12. Les illes Canàries són illes d'origen volcànic situades a l'oceà Atlàntic. A l'illa de Tenerife s'alça el **volcà del Teide**, el cim més alt del relleu espanyol (3.718 metres).

Activitats

Usa tots els teus recursos

8. Busca un mapa físic de la teua província. A quines unitats de relleu pertany?

9. smSabadigital.com
PRACTICA Coneixes el **relleu d'Espanya**? Comprova-ho!

3 El relleu litoral d'Espanya

La península Ibèrica consta de més de 4.000 quilòmetres de costes, però, d'aquests, més de 950 no es troben a Espanya. A més, l'extensió total de les costes espanyoles suma quasi els 7.880 quilòmetres. Com és possible tot això?

Les regions costaneres

La **costa** és el lloc on entren en contacte la terra ferma i el mar. La forma que té depén de l'**erosió** provocada per les **ones**, el **vent** i la **pluja**, a més dels **sediments** que arrosseguen els rius fins a les desembocadures.

Espanya es troba situada en una península i té, a més, dos arxipèlags i dos territoris xicotets a la costa africana. És, per tant, un país **envoltat d'aigua**. Els mars Mediterrani i Cantàbric i l'oceà Atlàntic banyen els **7.876 quilòmetres de costes** que té:

- La península Ibèrica té 4.123 quilòmetres de costes. Dels quals, més de 3.100 són espanyols, i uns 950 pertanyen a Portugal.
- Els arxipèlags espanyols tenen, en conjunt, més de 3.700 quilòmetres de costes. És a dir, les illes Balears i les illes Canàries tenen més quilòmetres de costes que tota l'Espanya peninsular.

Treballa amb el mapa

10. Anomena les àrees en què es divideix la costa espanyola i assenyala'n els límits.

11. Quin mar o oceà banya l'arxipèlag balear? I l'arxipèlag canari?

LA COSTA ATLÀNTICA

Comprén des de la punta d'Estaca de Bares, a Galícia, fins a l'estret de Gibraltar, a Cadis. L'Atlàntic banya també les costes canàries.

Característiques:

1. La **costa atlàntica gallega** es caracteritza per ser alta, rocosa i molt retallada. Els nombrosos entrants donen lloc a la formació de ries.

2. La **costa atlàntica andalusa** és recta, baixa, arenosa i plana, amb presència de platges, marenys i dunes.

3. La **costa canària** té penya-segats grans i escarpats entre 100 i 400 metres d'altitud, originats per l'origen volcànic. Les platges se situen a la desembocadura dels barrancs. Les excepcions es troben a les extenses platges de les illes de Lanzarote i Fuerteventura.

LA COSTA CANTÀBRICA

Comprén el territori situat entre la desembocadura del riu Bidasoa, que separa França i Espanya, al País Basc, i la punta d'Estaca de Bares.

Característiques:

7. La costa és rectilínia, encara que de vegades el mar s'endinsa en la terra i forma ries com la d'Avilés i la de Bilbao.

8. A més, és alta i rocosa, amb molts penya-segats, per la proximitat de la serralada Cantàbrica i de les muntanyes Basques.

LA COSTA MEDITERRÀNIA

Recorre el litoral des de la punta de Tarifa, a Cadis, fins a la frontera amb França.

Característiques:

4. A la **costa de Catalunya** i de les **Balears** s'alternen zones altes i rocoses amb d'altres de baixes i arenoses. Els principals accidents són el delta de l'Ebre, el cap de Creus i la badia de Palma.

5. La **costa valenciana i murciana** és, en general, baixa i arenosa.

6. La **costa mediterrània andalusa** alterna zones planes amb penya-segats.

- La península està envoltada per les **costes mediterrània, cantàbrica i atlàntica**.
- El **relleu litoral dels arxipèlags** balear i canari és, en general, **accidentat**.

Activitats

12 Explica quines són les diferències entre la costa atlàntica gallega i la costa atlàntica andalusa.

Usa tots els teus recursos

13 Treballa sobre una platja que hages visitat o que voldries visitar.

a) Localitza el lloc en el mapa. A quina zona costanera pertany?

b) Investiga quin és el nom turístic d'aquesta costa.

4 Els rius d'Espanya

El riu Ebre naix a la serralada Cantàbrica i, no obstant això, desemboca al mar Mediterrani. A què creus que és degut?

Conques i vessants hidrogràfics

La direcció en què corre un riu i el sentit del seu curs estan condicionats pel **relleu**.

El territori pel qual flueix el riu i els afluents que hi desemboquen en componen la **conca hidrogràfica**.

Les conques de tots els rius que desemboquen en un mateix mar o oceà formen un **vessant hidrogràfic**. A causa del relleu, els rius peninsulars desemboquen en **tres vessants** diferents: el **cantàbric**, l'**atlàntic** i el **mediterrani**.

Els rius desemboquen al mar formant accidents del relleu litoral anomenats **deltes i estuaris**:

Si el riu deposita sediments en arribar al mar, forma les rames d'un delta.

Si el riu no deposita molts sediments, es fa més ample i forma un estuari.

VESSANT CANTÀBRIC

- Ocupa tot el sector situat entre el mar Cantàbric, la serralada Cantàbrica i les muntanyes Basques.
- Els rius d'aquest vessant naixen a la serralada Cantàbrica. Són curts, encara que presenten un cabal regular i molt abundant, a causa de les precipitacions freqüents.

VESSANT MEDITERRANI

- Ocupa la depressió de l'Ebre, l'est de la península Ibèrica i tota la costa mediterrània fins a Andalusia.
- El riu més important n'és l'Ebre que, a més, és el riu més llarg i cabalós d'Espanya.
- La resta de rius són curts, amb un cabal irregular que depén de l'estació de l'any. Les fortes crescudes de la tardor produeixen una gran erosió.

VESSANT ATLÀNTIC

- Ocupa gran part de Galícia, tota la Meseta Central i la depressió del Guadalquivir.
- En aquest vessant hi ha dos tipus de rius:
  - Els rius gallecs, que són curts i de cabal abundant.
  - Els rius del centre i el sud de la península, que són llargs, tot i que tenen un cabal que varia segons l'estació de l'any. A l'hivern creix i a l'estiu disminueix.

- conca hidrogràfica
- vessant hidrogràfic

- A la península Ibèrica hi ha tres vessants hidrogràfics: **cantàbric**, **atlàntic** i **mediterrani**.
- Quant a cabal i longitud, els rius espanyols són molt diferents entre si a causa del **relleu** i el **clima** de les zones que travessen.

CONQUES I VESSANTS HIDROGRÀFICS

Activitats

14 Defineix *vessant hidrogràfic*. Usa aquests termes: conca, divisòria i relleu.

15 Copia i completa la taula en el quadern.

Riu	Vessant	Afluents principals
Miño	●●●	●●●
Ebre	●●●	●●●
Tajo	●●●	●●●

Usa tots els teus recursos

16 Observa el mapa.

a) Quins dos grans rius atlàntics no són només espanyols?

b) Investiga a quines ciutats desemboquen aquests rius i busca fotos d'aquest punt del riu.

c) Formen deltes o estuaris? Per què?

17 smSabadigital.com
JUGA I APRÉN. Saps a quin **vessant** pertanyen els rius?

18 Busca en l'*Atles* quin és el riu més llarg d'Espanya. Investiga també quin és el més llarg de la península Ibèrica. És el mateix?

19 Investiga sobre els rius navegables d'Espanya i Europa. Quins són els avantatges de tindre rius navegables? Per què creus que a Espanya n'hi ha pocs?

Para't a pensar

Fins ara has après moltes coses sobre el relleu i els rius. Comprova-ho amb aquestes activitats. Hauràs de llegir mapes i observar imatges, interpretar gràfics... Segur que pots fer-ho!

20 Les plaques tectòniques i la manera com es comporten afecten el relleu dels continents. Observa aquest mapa i respon a les preguntes:

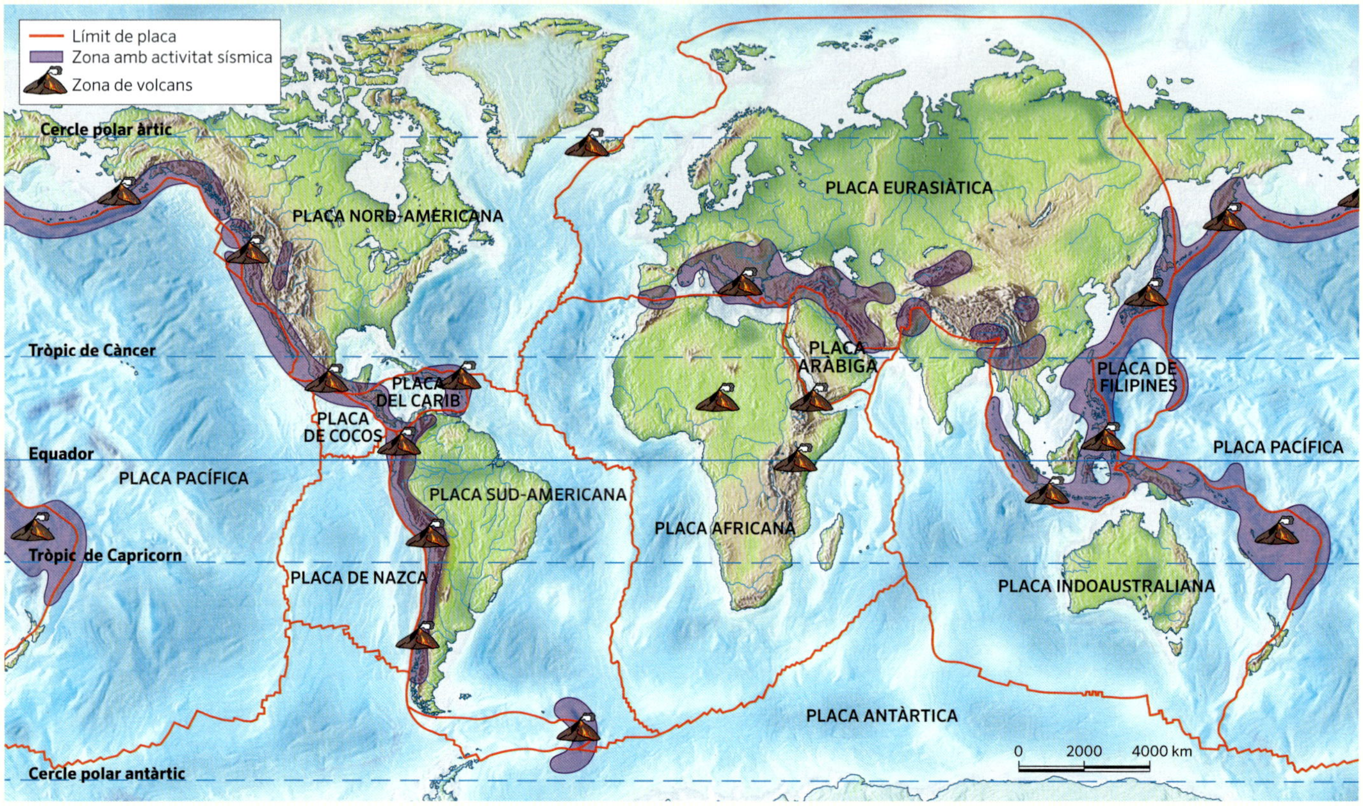

a) Fixa't en la península Ibèrica i en la resta d'Espanya. Es troba tot el territori sobre les mateixes plaques tectòniques? Recorda'n el nom i anota'l en el quadern. En quina vius tu?

b) Tenint en compte la teua observació, la península Ibèrica es localitza en una zona de volcans o en una de terratrèmols? I les Canàries? Justifica la resposta.

21 Completa aquesta fitxa:

- A la zona de separació de les plaques es produeixen •••, per la qual cosa són habituals els •••. Són les zones de les dorsals oceàniques.
- A la zona de desplaçament d'unes plaques davall d'unes altres es ••• la superfície de l'escorça, per la qual cosa són habituals els grans •••.

22 Quina costa espanyola s'hi descriu? Segueix les pistes!

- Comprén des de la desembocadura del Bidasoa fins a la punta d'Estaca de Bares.
- És rectilínia, encara que a voltes s'hi formen ries.
- És alta i rocosa, per la proximitat a la serralada.
- SOLUCIÓ: •••

- A la península Ibèrica s'estén des de la punta d'Estaca de Bares fins a Gibraltar.
- L'arxipèlag canari forma part d'aquesta costa.
- Un dels trams és recte i baix i l'altre, retallat.
- SOLUCIÓ: •••

23 Observa aquestes fotografies del riu Guadalquivir i relaciona cada imatge amb la part corresponent.

- NAIXEMENT
- CURS ALT
- CURS MITJÀ
- CURS BAIX
- DESEMBOCADURA

24 Recorda el cicle de l'aigua: quina part del riu rebrà més precipitacions? A quina part creus que hi haurà més evaporació? Explica per què.

Dues formes d'observar un mateix riu

25 Ací tens dues representacions del riu Duero. Quina informació proporciona cada imatge?

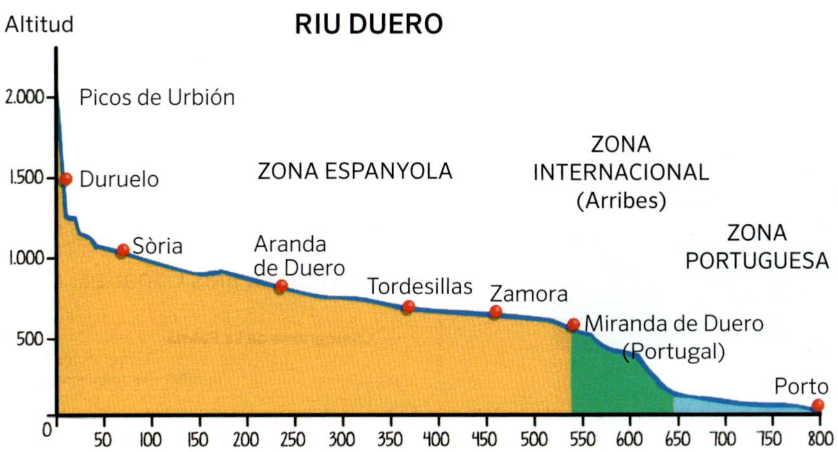

Perfil del riu Duero

Mapa de la conca del riu Duero

26 A partir de les imatges, respon a les qüestions en el quadern.

a) A quin sistema muntanyós naix aquest riu?

b) A quin vessant desemboca?

c) El perfil longitudinal del riu segueix un pendent estructural, que marca tres escalons ben diferenciats. Amb quines parts d'un riu es correspondran aquests escalons?

5 Els climes d'Espanya

És possible que en viatjar per Espanya t'hages adonat que en uns llocs plou més que en uns altres.

També deus haver comprovat que, en pujar a una zona de muntanya, la temperatura disminueix. O que, quan et trobes en una localitat a la vora del mar, el teu cos sembla que estiga banyat... Per què passa tot això?

De què depenen els climes?

Tot això es produeix a causa de la influència de factors com la **latitud**, la distància respecte del **mar**, l'**altitud** i la presència de **barreres naturals** com les serralades o les muntanyes.

- Espanya se situa a la **zona temperada** del nord del planeta. Això fa que les temperatures al nostre territori no siguen ni molt càlides ni molt fredes.
- La **distància o proximitat al mar** també influeix en la temperatura: com més pròxim al mar es troba un lloc, augmenta el nivell d'humitat i les temperatures són més suaus.
- L'**altitud respecte del nivell del mar** influeix en el nivell de calfament de les masses d'aire. Així, la temperatura disminueix uns 6 °C per cada 1.000 metres que ascendim.
- **Altres factors** que influeixen en el clima són l'efecte barrera que exerceixen les muntanyes per a l'entrada i l'eixida de núvols, així com la proximitat als rius, que provoquen un augment de la humitat.

FACTORS QUE INTERVENEN EN EL CLIMA

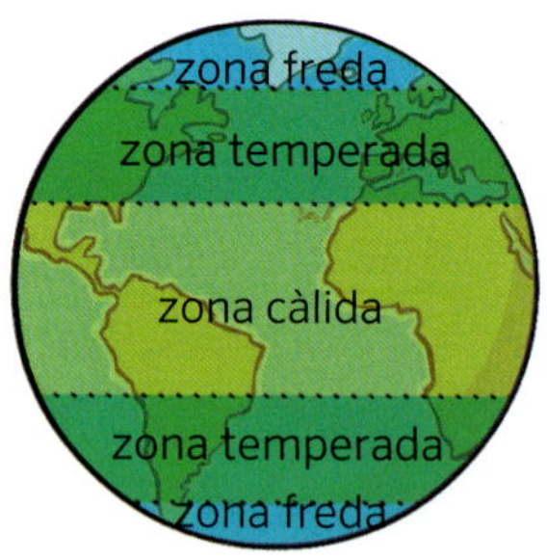

zones climàtiques

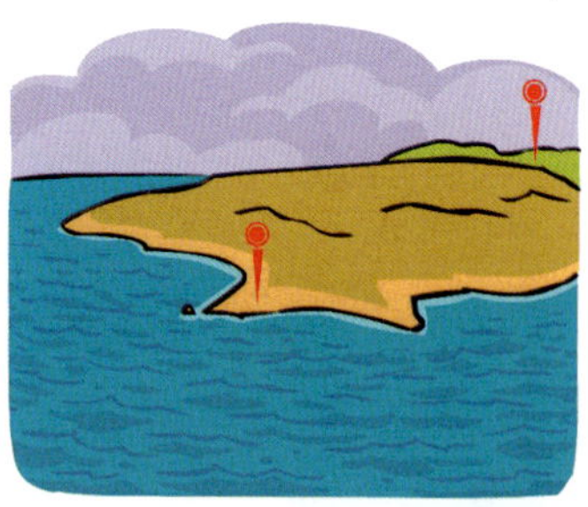

distància del mar

altitud

relleu

OCEÀNIC

Localització: costa cantàbrica i gran part de Galícia.

Climograma de Santander

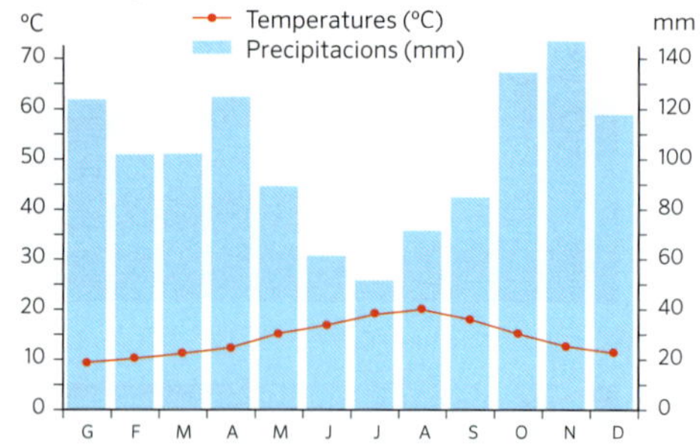

Precipitació anual: 1.246 mm
Temperatura mitjana anual: 14 °C

DE MUNTANYA

Localització: zones per damunt dels 2.000 metres d'altitud.

Climograma de Navacerrada

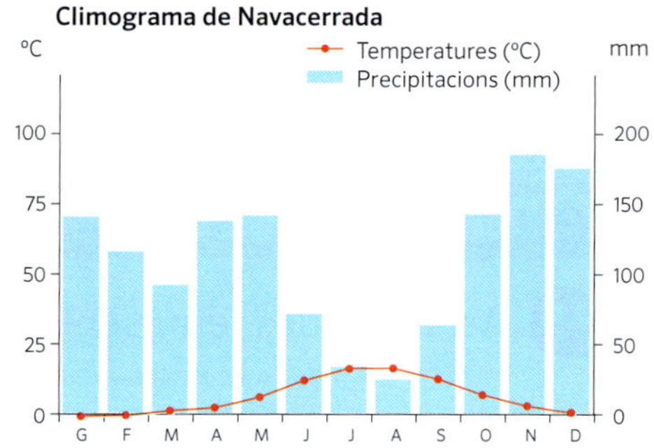

Precipitació anual: 1.326 mm
Temperatura mitjana anual: 6,4 °C

SUBTROPICAL

Localització: illes Canàries.

Climograma de La Palma

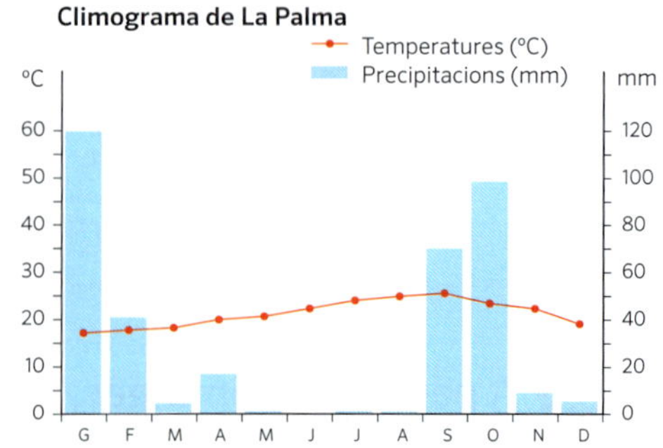

Precipitació anual: 303,2 mm
Temperatura mitjana anual: 20,8 °C

MEDITERRANI DE COSTA

Localització: est i sud de la península Ibèrica i illes Balears.

Climograma de Tarragona

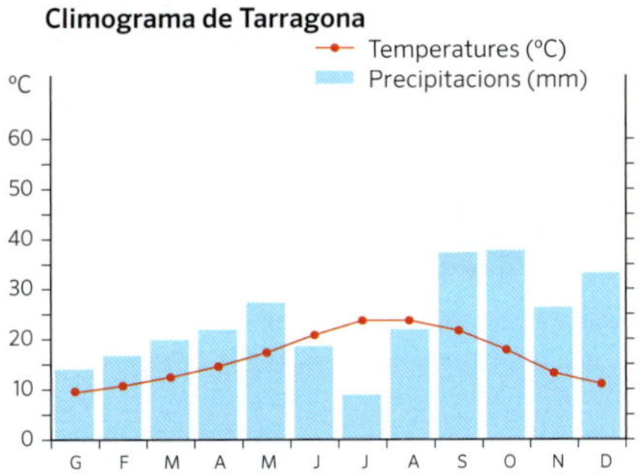

Precipitació anual: 560 mm
Temperatura mitjana anual: 16,1 °C

MEDITERRANI SEC

Localització: sud-est peninsular (litoral mediterrani).

Climograma de Calasparra

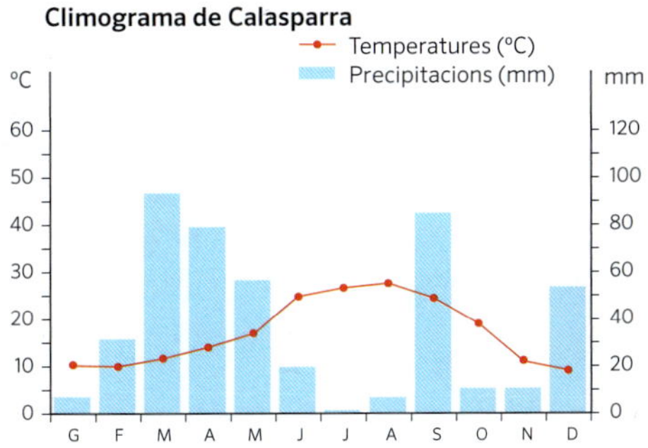

Precipitació anual: 440 mm
Temperatura mitjana anual: 16,8 °C

MEDITERRANI D'INTERIOR

Localització: centre de la península Ibèrica.

Climograma de Saragossa

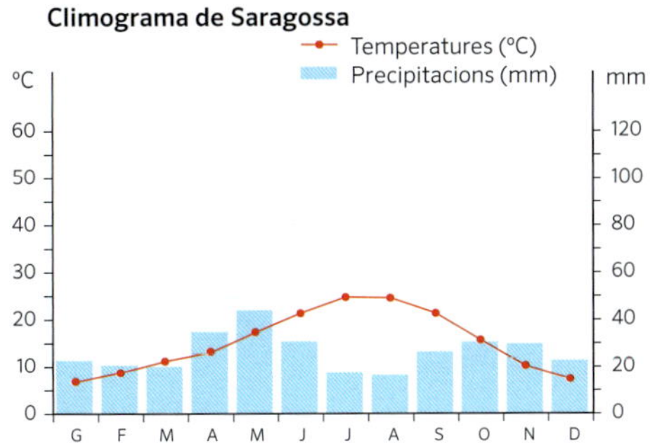

Precipitació anual: 318 mm
Temperatura mitjana anual: 15 °C

ELS CLIMES D'ESPANYA

- La **latitud**, la distància respecte del **mar**, l'**altitud** i la presència de **barreres naturals** determinen el clima.
- Espanya té una **gran varietat de climes**: oceànic, mediterrani d'interior, mediterrani de costa, mediterrani sec, subtropical i de muntanya.

Activitats

27 Quins factors influeixen en el clima?

28 Observa els climogrames.

a) Com són les temperatures i les precipitacions a les zones amb clima oceànic? I a les de clima mediterrani?

b) On plou més, a l'illa canària de La Palma o a Saragossa?

29 sm**Saba**digital.com
PRACTICA Quines característiques tenen els **climes d'Espanya**?

6 Els paisatges espanyols

Àlvar viu a Peníscola, a la província de Castelló, però passa els estius a Cambados, un municipi de la província de Pontevedra. Els dos municipis es troben a la costa espanyola però, els banya el mateix mar? Presenten un relleu semblant? Llavors, deuen tindre un paisatge semblant?

Com són els paisatges d'Espanya?

Els paisatges del nostre país són molt **variats**. Aquesta diversitat és deguda al fet que, encara que tot el territori espanyol se situa a la **zona climàtica temperada** del planeta, el **relleu**, la **hidrografia** i els **climes** no són uniformes.

Hi ha diversos **tipus** principals de paisatges:

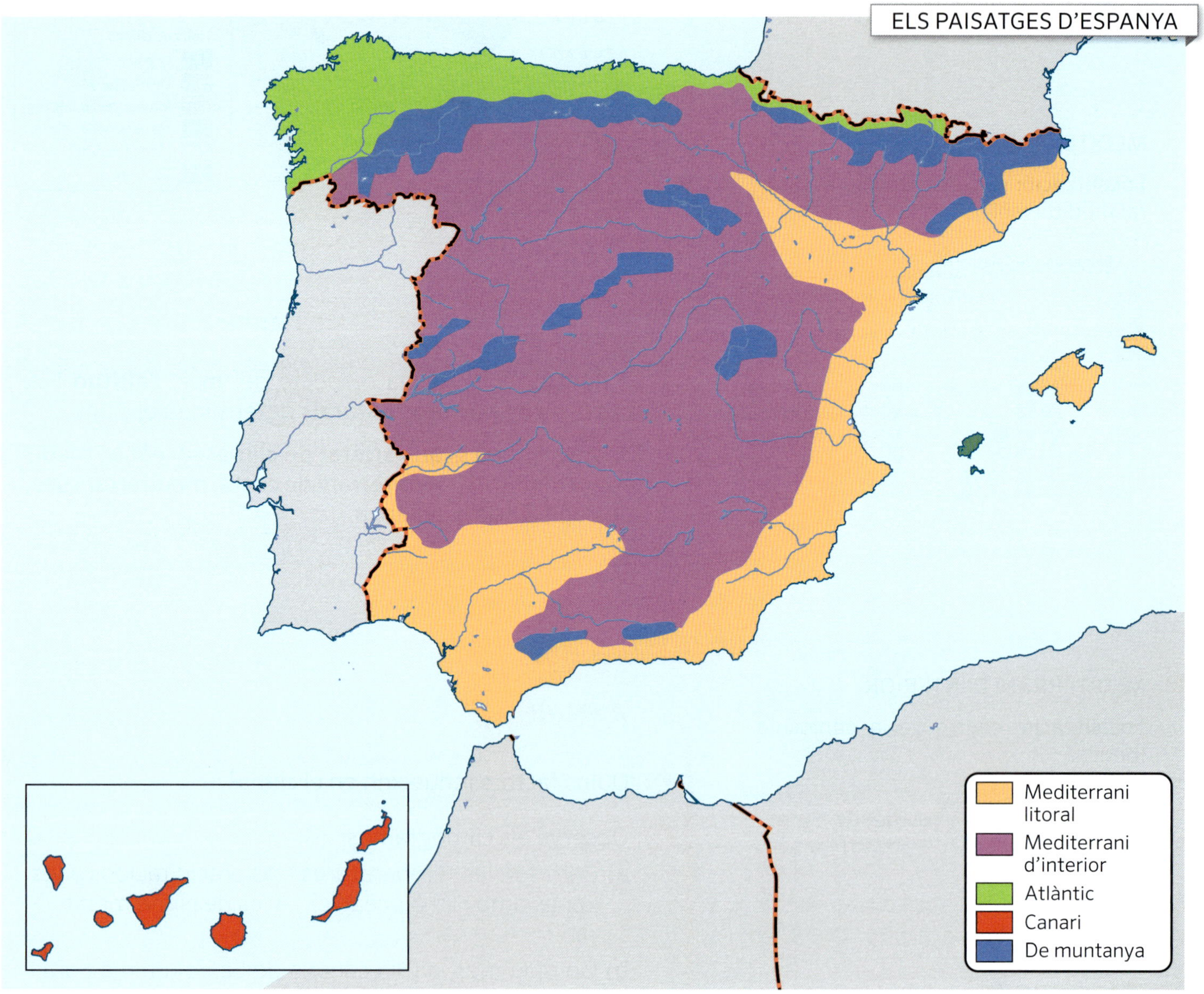

Treballa amb el mapa

30 Ordena, de més extensió a menys, els paisatges que predominen a Espanya.

31 Quins paisatges pots trobar a la Comunitat Valenciana? Descriu-los.

EL PAISATGE ATLÀNTIC

És propi del nord i del nord-oest peninsular. Es tracta d'una zona **muntanyosa**, amb **molta vegetació**, perquè les precipitacions són abundants i el sòl és molt ric en humus. Destaquen els boscos de fulla caduca de roures i fajos, les **planes** amb arbustos i els **prats** d'herba per al bestiar.

L'ESPANYA SUBTROPICAL: EL PAISATGE CANARI

Les illes Canàries tenen un relleu muntanyós. Pel seu origen volcànic, el règim de precipitacions i la latitud, té **espècies pròpies**, com el pi de Canàries, el *cardón*, el drago i la *tabaiba*.

Al **vessant sud** de les illes creixen plantes més adaptades a la **sequera**, i al **vessant nord**, **més humit**, la vegetació és més abundant.

EL PAISATGE MEDITERRANI

Ocupa el centre de la península Ibèrica i tota la costa mediterrània.

És una zona de pluges escasses, per la qual cosa predominen les espècies vegetals de **fulla perenne** i molt resistents, com l'alzina, la surera i el pi.

A més, hi ha **dos tipus de matoll**:

- La **màquia** és molt densa, amb arbustos alts com l'arboç, el bruc i les estepes.
- La **garriga** es dóna a les zones més seques i conté matolls més baixos, com el romer, el timó i l'espígol, i zones amb clarianes.

EL PAISATGE DE MUNTANYA

A les zones de més altitud predominen els boscos d'arbres de fulla perenne com les pinedes, o de fulla caduca com les fagedes.

▶ A Espanya hi ha zones de **paisatge** atlàntic, subtropical, mediterrani i de muntanya.

Activitats

32 Per què els paisatges d'Espanya són tan variats?

33 Quina zona és la més plujosa d'Espanya? Quines espècies vegetals hi predominen?

34 Com és el paisatge a les zones més seques del mar Mediterrani?

35 Quin tipus de paisatge hi identifiques? Raona la resposta.

Usa tots els teus recursos

36 En grups, busqueu en l'*Atles* el mapa de la vegetació i la fauna a Espanya, i completeu la taula en el quadern:

	Paisatge atlàntic	Paisatge mediterrani	Paisatge canari
Vegetació	●●●	●●●	●●●
Fauna	●●●	●●●	●●●

37 Apega en el quadern una fotografia del paisatge de la teua zona i descriu-ne la vegetació i el relleu. Quin tipus de clima creus que hi predomina?

Organitza't les idees

A ESPANYA HI HA

UNITATS DE RELLEU
- altiplà •••
- serralades que envolten la •••
- serralades exteriors
- ••• de l'Ebre i Guadalquivir
- relleu dels arxipèlags

VESSANTS HIDROGRÀFICS
- •••
- mediterrani
- •••

VARIETAT DE CLIMES
- oceànic
- subtropical
- de muntanya
- mediterrani
  - d'interior
  - de costa
  - •••

PAISATGES D'ESPANYA

- atlàntic
- mediterrani

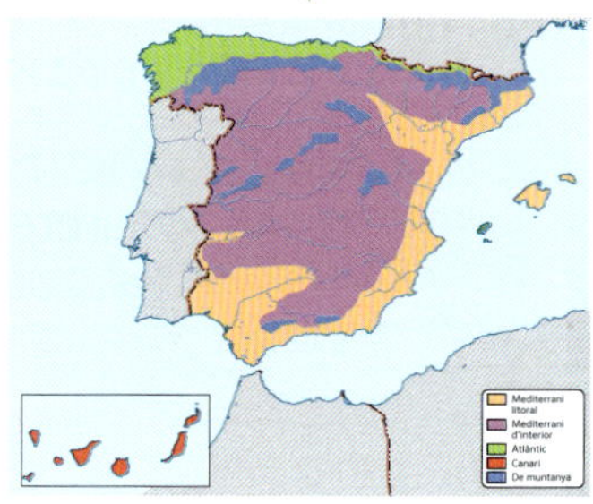

- •••
- •••

Treballa amb l'esquema

38 Copia aquest esquema en el quadern i completa'l amb la informació que falta.

39 Escriu en forma de frases la informació que hi ha en l'esquema.

40 Indica si són verdaderes o falses les afirmacions següents. Corregeix les que consideres que són falses:

a) A Espanya hi ha una gran varietat de paisatges i climes.

b) Espanya és un país amb un relleu pla.

c) Tots els rius espanyols desemboquen al mateix mar.

d) Els rius espanyols tenen molta importància en el paisatge.

41 Copia la taula següent en el quadern i classifica els elements del relleu que s'indiquen a continuació.

Sistema Central – massís Galaic – Pirineus – Sierra Morena – serralades Bètiques – Teide – muntanyes Basques – Mulhacén – serralada Ibèrica – Muntanyes de Toledo – serralada Litoral Catalana – Torre de Cerredo – serralada Cantàbrica – Aneto

Envolten la Meseta	•••
Exteriors a la Meseta	•••
A la Meseta	•••
Depressions	•••
Cims	•••

Repassa la unitat

42 A quina zona climàtica de la Terra està situada Espanya?

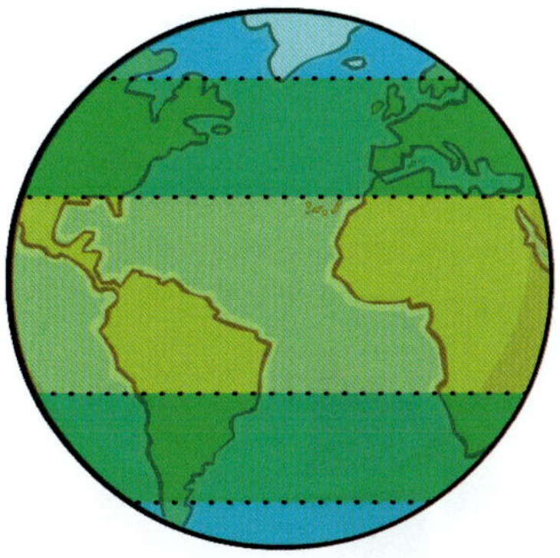

43 Descriu les característiques del relleu litoral de les tres costes d'Espanya.

44 Copia en el quadern les dues columnes i uneix mitjançant fletxes.

Rius cantàbrics	Paisatge sec
Clima mediterrani	Curts i irregulars
Sistema Central	Curts i cabalosos
Rius mediterranis	Plou molt tot l'any
Clima de muntanya	Frontera natural amb França
Pirineus	Divideix la Meseta en dos

45 Busca poesies o endevinalles sobre paisatges d'Espanya. Copia-les i digues quin tipus de paisatge descriuen.

46 Observa les fotografies i respon.

a) Quina vegetació apareix representada en cada una?

b) Quin tipus de paisatge reflecteix cada una?

c) Amb quin clima estan relacionades?

47 El riu Ebre és el més llarg d'Espanya. Observa el mapa i contesta les preguntes.

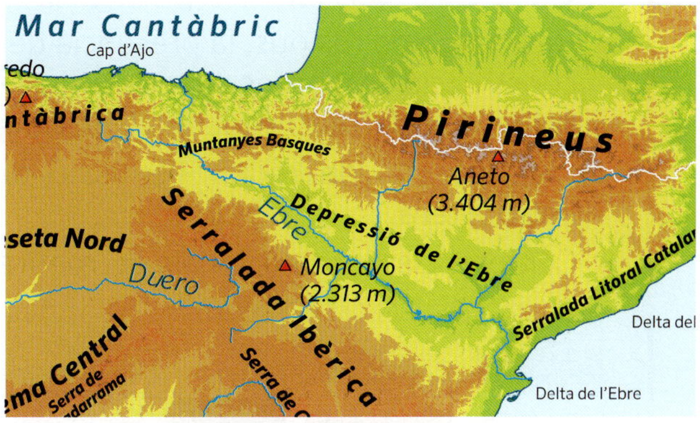

a) A quina serralada naix el riu Ebre? A quin vessant hidrogràfic pertany?

b) Quines comunitats autònomes recorre fins que desemboca al Mediterrani?

c) A quines serralades naixen els afluents del marge esquerre? I els afluents del marge dret?

smSabadigital.com
VALORA EL QUE HAS APRÉS Comprova el que saps en l'**autoavaluació**.

Posa't a prova

SOS!

Els paisatges naturals s'enfronten a alguns **riscos** que poden destruir-los. Poden ser de dos tipus:

- D'**origen natural**, com les inundacions, els incendis i les sequeres.
- Provocats per l'**acció humana**, que són els més greus: incendis intencionats, excés d'activitat agrícola i ramadera, tales descontrolades, etc.

1. Escriu altres riscos que amenacen els nostres paisatges naturals.

És hora d'actuar!

Per a lluitar contra la destrucció dels paisatges cal l'esforç de tots. Durant els últims anys s'hi han desenvolupat nombroses **iniciatives**.

- Creació d'espais naturals protegits.
- Reciclatge de residus: la presència de contenidors als carrers, la construcció de plantes de reciclatge, les campanyes de publicitat sobre la importància que té el reciclatge.
- Lleis per tal de reduir l'emissió de gasos contaminants a l'atmosfera.
- Conferències internacionals pel medi ambient.

1. Què fa la teua família per a lluitar contra la destrucció del medi natural? I els teus amics?

   Fes una enquesta i anota les respostes.

2. Busca informació sobre les conferències de les Nacions Unides per a protegir el medi ambient.

   Quins objectius persegueixen? Hi ha participat Espanya?

Un parc, un paisatge

L'extensa xarxa d'espais naturals d'Espanya protegeix determinades zones amb un alt valor paisatgístic. Entre totes, destaquen els parcs nacionals. Observa el mapa.

XARXA DE PARCS NACIONALS

1 Illes atlàntiques de Galícia
2 Picos de Europa
3 Ordesa i Mont Perdut
4 Aigüestortes i Estany de Sant Maurici
5 Guadarrama
6 Monfragüe
7 Cabañeros
8 Tablas de Daimiel
9 Arxipèlag de Cabrera
10 Doñana
11 Sierra Nevada
12 Caldera de Taburiente
13 Garajonay
14 Teide
15 Timanfaya

1. Quina comunitat autònoma té més parcs nacionals?
2. Mira un mapa físic i assenyala a quina unitat de relleu es troba cada parc nacional.
3. Els colors del mapa responen al tipus de paisatge de cada parc protegit. El verd assenyala les zones humides i el morat, els parcs marins. Investiga a quin tipus de paisatge correspon la resta de colors.

Tasca final — Un programa de turisme natural

Organitzats en grups reduïts, prepareu una presentació sobre un espai natural protegit d'Espanya per a un programa de televisió.

PAS 1 Busqueu mapes, climogrames, infografies, fotografies, etc. en les pàgines oficials d'aquest espai protegit.

PAS 2 Prepareu un fullet amb tota la informació i una presentació de diapositives per a projectar.

PAS 3 Presenteu davant de la classe la informació de tots els espais treballats com si fóra un programa de televisió.

smSabadigital.com

VALORA EL QUE HAS APRÉS Com has treballat en aquesta **tasca**?

unitat

2 Els paisatges d'Europa

Que important que és... conéixer altres codis i llenguatges!

Les paraules i els gestos no són els únics codis que les persones podem arribar a conéixer. Les combinacions de nombres o de símbols, els senyals de circulació o els mapes són llenguatges que hem de saber interpretar.

Tasca final

Busquem espais protegits europeus mitjançant les coordenades geogràfiques.

Aprendre des d'un avió!

Lluís es corda el cinturó del seient. Es disposa a viatjar a Viena per a passar les vacances allí i com que faltarà a classe uns quants dies, la mestra li ha demanat que a canvi faça una redacció en què aplique algunes de les coses que han aprés aquest trimestre.

Mentre l'avió s'enlaira, Lluís es posa a pensar:

"Quina ocurrència que ha tingut la mestra... A veure ara què m'invente!".

La solució li apareix davant, quan comencen a encendre's les pantalles dels seients, en les quals Lluís espera que posen una pel·lícula.

Sense adonar-se'n, es troba a si mateix repassant el relleu i els rius d'Europa. En tot moment, i a pesar que fora és de nit i no s'hi veu res, sap quin és el camí que segueix l'avió, els països pels quals va passant, etc.

"No, si al final la geografia servirà per a alguna cosa!".

Parlem

1. Quin país visitarà Lluís? Quin idioma parlen els seus habitants? Pertanyen a la Unió Europea?
2. Què li podries contar, a Lluís, sobre el relleu europeu? Passarà en el seu viatge per algun mar o alguna serralada?
3. Quines serralades i rius europeus coneixes?

I tu, què n'opines?

4. Els ordinadors, els gràfics, les matemàtiques, els mapes, els senyals de circulació... Tots aquests elements usen llenguatges diferents dels de les paraules i els gestos. Per què és important saber interpretar-los?

1 El relleu d'Europa

Des dels avions, es pot veure la superfície de la Terra.

Segons la zona que sobrevolem, veurem àrees marrons, verdes, blanques o blaves.

Alguna vegada has viatjat amb avió? Què significa cada color?

On es troba Europa?

Europa és un dels sis continents del planeta.

Situat a l'**hemisferi nord**, forma part de la mateixa massa continental que Àsia, de la qual la separen una sèrie de **barreres físiques externes**:

- Els **Urals**, el **riu Ural** i el **mar Caspi**, a l'est.
- La serralada del **Caucas**, un poc més al sud.

La resta de la **superfície** del continent, que ocupa uns 10 milions de quilòmetres quadrats, es troba envoltada de mars i oceans:

- Pel nord, l'**oceà Àrtic**.
- Per l'oest, l'**oceà Atlàntic**.
- Pel sud, el **mar Mediterrani** i el **mar Negre**.

Sabies que...?

Rússia i Turquia es troben en dos continents alhora: Europa i Àsia.

Amb l'ajuda d'un mapa polític d'Europa, situa aquests dos països per a comprovar-ho.

Istanbul, una ciutat entre dos continents.

Les unitats del relleu europeu

Al continent europeu predomina el relleu de **plana**, amb una altitud mitjana de 340 metres.

Tot i aquesta circumstància, també té una gran **varietat geogràfica**: grans elevacions, costes, penínsules, illes, etc.

- **Sistemes muntanyosos:** se situen al centre-sud del continent europeu i es caracteritzen per ser elevats i escarpats, en especial, les serralades jóvens del sud. Destaquen: **Pirineus** (1), els **Alps** (2), els **Apenins** (3), **Balcans** (4), **Carpats** (5), **Serralades Escandinaves** (6), **Caucas** (7) i els **Urals** (8).

- **Altiplans:** principalment se situen al nord i al centre. Es caracteritzen per les formes arredonides i per no superar els 2.000 metres d'altitud. Alguns dels més importants són la **Meseta** (1), a Espanya; **Valdai** (2), a Rússia; i l'**altiplà de Finlàndia** (3).

- **Planes:** la més important és la **Plana de l'Europa Central** (1). La recorren diversos rius que formen nombroses valls. També destaquen la **Plana de l'Europa Oriental** (2), la **Plana Hongaresa** (3) i la **Plana del Mar Negre** (4).

- **Litoral:** Europa té una gran varietat d'accidents costaners. Destaquen els **golfs de Finlàndia** (1), de **Gènova** (2) i de **Biscaia** (3); els **caps de Finisterre** (4), de **Matapan** (5) i del **Nord** (6); els **estrets de Gibraltar** (7), del **Bòsfor** (8) i el **canal de la Mànega** (9); i les **península d'Escandinàvia** (10), de **Kola** (11), de **Crimea** (12), **Ibèrica** (13), **Itàlica** (14) i **Balcànica** (15).

MAPA FÍSIC D'EUROPA

▶ **Europa** es troba envoltada de **mars i oceans**, i separada d'Àsia per barreres físiques naturals, com els **Urals**.

▶ El **relleu** d'Europa és **pla** al centre i a l'est, encara que també hi ha importants **sistemes muntanyosos al sud**.

Activitats

1. Quines són les característiques del relleu a Europa? Per què?

2. Anomena les principals unitats del relleu a Europa i digues un exemple de cada una.

3. Copia la taula i completa-la amb els límits físics d'Europa.

Nord	Sud	Est	Oest
●●●	●●●	●●●	●●●

Usa tots els teus recursos

4. Localitza en el mapa tres cims muntanyosos dels més alts d'Europa.

5. Fixa't en la llegenda del mapa. Representa l'altitud en metres. Quins colors hi predominen? A quina altitud corresponen?

6. smSabadigital.com
COMPRÉN El relleu europeu, a un clic de ratolí!

2 El relleu litoral d'Europa

Imagina que un dia et ve de gust eixir a fer una passejada per la vora del mar... Però, com caminaries si no hi haguera platja?

Cap Ortegal, Galícia.

Les costes continentals

La **costa europea** té quasi 38.000 km d'extensió. Presenta unes formes molt **retallades**, per l'acció de l'aigua del mar, que desgasta les roques més blanes.

De vegades l'aigua del mar envaeix antigues valls, com en el cas dels **fiords** noruecs. Altres vegades, les muntanyes arriben fins al mar i donen lloc a **penya-segats**, com els del nord. I si el terreny que arriba al mar és pla, origina **costes baixes**, com a Bèlgica, els Països Baixos, Alemanya o Polònia.

- fiord

- A les costes del nord del continent hi ha muntanyes que arriben fins al mar i formen grans **penya-segats**.

Penya-segat de Moher, Irlanda.

- L'**impacte de l'onatge** a la base dels penya-segats origina sapes profundes per davall de la roca.

Acció de les ones sobre les costes altes.

Les illes i arxipèlags d'Europa

Europa té, a més, milers d'**illes**, que representen el **8 % del territori** europeu.

En general, les illes s'agrupen en **arxipèlags**, com el canari, el balear, el bàltic, el grec, etc. Però també hi ha illes soltes d'una **gran extensió, com Gran Bretanya i Irlanda**.

Treballa amb la imatge

7. Observa la imatge. A quina part del penya-segat creus que exerceix més força l'acció de l'aigua del mar? Què podria acabar passant a la part superior?

LA COSTA I ELS ARXIPÈLAGS EUROPEUS

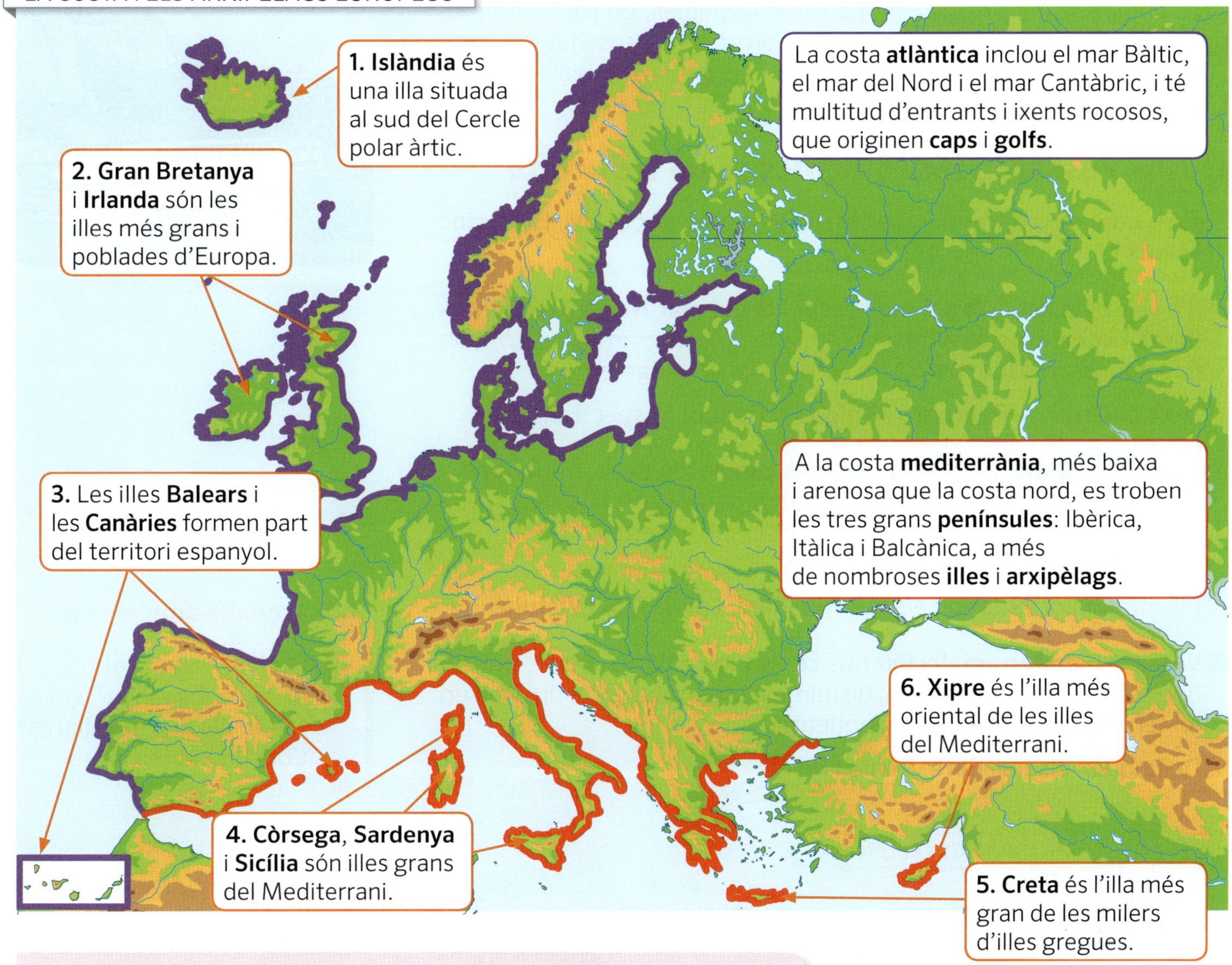

- La **costa europea** és molt retallada, amb nombrosos entrants i ixents.
- Les **muntanyes** que arriben fins al mar formen **costes altes**, i els terrenys més **plans** originen **costes baixes**.
- La majoria de les **illes** europees s'agrupen en **arxipèlags**, però també hi ha algunes illes de **més extensió**.

Activitats

8 Fes un esquema amb les característiques dels tipus de costes europees i anomena dos accidents costaners de cada zona.

9 Completa aquestes oracions en el quadern.

- Sicília, Còrsega i Sardenya es troben al mar ●●●.
- Les illes més grans d'Europa són ●●● i ●●●, i es troben a l'●●●.

Usa tots els teus recursos

10 Completa una taula com aquesta amb la ubicació de les illes europees que has vist.

Mar / Oceà	Illa
Mediterrani	Sicília
●●●	●●●
●●●	●●●

3 Els rius i llacs d'Europa

Atés que molts dels rius d'Europa són navegables, en l'actualitat, hi ha persones que prefereixen conéixer diversos països viatjant amb vaixell. Alguna vegada has sentit parlar dels creuers fluvials? Quines característiques ha de tindre un riu per a fer-hi un creuer?

Quins vessants hidrogràfics hi ha a Europa?

Els rius europeus desemboquen en diversos mars i oceans. Hi ha **cinc vessants** hidrogràfics al continent:

- Els vessants **àrtic**, **del mar Caspi i** **del mar Negre**. Tenen rius **llargs i cabalosos** que travessen planes d'una gran extensió. Són navegables a l'estiu, però a l'hivern molts es congelen.

  Destaquen el riu **Petxora**, el **Volga** i el **Danubi**, respectivament.

- Vessant **atlàntic**. Inclou els **rius més cabalosos** del continent perquè travessen zones amb pluges abundants. Són rius llargs que corren per planes extenses i, en general, són navegables. Solen originar **estuaris** a les desembocadures.

  Els més importants són els rius **Rin**, **Elba**, **Loira**, **Tajo** i **Vístula**.

- Vessant **mediterrani**. Inclou rius **curts i irregulars**, ja que, encara que són cabalosos a l'hivern, disminueixen el cabal a l'estiu. Naixen en terrenys alts i amb forts pendents.

  Destaquen els rius **Ebre**, **Roine** i **Po**.

- plana
- estuari

Treballa amb el mapa

11 Quins vessants europeus hi ha a Espanya? Quins tenen els rius més llargs? Consulta el teu *Atles*.

VESSANTS HIDROGRÀFICS D'EUROPA

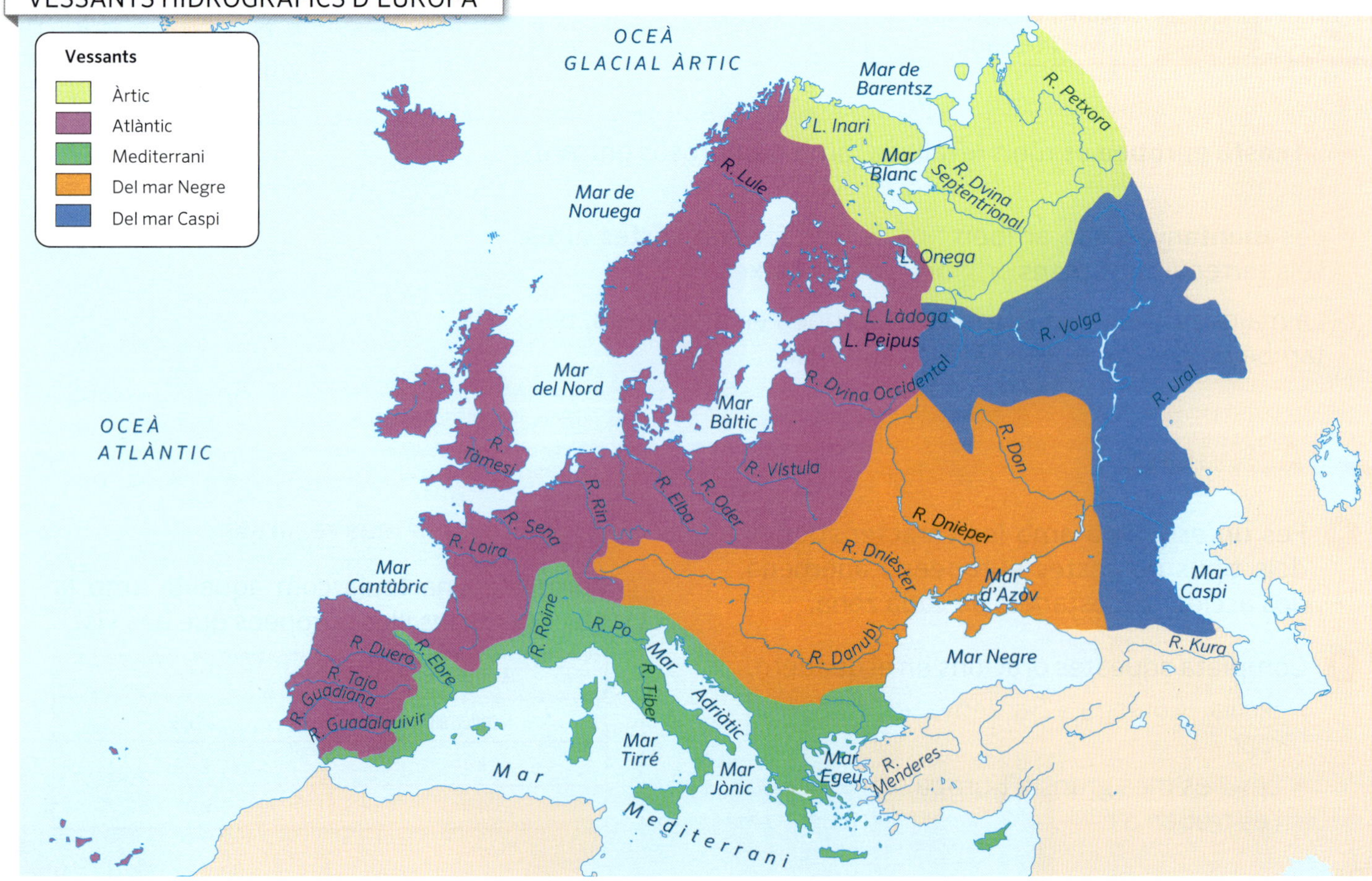

Com són els llacs europeus?

A Europa hi ha una gran quantitat de **llacs** xicotets repartits per tot el continent. Els llacs europeus es poden agrupar **segons la localització**:

Llac Làdoga, a Rússia.

Llacs septentrionals. Són d'origen glacial. Es troben fonamentalment a Finlàndia i Rússia, on destaquen el Làdoga, l'Onega, el Saimaa i el Peipus.

Llac Garda, a Itàlia.

Llacs alpins. Es troben al llarg de la serralada dels Alps, com el cas dels llacs suïssos. A Hongria també destaca el Balaton, i a Itàlia, el llac Garda.

Albufera de València, a Espanya.

Llacs mediterranis. Són de menys extensió. A Espanya destaca l'Albufera de València; a França, els llacs del Rosselló, i entre Albània i Montenegro, el llac Shkodër.

- Els **rius** d'Europa s'agrupen en cinc **vessants**: àrtic, del mar Caspi, del mar Negre, atlàntic i mediterrani.
- Els principals **llacs** europeus se situen al **nord**, a l'àrea **alpina** i a l'àrea **mediterrània**.

Activitats

12 Relaciona cada un dels següents rius europeus amb el vessant al qual pertany.

Petxora •	
Loira •	• mediterrani
Tajo •	• del mar Negre
Roine •	• atlàntic
Danubi •	• del mar Caspi
Volga •	• àrtic
Ebre •	

13 smSabadigital.com PRACTICA
Repassa les principals formes de relleu i els rius europeus.

Usa tots els teus recursos

14 Quines característiques creus que ha de tindre un riu perquè siga navegable?

15 Observa aquesta imatge i, amb l'ajuda de l'*Atles*, contesta aquestes preguntes.

a) Podries viatjar des d'Amsterdam fins a Basilea amb vaixell?

b) Per quin riu navegaries?

c) Quins països travessaries?

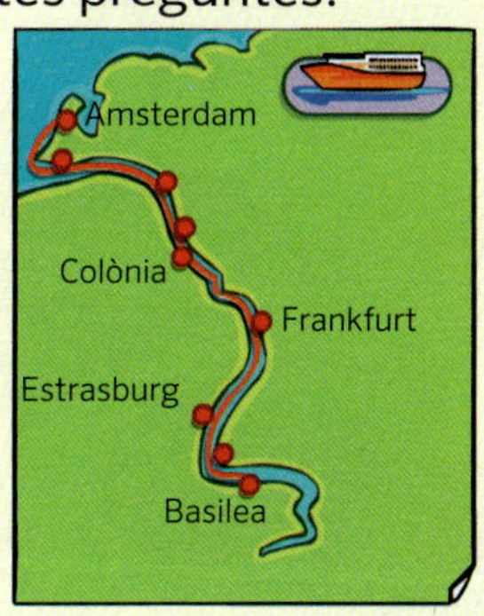

4 Els climes d'Europa

Segurament et deus haver fixat que molts ciutadans europeus viatgen a Espanya a passar les vacances. Si és estiu en tots els països, per què creus que trien el sud d'Europa per a estiuejar?

Zones climàtiques i climes

La major part del territori d'**Europa** es troba a la **zona temperada** de l'hemisferi nord. No obstant això, una part xicoteta del territori nord d'Europa es troba dins de la **zona freda**.

A més, com que Europa limita en tres dels quatre punts cardinals amb mars i oceans, la **influència marítima i oceànica** condiciona els climes en la major part del continent.

A Europa podem diferenciar fins a sis tipus de climes diferents:

CLIMA OCEÀNIC	
Temperatures	Hiverns i estius suaus.
Precipitacions	Constants tot l'any, encara que disminueixen a l'estiu.

CLIMA POLAR	
Temperatures	Baixes tot l'any.
Precipitacions	Escasses, solen ser en forma de neu.

CLIMA CONTINENTAL	
Temperatures	Extremes, hiverns molt freds i llargs; estius molt calorosos i curts.
Precipitacions	Escasses, principalment a la primavera i tardor.

CLIMA SUBTROPICAL	
Temperatures	Suaus tot l'any.
Precipitacions	Escasses.

CLIMA MEDITERRANI	
Temperatures	Suaus a l'hivern i càlides a l'estiu.
Precipitacions	En general, són escasses i irregulars. De vegades poden ser torrencials.

CLIMA D'ALTA MUNTANYA	
Temperatures	Hiverns freds i estius freds.
Precipitacions	En forma de neu a l'hivern i de pluja a l'estiu.

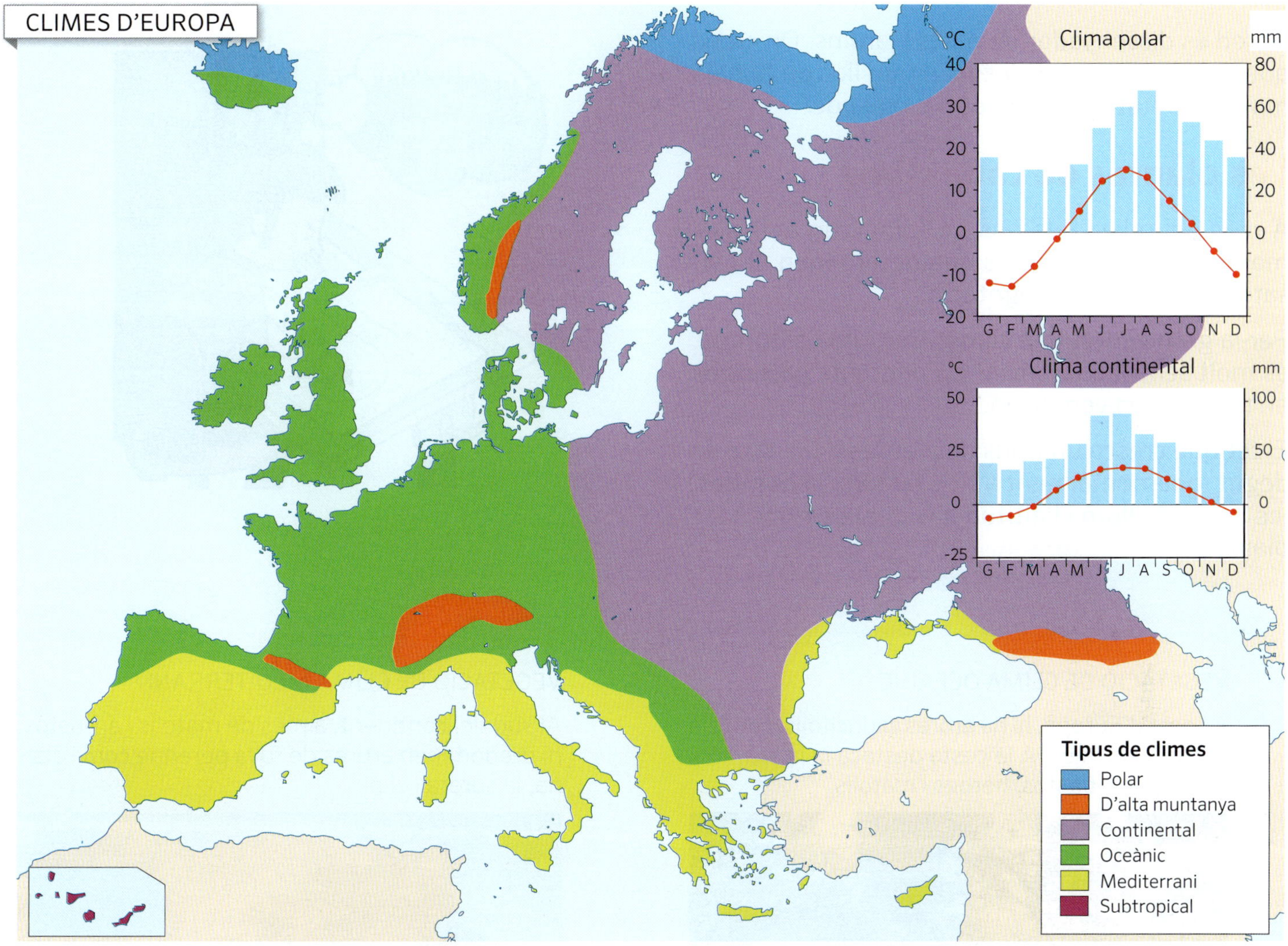

- La major part del continent europeu es troba a la **zona temperada** de l'hemisferi nord, i una part xicoteta del nord d'Europa es troba a la **zona freda**.
- A Europa es diferencien fins a sis tipus de climes: **continental**, **oceànic**, **mediterrani**, **subtropical**, **polar** i de **muntanya**.

Activitats

16 Quin clima defineixen?

- No se situen a la zona temperada climàtica temperada.
- Predomina a les illes Canàries i a Madeira, amb temperatures suaus i poques pluges.
- Es registren temperatures extremes tant a l'estiu com a l'hivern.

17 Observa els climogrames. Quin mostra el clima més adequat per a l'agricultura? Raona la resposta.

Usa tots els teus recursos

18 Quins dels principals climes europeus es donen a Espanya?

19 Escriu en el quadern el nom de tres països situats en cada un dels climes que predominen a Europa.

20 sm**Saba**digital.com
JUGA I APRÉN Demostra els teus coneixements sobre el **clima europeu**.

5 El paisatge i la vegetació a Europa

Alfred és dissenyador de parcs i jardins. On creus que haurà de plantar gespa: en un lloc on hi haja molta humitat o en un lloc on ploga poc?

Les plantes de cada clima

A més del relleu, els rius i el clima, un dels elements més característics que determinen el paisatge d'un lloc és la **vegetació**.

Per la gran varietat de climes que hi ha a Europa, és molt senzill diferenciar els diferents **paisatges** en funció de la vegetació.

El fet que cresca un tipus de plantes o un altre és degut fonamentalment a tres factors: la **humitat**, les hores de **llum** i l'**altitud** a la qual es troben les plantes.

VEGETACIÓ DE CLIMA OCEÀNIC

A l'oest d'Europa, hi ha arbres caducifolis, com els roures i els fajos. A la costa destaca la landa, formada per arbustos, herbes i matolls.

VEGETACIÓ DE CLIMA MEDITERRANI

Al sud del continent, a més de matolls i arbustos, hi predominen arbres de fulla perenne com l'alzina, la surera i el pi.

VEGETACIÓ DE CLIMA D'ALTA MUNTANYA

En els grans sistemes muntanyosos, on hi ha molta altitud, creixen boscos i prats.

VEGETACIÓ DE CLIMA CONTINENTAL

Al centre i a l'est d'Europa, creixen prades i estepes. Al nord és característica la taigà, amb boscos de pins i avets.

Taller de geografia

Clima i vegetació... hi tenen molta relació!

L'orientació d'un lloc determina, juntament amb altres factors, l'existència d'un tipus o un altre de vegetació. Observa aquesta il·lustració sobre la vegetació que hi ha a l'un costat i a l'altre de la muntanya.

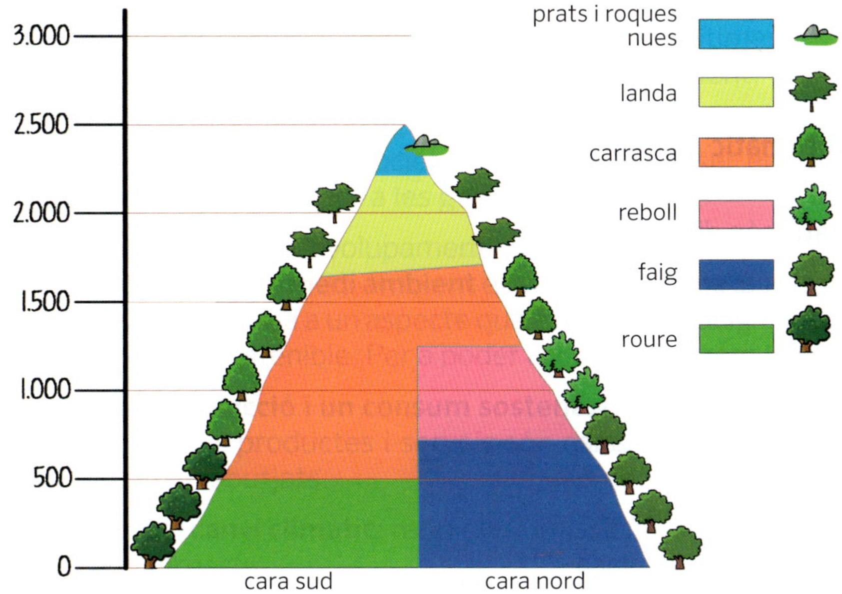

21 Quines diferències observes entre la vegetació de la cara nord i la cara sud de la muntanya?

22 Per què creus que es produeixen aquestes diferències?

23 La muntanya d'aquest exemple es troba a la serralada Cantàbrica. Quins altres factors intervenen, a més de l'orientació, perquè hi haja aquestes variacions als estatges de vegetació?

VEGETACIÓ DE CLIMA SUBTROPICAL

Les illes Canàries són riques en espècies autòctones, com el pi canari i el drago.

VEGETACIÓ DE CLIMA POLAR

Al nord del continent, predomina la tundra, formada per molses i líquens, i amb absència d'arbres.

- La **vegetació** és un dels elements més determinants dels **paisatges**.
- Els **factors** que determinen un tipus de vegetació o un altre són la **humitat**, les hores de llum i l'**altitud**.

Activitats

24 Uneix les columnes en el quadern.

landes a la costa •	• vegetació polar
taigàs al nord •	• vegetació subtropical
tundra •	• vegetació oceànica
pi canari i drago •	• vegetació continental

25 smSabadigital.com
JUGA I APRÉN Saps quin paisatge es correspon amb cada imatge?

Organitza't les idees

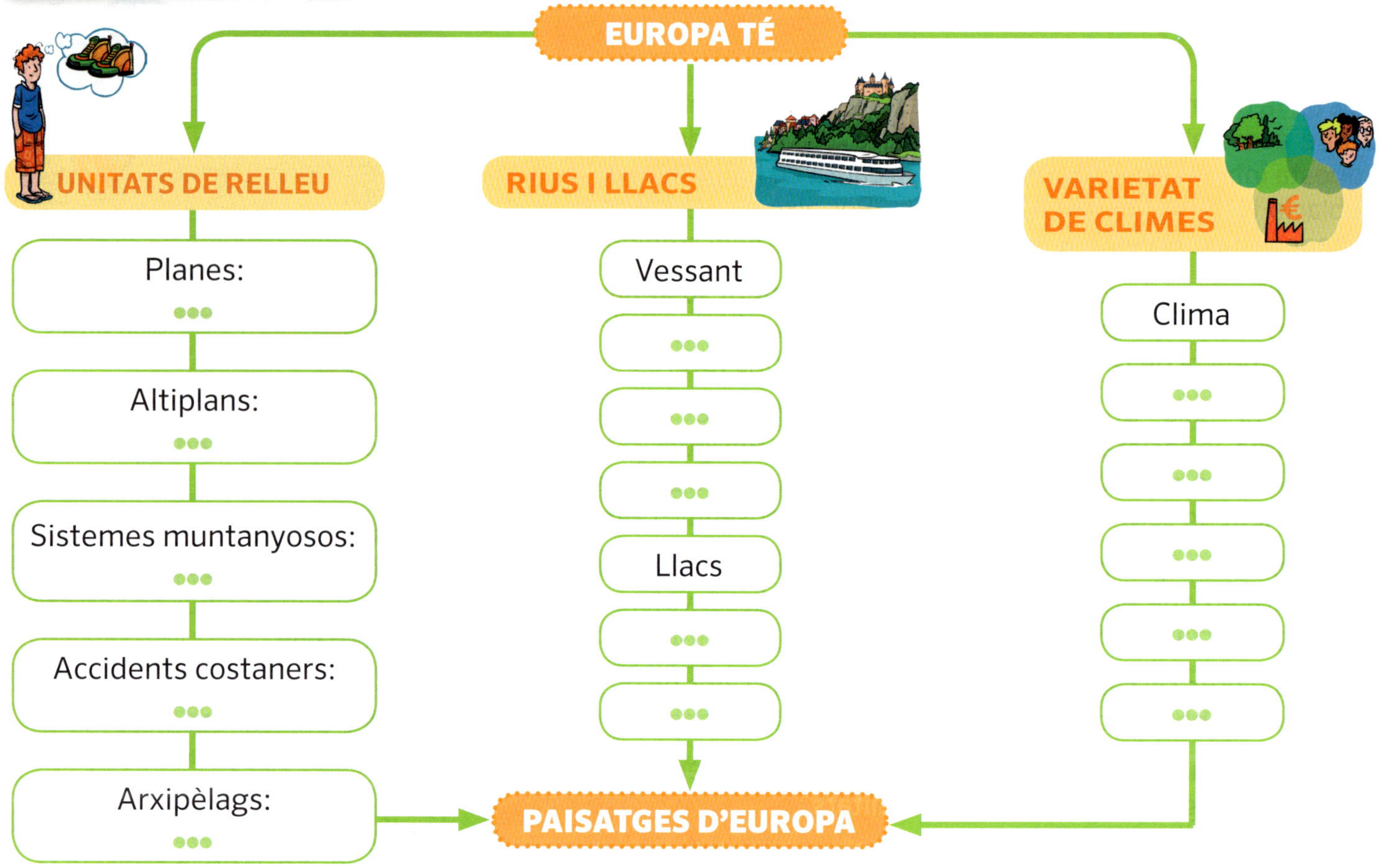

Treballa amb l'esquema

32 Copia l'esquema anterior en el quadern i completa'l amb tota la informació que hi falta.

33 Escriu en forma d'oracions la informació que apareix en l'esquema.

34 Indica si les afirmacions següents són verdaderes o falses. Corregeix en el quadern les que siguen falses:

a) A l'est, Europa està separada d'Amèrica per la serralada dels Andes, el riu Ural i el mar Caspi.

b) A Europa es donen dos tipus de climes: atlàntic i mediterrani.

c) Els rius d'Europa pertanyen a cinc vessants hidrogràfics.

d) Al continent europeu hi ha llacs de grans dimensions, com el llac Superior.

e) El canvi climàtic està causat per la desforestació i l'ús excessiu de combustibles i de fertilitzants.

35 Relaciona aquests termes amb una de les definicions següents.

vessant atlàntic – desenvolupament sostenible – clima polar – costes mediterrànies

a) Litoral generalment baix i arenós on se situen les tres grans penínsules del continent i nombroses illes.

b) Inclou els rius més cabalosos del continent. Els més importants són: Rin, Elba, Loira, Tajo i Vístula.

c) S'estén pel nord del continent. Les temperatures són baixes tot l'any, i les escasses precipitacions solen ser en forma de neu.

d) Sistema que permet el progrés de la societat actual sense posar en risc l'existència de recursos per a les generacions futures.

36 Com són les costes europees en funció del tipus de mar o l'oceà que les banya?

Taller de geografia

Clima i vegetació... hi tenen molta relació!

L'orientació d'un lloc determina, juntament amb altres factors, l'existència d'un tipus o un altre de vegetació. Observa aquesta il·lustració sobre la vegetació que hi ha a l'un costat i a l'altre de la muntanya.

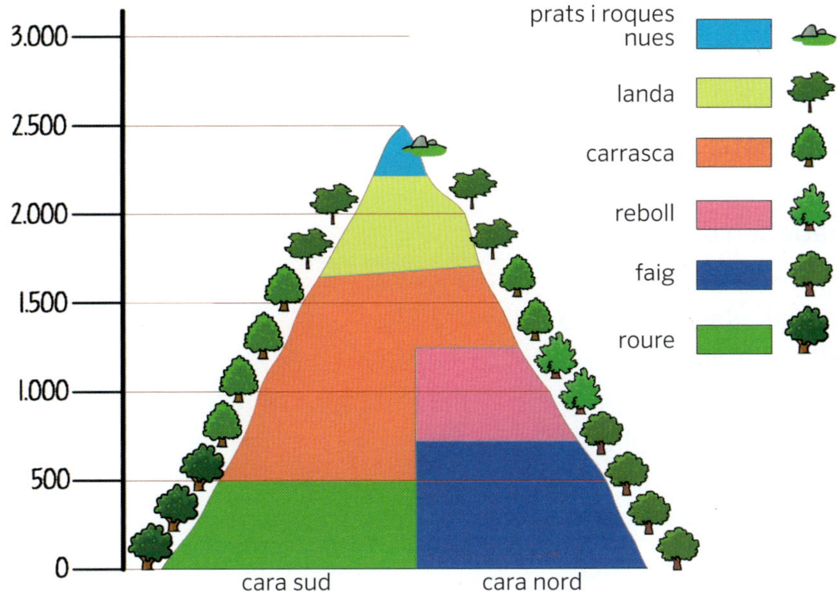

21 Quines diferències observes entre la vegetació de la cara nord i la cara sud de la muntanya?

22 Per què creus que es produeixen aquestes diferències?

23 La muntanya d'aquest exemple es troba a la serralada Cantàbrica. Quins altres factors intervenen, a més de l'orientació, perquè hi haja aquestes variacions als estatges de vegetació?

VEGETACIÓ DE CLIMA SUBTROPICAL

Les illes Canàries són riques en espècies autòctones, com el pi canari i el drago.

VEGETACIÓ DE CLIMA POLAR

Al nord del continent, predomina la tundra, formada per molses i líquens, i amb absència d'arbres.

- La **vegetació** és un dels elements més determinants dels **paisatges**.
- Els **factors** que determinen un tipus de vegetació o un altre són la **humitat**, les hores de llum i l'**altitud**.

Activitats

24 Uneix les columnes en el quadern.

landes a la costa •	• vegetació polar
taigàs al nord •	• vegetació subtropical
tundra •	• vegetació oceànica
pi canari i drago •	• vegetació continental

25 smSabadigital.com
JUGA I APRÉN Saps quin paisatge es correspon amb cada imatge?

6 La conservació del medi ambient a Europa

De vegades a l'hivern posem la calefacció fins i tot quan no fa molt de fred. Així sobrecalfem les cases.

Però els gasos que s'emeten per a calfar-nos influeixen en el calfament de l'atmosfera. I aquest no és un problema només del nostre país, ni tan sols d'Europa... És un problema global!

El canvi climàtic ens afecta

Els científics ens adverteixen que el **canvi climàtic** és un problema ambiental que afecta tot el planeta.

A **Europa**, les conseqüències del **canvi climàtic** són diverses:

- **Augment global de la temperatura**, sobretot al sud del continent i a la regió àrtica, que fon el gel de les glaceres. Això provoca, al seu torn, l'**augment del nivell del mar**.
- **Augment de les precipitacions**, fet que causa inundacions, sobretot a les zones costaneres, als deltes i a les planes al·luvials. No obstant això, al nord i nord-oest d'Europa es comença a notar un cert **descens de les precipitacions**.
- **Canvi en els ecosistemes**, fet que comporta el desplaçament d'espècies vegetals i animals cap al nord d'Europa i cap a cotes més elevades.

EL CALFAMENT GLOBAL DEL PLANETA

1. Fenomen natural

2. Causes

3. Conseqüències

Com practicar el desenvolupament sostenible?

Des de fa milers d'anys, l'ésser humà ha modificat l'entorn per a tindre accés als recursos naturals. Però els últims dos segles aquesta intervenció s'ha multiplicat, a causa de l'augment de la població i el progrés tècnic i científic. Per això, en les últimes dècades s'ha produït una greu deterioració del medi ambient.

Per a evitar-ho cal promoure un **desenvolupament sostenible**, que permeta el progrés de la societat actual sense posar en risc l'existència de recursos per a les generacions futures.

Perquè hi haja un desenvolupament sostenible cal que l'**economia**, la **societat** i el **medi ambient** es valoren igual, ja que si es dóna més importància a un aspecte que a un altre el desenvolupament no serà sostenible. Per a poder aconseguir-ho, cal:

- Impulsar **una producció i un consum sostenibles**: canviar la manera en què els productes i serveis són dissenyats, produïts, utilitzats i rebutjats.
- Lluitar contra el **canvi climàtic**: reduir les emissions de gasos d'efecte d'hivernacle.
- Entendre que els **recursos naturals** que sustenten la vida, com ara l'aigua, l'aire i el sòl, són limitats.
- Construir **comunitats sostenibles**, mitjançant el desenvolupament d'espais verds i la construcció d'habitatges que no impliquen un consum excessiu d'energia.

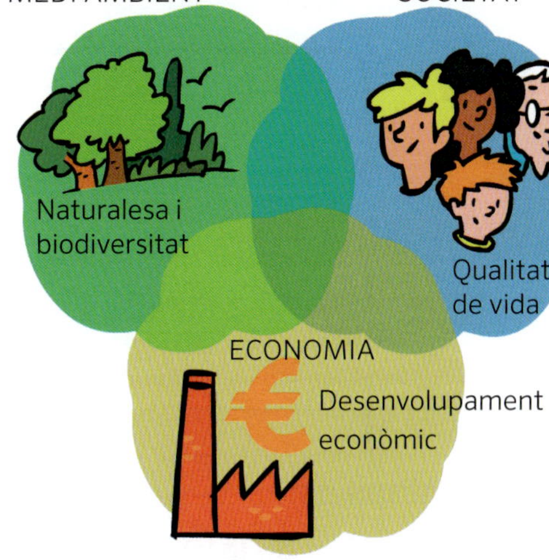

- El **canvi climàtic** està causat per l'augment de l'emissió de gasos que intensifiquen l'**efecte d'hivernacle**.
- El **desenvolupament sostenible** permet utilitzar recursos naturals de manera que no s'esgoten amb vista al futur.

La **desforestació** contribueix a l'augment del diòxid de carboni en l'aire, ja que quan els arbres són cremats o tallats, el **carboni** que emmagatzemaven torna a l'atmosfera.

L'**excés d'emissions** d'aquests gasos fa que l'atmosfera retinga massa calor i les **temperatures pugen**.

Activitats

26 Explica el canvi climàtic, les causes i les conseqüències.

27 Com influeixen les activitats humanes en l'alteració del medi ambient?

28 Defineix *desenvolupament sostenible*. A continuació, indica què es pot fer per a aconseguir-lo.

Usa tots els teus recursos

29 Què són les fonts d'energia renovables? Quines són?

30 Investiga els problemes ambientals més urgents de la comunitat on vius.

31 smSabadigital.com PRACTICA Com podem reduir els riscos ambientals?

Organitza't les idees

EUROPA TÉ

- **UNITATS DE RELLEU**
  - Planes: ●●●
  - Altiplans: ●●●
  - Sistemes muntanyosos: ●●●
  - Accidents costaners: ●●●
  - Arxipèlags: ●●●

- **RIUS I LLACS**
  - Vessant
    - ●●●
    - ●●●
    - ●●●
  - Llacs
    - ●●●
    - ●●●

- **VARIETAT DE CLIMES**
  - Clima
    - ●●●
    - ●●●
    - ●●●
    - ●●●
    - ●●●

PAISATGES D'EUROPA

Treballa amb l'esquema

32 Copia l'esquema anterior en el quadern i completa'l amb tota la informació que hi falta.

33 Escriu en forma d'oracions la informació que apareix en l'esquema.

34 Indica si les afirmacions següents són vertaderes o falses. Corregeix en el quadern les que siguen falses:

a) A l'est, Europa està separada d'Amèrica per la serralada dels Andes, el riu Ural i el mar Caspi.

b) A Europa es donen dos tipus de climes: atlàntic i mediterrani.

c) Els rius d'Europa pertanyen a cinc vessants hidrogràfics.

d) Al continent europeu hi ha llacs de grans dimensions, com el llac Superior.

e) El canvi climàtic està causat per la desforestació i l'ús excessiu de combustibles i de fertilitzants.

35 Relaciona aquests termes amb una de les definicions següents.

vessant atlàntic – desenvolupament sostenible – clima polar – costes mediterrànies

a) Litoral generalment baix i arenós on se situen les tres grans penínsules del continent i nombroses illes.

b) Inclou els rius més cabalosos del continent. Els més importants són: Rin, Elba, Loira, Tajo i Vístula.

c) S'estén pel nord del continent. Les temperatures són baixes tot l'any, i les escasses precipitacions solen ser en forma de neu.

d) Sistema que permet el progrés de la societat actual sense posar en risc l'existència de recursos per a les generacions futures.

36 Com són les costes europees en funció del tipus de mar o l'oceà que les banya?

Repassa la unitat

37 Copia el mapa mut d'Europa i localitza-hi les principals unitats del relleu.

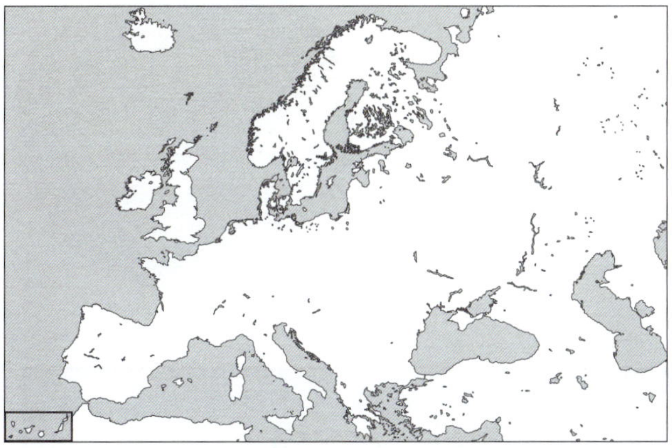

38 Aquestes són algunes de les muntanyes més elevades d'Europa. Situa-les en el mapa anterior i investiga quina és l'altitud dels cims.

Muntanya	Ubicació
Elbrus	Caucas
Mont Blanc	els Alps
Cerví	els Alps
Mulhacén	serralada Penibètica
Aneto	Pirineus

39 Tria un riu d'Europa i prepara una fitxa com aquesta.

Nom: ●●●
Naixement: ●●●
Desembocadura: ●●●
Longitud: ●●●
Afluents: ●●●
Països que recorre: ●●●
Curiositats: ●●●

40 Escriu en el quadern una llista amb els principals accidents del litoral europeu.

golfs
penínsules
estrets
caps

41 Observa aquestes imatges i indica a quina illa correspon cada silueta.

a

b

c

d
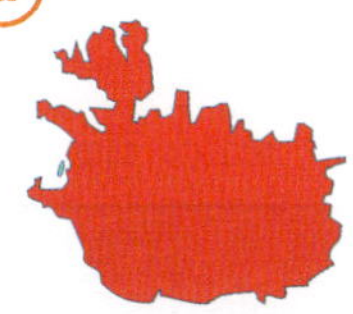

42 Observa aquestes fotografies. A quins climes europeus creus que corresponen? Per què? Quins dos tipus de clima no estan representats en aquestes fotografies?

a

b

c

d

43 Completa la taula següent sobre les conseqüències del canvi climàtic a Europa.

Conseqüències del canvi climàtic	Zona	Efecte
Augment ●●●	●●●	Augment de les onades de calor, sequera, fusió del gel
Augment de les precipitacions, inundacions i tempestes	Costes europees	●●●
Descens de les ●●●	●●●	Agricultura, sequera, etc.
Canvi en els ●●●	●●●	Desplaçament d'espècies

44 Dibuixa un mapa d'Europa i assenyala-hi les zones més afectades pel canvi climàtic, segons les dades de la taula anterior.

smSabadigital.com
VALORA EL QUE HAS APRÉS Comprova el que saps en l'**autoavaluació**.

Posa't a prova

De professió... cartògrafa!

Virgínia té clar que de major vol ser cartògrafa. Saps en què consistirà el seu treball? Principalment, es tracta d'elaborar mapes. Una activitat molt important, perquè per a poder estudiar la geografia del nostre planeta, cal representar-la amb la màxima precisió possible.

Els mapes són una de les bases de dades més utilitzades. Recorda quins són els elements essencials d'un mapa.

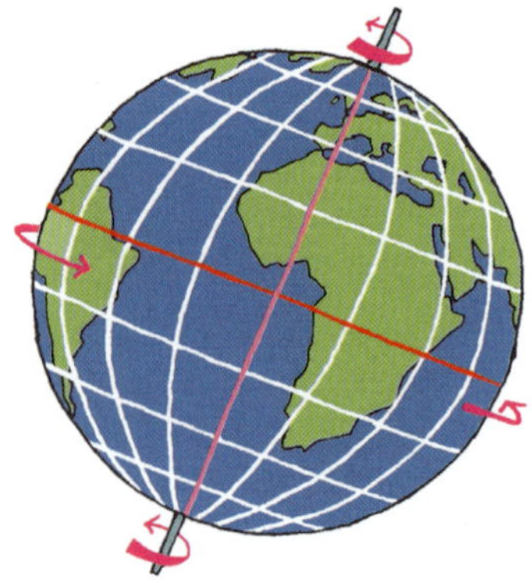

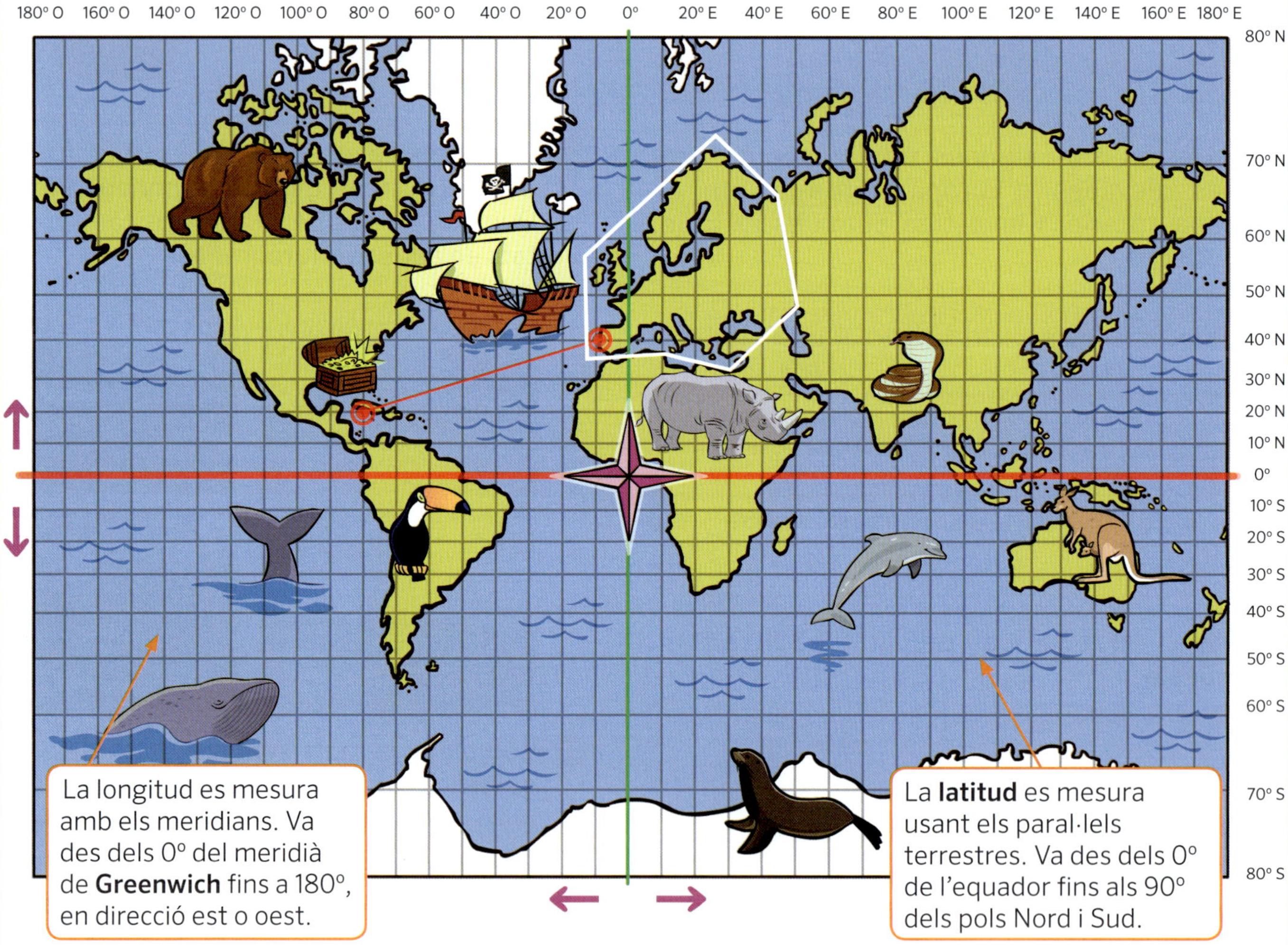

1. Copia el globus terraqüi en el quadern i assenyala-hi:

   meridians | paral·lels | meridià 0° (Greenwich) | equador

2. Com veus, el punt que assenyala Espanya apareix en la latitud 40° N, longitud 8° O. Indica de la mateixa manera les coordenades del punt marcat a Amèrica.

3. Indica les coordenades dels vèrtexs del perímetre que envolta Europa.

4. A continuació, assenyala les coordenades aproximades en les quals es troben els animals que apareixen en cada continent.

Les coordenades geogràfiques

El GPS funciona gràcies a una xarxa de satèl·lits que orbiten al voltant de la Terra. Els receptors que portem als cotxes o als telèfons mòbils indiquen la posició on es troben, usant la latitud i la longitud.

La utilització d'aquests instruments s'ha fet habitual als vehicles i als mòbils, ja que ens permet preparar un recorregut, veure el nom dels carrers, el sentit de la circulació, el relleu, etc.

1. Utilitza un sistema d'itineraris, com Google Maps, i calcula el camí més curt per a arribar al teu lloc preferit d'Europa. Dibuixa un planisferi mut i traça-hi el recorregut que t'ha recomanat l'aplicació. Quants quilòmetres hi ha? En quines coordenades es troba? I tu?
2. La Unió Europea i l'Agència Espacial Europea han preparat un nou sistema d'orientació planetària. Investiga com s'anomena i quan es posarà en funcionament.

Tasca final — De viatge pels espais protegits d'Europa

Ara coneixerem alguns espais naturals protegits d'Europa. Ara bé, per a trobar-los, és molt important que sàpies moure't a través de les coordenades.

PAS 1 Per grups, determineu la latitud i la longitud on es troba cada espai natural i busqueu-ne imatges.

PAS 2 Plantegeu una ruta pels espais naturals que us agradaria visitar, indiqueu-ne només les coordenades i intercanvieu la vostra ruta amb la d'un altre grup.

PAS 3 Localitzeu els espais naturals que us ha tocat visitar i prepareu-ne una exposició. Podreu mostrar les imatges d'aquests espais naturals com si foren fotografies fetes durant el vostre viatge.

PAS 4 Quan acabeu totes les exposicions, poseu en comú en què s'assemblen i en què es diferencien els paisatges de cada espai natural.

smSabadigital.com
VALORA EL QUE HAS APRÉS Com has treballat en aquesta **tasca**?

LA TEUA REVISTA

La gota viatgera

Des que s'evapora fins que cau de nou en forma de pluja, una gota d'aigua pot viatjar milers de quilòmetres. Durant el viatge, passa uns deu o dotze dies en l'atmosfera, on perd i recupera la forma de gota.

En quin estat està l'aigua en l'atmosfera? On ha de caure la gota d'aigua per a poder formar un riu?

Els ulls del Guadiana?

El riu Guadiana, al seu pas per Castella-la Manxa, troba esquerdes tan grans en la roca que es filtra davall de terra i flueix com un aqüífer. No es veu durant... 15 quilòmetres!

Després del viatge subterrani, el riu reapareix en forma de *brolladors*, en la zona anomenada "els ulls del Guadiana". Però el nom tan poètic no és més que un error de traducció, ja que prové de l'àrab, en el qual *ull* i *brollador* s'anomenen igual...

Quins altres rius pertanyen al vessant atlàntic? Quan es degué adaptar el nom àrab?

Una de vaquers

A la província andalusa d'Almeria es troba l'únic desert verdader d'Europa. És un desert peculiar, ja que, de tant en tant, cauen pluges torrencials que erosionen la roca i originen un paisatge molt particular... Pot ser que et sone de les pel·lícules de l'Oest que s'han gravat allí!

Quins tipus d'erosió coneixes? En quina unitat del relleu espanyol trobem aquest desert?

Una platja que no és platja... O sí?

La platja de Gulpiyuri, a Astúries, pot ser una platja o no, segons l'hora del dia. El que succeeix és que entre el mar i l'arena hi ha uns cent metres de roques.

Quan la marea està baixa, la platja s'asseca. Si està alta, l'aigua travessa els penya-segats per una esquerda subterrània i forma fins a 40 metres de platja. És un paisatge tan espectacular, que s'ha declarat monument natural.

A quina regió costanera pertany aquesta platja?

Quines direccions assenyala aquesta rosa dels vents?

Flors en el mar?

La rosa dels vents és la representació dels punts cardinals usada en els mapes, encara que el seu origen cal buscar-lo en les cartes de navegació. Està formada per rombes: dos indiquen els quatre punts cardinals i els altres dos indiquen el nord-est, sud-est, nord-oest i sud-oest, etc. La més comuna està formada per 16 rombes, que assenyalen 32 rumbs possibles.

És evident que, com més rombes tinga, més semblarà una rosa... Però, sabies que les més antigues tenen una flor de lis que indica el nord? Tantes flors té el mar?

Que lluny que està la platja!

Liechtenstein és un país europeu tan xicotet que costa trobar-lo en el mapa.

Es troba entre Suïssa i Àustria, i és tan d'interior, que és l'únic país europeu doblement allunyat del mar. És a dir, que no solament no té costa, sinó que els països que l'envolten, tampoc en tenen.

Quins mars o oceans es troben més prop de Liechtenstein?

Més de 50 °C de diferència!

Hi ha llocs en el món on la diferència entre la temperatura màxima i la mínima registrada en un mateix dia pot ser molt àmplia. En 1916, un poble dels Estats Units va arribar a passar dels 7 °C de màxima als -49 °C de mínima... 56 °C de descens en un sol dia!

En quin tipus de clima europeu podria haver-hi tanta diferència de temperatures?

Deserts submarins

El calfament global també es pateix davall de l'aigua, on s'han descobert deserts submarins. L'augment de la temperatura de l'aire incrementa també la de l'aigua dels oceans, per la qual cosa les plantes submarines i les algues desapareixen i els peixos, sense aliment, es veuen obligats a desplaçar-se. Així, tot i la quantitat d'aigua, no hi ha vida.

Quines altres conseqüències del canvi climàtic s'estan produint a Europa?

Comprova el que has après

Test

Test: Recordes tot el que has après durant aquest trimestre? Comprova-ho amb aquest test.

1. Les plaques tectòniques es desplacen a causa de:
   A. Les expulsions de magma.
   B. La calor de la Terra i la gravetat.
   C. L'acumulació de sediments.

2. La longitud, el cabal i el règim d'un riu varien segons:
   A. La quantitat d'aigua que porta el riu en el seu curs mitjà.
   B. El relleu i el clima.
   C. Les precipitacions durant un any.

3. Què pots analitzar en aquest mapa?

   A. El paisatge litoral espanyol.
   B. Les regions costaneres europees.
   C. El relleu i els rius d'Espanya.

4. Què és un delta?
   A. Una acumulació de sediments en la desembocadura d'un riu.
   B. Un eixamplament de la desembocadura d'un riu per la falta de sediments.
   C. Cap de les dues respostes és correcta.

5. Com són els rius del vessant mediterrani a Espanya?
   A. Curts, excepte l'Ebre, i amb cabal irregular.
   B. Curts, amb cabal regular i abundant.
   C. Els gallecs són rius més curts i cabalosos i els del centre i sud són llargs.

6. Quines són barreres naturals d'Europa?
   A. L'oceà Àrtic, el mar Mediterrani i els Urals.
   B. Els Pirineus, el mar Negre i el riu Tajo.
   C. L'oceà Àrtic, l'oceà Pacífic i el riu Ural.

7. Quina d'aquestes oracions és falsa?
   A. Les tres grans penínsules d'Europa es troben en la costa atlàntica.
   B. Les costes europees són, en general, molt retallades.
   C. El relleu europeu té importants sistemes muntanyencs en el sud.

8. Quins són els rius europeus més importants del vessant atlàntic?
   A. Rin, Elba, Loira, Tajo i Vístula.
   B. Tajo, Duero i Guadiana.
   C. Rin, Loira, Duero i Tajo.

9. A quin tipus de clima correspon aquest climograma?

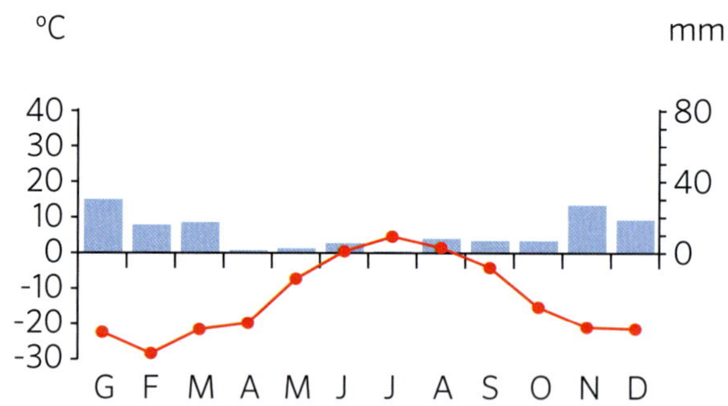

   A. Mediterrani d'interior.
   B. Polar.
   C. De muntanya.

10. En quin clima abunda la vegetació de matolls i arbustos i arbres de fulla perenne?
   A. Continental.
   B. Atlàntic.
   C. Mediterrani.

Els microclimes d'Espanya

Hi ha llocs a Espanya en què les característiques del clima són diferents que en la resta de la zona.

Això és degut a petites diferències en l'altitud, proximitat al mar, humitat, etc., que provoquen variacions en la temperatura, la vegetació i, fins i tot, l'activitat humana.

Són els microclimes.

Un exemple de microclima és el del camp de Cartagena, a la Regió de Múrcia, que, tot i que està situat en una de les zones més seques de la península Ibèrica, rep pluges abundants. El motiu, la proximitat de les aigües càlides del Mar Menor.

1. Localitza el camp de Cartagena en el mapa. Quin clima hauria de tindre? Descriu-lo.
2. De quina manera creus que influeix el factor de la proximitat al mar en un clima?
3. Investiga si hi ha microclimes destacats en la teua província.
4. La contaminació també pot crear microclimes. Quins canvis creus que provoca?

La crisi de l'aigua dolça

Una crisi d'aigua potable amenaça el planeta. Els rius, els principals proveïdors d'aigua dolça del món, estan morint com a resultat del canvi climàtic, la contaminació i les preses.

Més de la meitat dels rius del món estan contaminats o s'estan assecant per l'ús excessiu. Dels 500 més destacats, la meitat estan altament contaminats.

A Europa, el cas més dramàtic és el del Danubi, que és el riu més contaminat del continent a causa del drenatge d'aigües residuals, dels pesticides i químics que s'hi aboquen i del transport fluvial.

1. On creus que és més intensa l'acció contaminant de l'ésser humà, en el curs alt, el mitjà o el baix d'un riu?
2. Quines són les principals causes de la contaminació i l'assecament d'un riu?
3. Quines conseqüències té la contaminació dels rius per a l'home i els ecosistemes? Debateu entre tots i elaboreu una llista amb les conseqüències i les solucions possibles.

Una màquina amb vida

PROJECTE TRIMESTRAL
Descobrim la naturalesa

Un canvi poc saludable

Ja coneixes què és el canvi climàtic, quines causes el provoquen i quins són els efectes que té sobre la naturalesa. Et queda fer un pas més, que consisteix a entendre com afecten tots aquests canvis la salut de les persones.

1 **Llig el text següent i observa el mapamundi que l'acompanya. A continuació, contesta les preguntes.**

El consum de combustibles fòssils, com el petroli o el carbó, ha alliberat a l'atmosfera grans quantitats de gasos.

Això augmenta l'efecte d'hivernacle i el planeta se sobrecalfa: en els últims 100 anys la temperatura ha augmentat en 0,75 °C, i durant els últims 25 anys el procés s'ha accelerat.

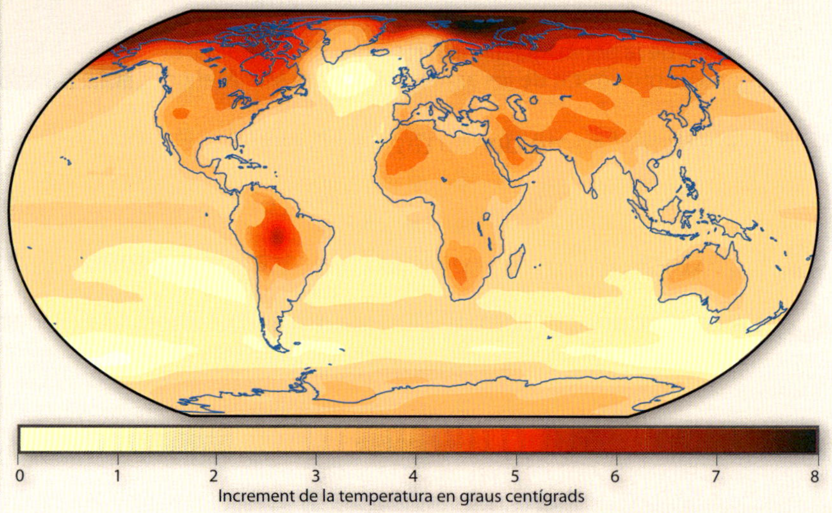

a) Per què creus que s'anomenen *combustibles fòssils*? Per a què s'utilitzen aquests combustibles? Pensa en exemples de la teua vida quotidiana.

b) Busca informació sobre altres tipus de combustibles que existeixen. Quins avantatges tenen? Quins desavantatges?

c) A quines zones del planeta s'ha incrementat més la temperatura?

d) Com pot afectar aquest increment les persones i animals que habiten al planeta?

2 **Fixa't en aquestes imatges i assenyala en quina hi ha situacions que poden provocar un augment de la temperatura al planeta.**

3 **En l'esquema següent pots veure com pot afectar el canvi climàtic la nostra salut.**

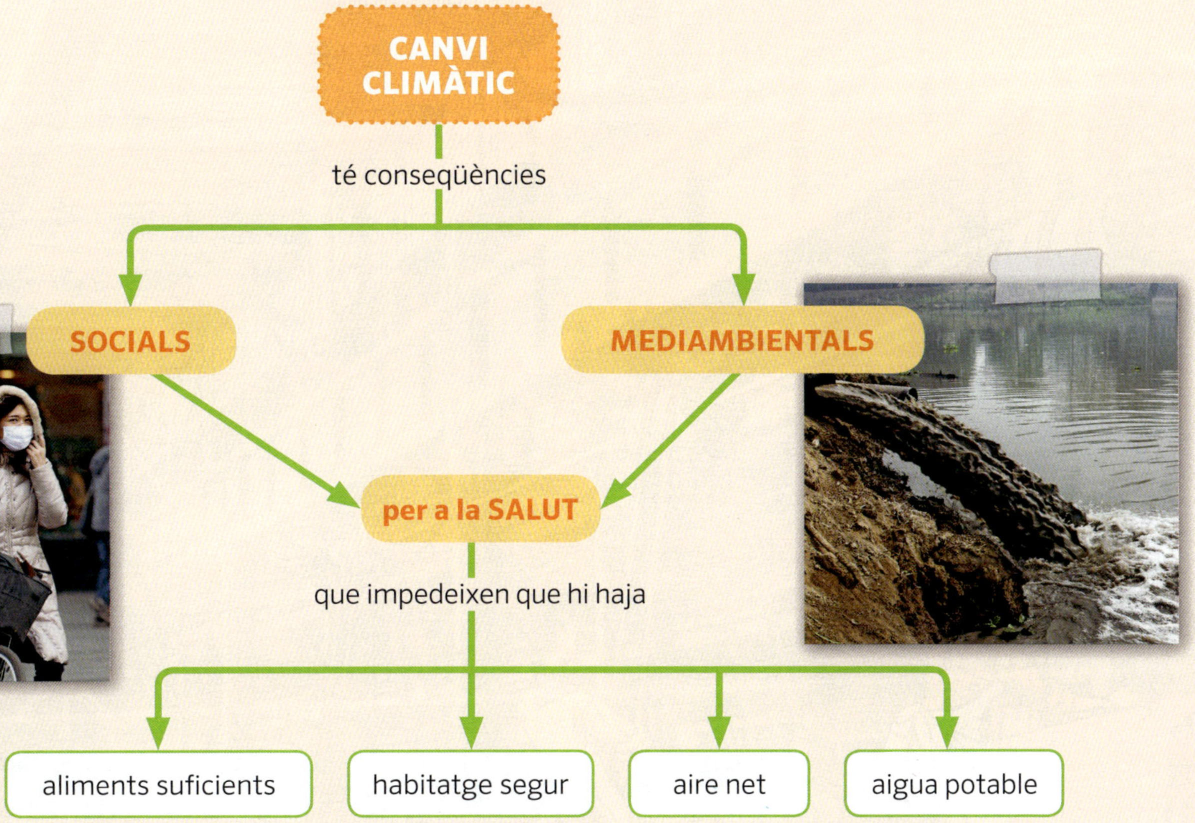

4 **A continuació, copia aquesta taula en el quadern i completa-la. Primer, poseu en comú les idees que teniu tots els companys de classe.**

Efecte	Conseqüència per al medi ambient	Conseqüència per a la salut
Augment de temperatura	Aire molt calent	●●●
Grans inundacions	Destrosses en habitatges	●●●
Abocaments tòxics	Contaminació d'aigua dolça	●●●
Reducció de precipitacions	Escassetat d'aigua dolça	●●●
Desaparició de precipitacions	Sequera extrema	●●●
Desaparició de la capa d'ozó	Augment de la radiació solar	●●●

5 **Prepareu en grup un mural en el qual apegueu fotos de situacions mediambientals que puguen danyar la salut. Afegiu textos que expliquen cada cas:**

a) Quin és el risc per a la salut d'aquestes persones?

b) Quina seria la solució per a evitar aquesta situació?

c) Què podríem fer tots per a trobar la solució definitiva?

unitat **3**

Els inicis de l'edat contemporània

Que important que és... la igualtat social

Les lleis actuals dels països democràtics defensen la igualtat entre les persones, qualsevol que en siga la condició social, els estudis, el sexe, les idees o l'edat. Però aquesta igualtat no existeix des de fa molt de temps. És un bé preat de la societat contemporània.

Tasca final

Gravarem una pel·lícula social, ambientada en el segle XIX.

Un segle de revolucions

Segurament no hi ha ni un sol fabricant que s'haja establit en aquesta zona des de mitjan segle XVIII que no haja requerit xiquets de l'orfenat per a la seua empresa.

Les condicions acordades són sempre semblants: l'orfenat proporciona els xiquets i n'assumeix les despeses; els fabricants accepten instruir els xiquets en l'especialitat requerida, sense salari, excepte allotjament i combustible.

Text anònim alemany, 1824

Parlem

1. Què descriu el text? S'assembla el que relata a l'Espanya actual? Per què?

2. Des de mitjan segle XVIII es van succeir a Europa tot tipus de revolucions socials, econòmiques, demogràfiques, polítiques... La primera va ser la revolució industrial.
   a) En quina era van començar aquestes revolucions?
   b) En quin segle, segons el text, van començar els canvis causats per la revolució industrial?

3. En la il·lustració pots veure una fàbrica en els temps de la revolució industrial.
   a) Què hi fabriquen? Usen maquinària? S'assembla a una fàbrica actual?
   b) Descriu els treballadors. De quines edats són? De quin sexe?
   c) Recorda quins eren els estaments socials de final de l'edat moderna. En quin grup inclouries aquests treballadors?

I tu, què n'opines?

4. Per què creus que hui en dia està prohibit que treballen els xiquets? Quins deures tenen actualment els xiquets a sa casa i a l'escola? Creus que vius millor que un xiquet del segle XIX? Per què?

1 L'estudi de la història

Quan estudiem història, una de les coses més complicades d'aprendre són les dates. Però, t'has parat a pensar com ordenaríem els esdeveniments sense aquestes dates? Com explicaríem l'evolució de l'ésser humà des de la prehistòria fins a hui? Com dataríem els documents? Com escriuries un diari?

Les fonts històriques

El treball de l'historiador consisteix a recopilar testimonis del passat per a localitzar-los en el temps i interpretar-los. Aquests materials són les **fonts històriques**.

Qualsevol testimoni del passat és una font històrica, si bé podem agrupar-les en tres **grans tipus**:

- Les fonts escrites són el principal recurs dels historiadors. L'aparició de l'escriptura marca el final de la **prehistòria** i el començament de la **història**.

- Els historiadors també estudien els objectes. Són les **fonts materials**, com la ceràmica, les eines, els ossos, etc., que els **arqueòlegs** extrauen de les excavacions.

- Per a les etapes més recents de la història també s'utilitzen **fonts gràfiques**, com ara quadres, pel·lícules, escultures o fotografies.

Taller d'història

Fonts històriques a casa!

Qualsevol cosa ocorreguda en el passat és un fet històric. Els testimoniatges que aporten els testimonis dels esdeveniments històrics suposen una font d'estudi molt interessant.

Pots demanar als teus pares o a algun dels teus avis que t'expliquen com van viure ells algun esdeveniment important dels últims anys.

1. Anota el que més t'interesse i escriu una redacció breu amb la informació recollida. Hauràs utilitzat una **font oral** per a convertir-te en historiador.

Mesures del temps històric

Per a comprendre millor la història, ordenem els fets en el temps.

El temps s'agrupa en **unitats de mesura**. A més dels anys, els lustres (cinc anys) i les dècades (deu anys), s'usen mesures més àmplies com els segles (cent anys) i els mil·lennis (mil anys).

En la nostra cultura, organitzem les dates a partir del **naixement de Crist**, fet que comptem com a any 1. Si els fets van ocórrer abans, escrivim les lletres **aC** i comptem de forma descendent fins a arribar a l'u. Si són posteriors, afegim **dC** i comptem de manera ascendent.

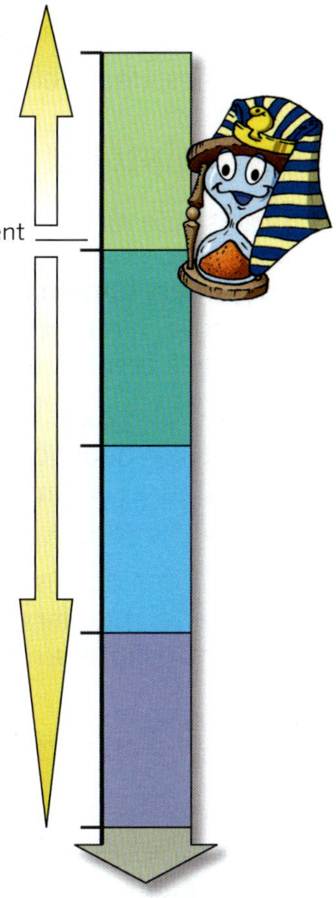

Les causes i les conseqüències

Els fets històrics no estan aïllats, sinó que formen una successió relacionada entre si de causes i conseqüències:

- **Causes:** per a comprendre un fet històric cal entendre les causes que el van provocar, és a dir, els **motius** que l'expliquen. Aquestes causes són múltiples i diverses, cosa que ens obliga a conéixer i analitzar els esdeveniments que van tindre lloc amb anterioritat.
- **Conseqüències:** el fet històric estudiat produeix alhora uns **efectes** que seran l'origen de nous esdeveniments històrics.

- La història estudia el passat dels éssers humans mitjançant diverses **fonts**.
- El temps s'organitza en **unitats de mesura**. La nostra cultura usa el naixement de Crist com a referència.
- Per a estudiar la història hem de diferenciar i conéixer les **causes** i **conseqüències** dels esdeveniments.

Activitats

2. Esmenta dues fonts escrites, dues fonts materials i dues fonts gràfiques que servisquen per a estudiar la història.

3. Imagina que trobes un periòdic de fa cent anys. Quin tipus de font històrica estaries utilitzant?

4. L'edat contemporània va començar el 1789. Quants mil·lennis, segles, dècades, lustres havien passat des del naixement de Crist?

Usa tots els teus recursos

5. Llig aquest text i assenyala a quin esdeveniment fa referència, quines en van ser les causes i quines les conseqüències:

> La revolució industrial es va produir per l'augment de població, les millores en l'agricultura i les innovacions tecnològiques. Va provocar l'aparició d'una societat industrialitzada i d'un sistema econòmic capitalista.

2 Les etapes de la història

Quan va sorgir l'escriptura? Què va ser l'Imperi romà? On va viure el pintor Velázquez? Al llarg dels anys, has estudiat aquests i altres fets. Abans d'avançar, hauries d'assegurar-te que tens les idees ben ordenades.

La prehistòria

La prehistòria es divideix en tres etapes:

- Els **primers humans** van viure en el paleolític. Eren **nòmades** i es protegien de l'entorn en coves. Subsistien gràcies a la caça i a la recol·lecció. Van aprendre a fabricar les primeres eines i van dominar el foc.
- Durant el neolític, els éssers humans desenvoluparen l'agricultura i la ramaderia. Així, es van fer **sedentaris** i crearen grans avanços, com la ceràmica, el teler o la roda.
- Ja en l'edat dels metalls, les persones van descobrir com treballar el metall i es van crear les primeres xarxes comercials entre **ciutats**.

L'edat antiga

Algunes ciutats de Mesopotàmia, Egipte, la Xina o l'Índia van créixer gràcies al **comerç**. Les societats d'aquestes urbs eren molt **desiguals**, i estaven dominades pels líders polítics i religiosos. No obstant això, al mateix temps, organitzaren sistemes polítics i econòmics complexos i experimentaren grans avanços culturals. L'ús de l'**escriptura** les va convertir en les **primeres civilitzacions** de la història.

Amb el temps, noves cultures mediterrànies, com Grècia i **Roma**, es van estendre pel Mediterrani. Roma va crear un gran imperi i va arribar a conquerir els pobles que habitaven la península Ibèrica, on establiren **províncies**. Ací construïren ciutats i van deixar una gran empremta cultural.

L'edat mitjana

En el segle v, diversos **pobles germànics** van envair l'Imperi romà, que es va quedar dividit en **regnes** en els quals es va desenvolupar un **sistema feudal**, centrat en la vida **rural** i dominat per la noblesa i l'Església.

A Hispània, els visigots fundaren el **regne de Toledo**, que va perviure fins al segle VIII. En aquesta data, l'Imperi islàmic va envair la península i va fundar **al-Àndalus**, un dels majors centres econòmics i culturals de l'època. Per la seua banda, alguns nobles visigots i pobladors del nord organitzaren la **Reconquesta** del territori, que culminaren en el segle XV.

Mentre que a al-Àndalus la vida urbana i el comerç estaven molt desenvolupats, els regnes cristians es van reprendre lentament, impulsats per un nou grup social: la **burgesia**.

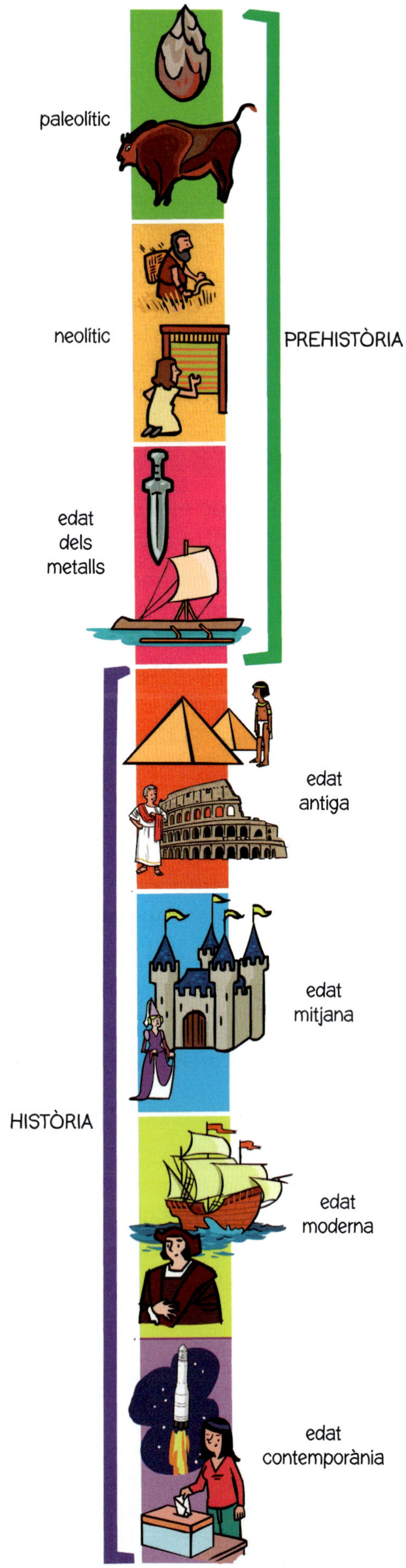

L'edat moderna

En el segle XV, la conquesta de Constantinoble pels turcs i el **descobriment d'Amèrica** provocaren grans canvis i van donar lloc a l'edat moderna. Aquesta nova edat va estar marcada pels grans avanços culturals i científics, com la impremta, l'humanisme i els descobriments geogràfics.

La societat moderna era encara estamental, però les **monarquies autoritàries** van reduir el poder de la noblesa i van donar alguns privilegis als burgesos. Un dels principals exemples de monarquia autoritària van ser els **Reis Catòlics**.

Sota el seu regnat es va produir la unió dinàstica dels territoris de Castella i Aragó, l'inici de la colonització d'**Amèrica** i es posà fi a la **Reconquesta** de la península Ibèrica. Aquests anys d'hegemonia hispànica a Europa continuaren amb els hereus, **Carles I i Felip II d'Habsburg**, que dominaren a més altres territoris al continent i sumaren noves conquestes a **Amèrica, Àfrica i Àsia**.

La **crisi de la monarquia hispànica** va arribar en el segle XVII, provocada per les males collites, les guerres, la pesta i l'emigració a Amèrica. A més, els últims Habsburg feren grans despeses mentre que delegaven els seus deures en **privats**.

El 1700, els **Borbó** van pujar al tron espanyol. En superar la crisi, van imposar la centralització de l'Estat i l'**absolutisme monàrquic**. Els últims reis de l'edat moderna hi van introduir algunes **reformes il·lustrades**.

L'edat contemporània

Fa poc més de dos-cents anys, les idees il·lustrades, els canvis socials i l'arribada de les **revolucions** tecnològiques, socials i polítiques van posar fi a l'edat moderna i a la societat estamental.

En el nou període, que és l'actual, la **població mundial** ha crescut set vegades més que en totes les edats prèvies. A més, hi han sorgit les primeres lleis que protegeixen la **igualtat de drets** entre totes les persones. També s'hi ha produït un gran desenvolupament **tecnològic**.

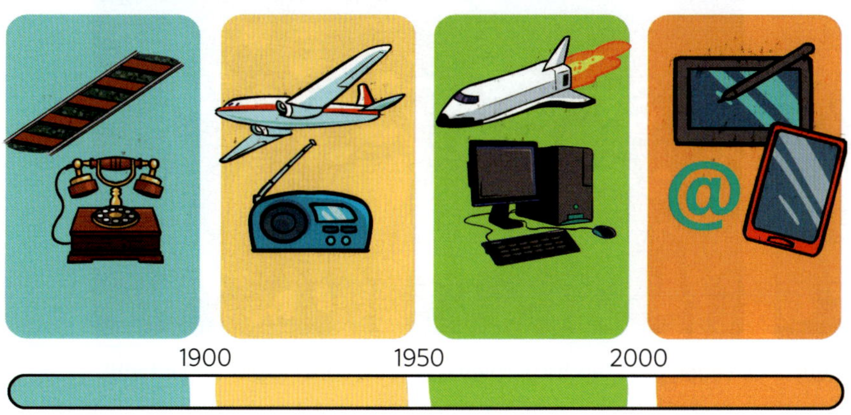

- Les edats de la història són les **etapes** en què els **historiadors** divideixen els milers d'anys d'evolució de l'**ésser humà**.
- Abans de la invenció de l'escriptura, hi va haver un llarg període anomenat **prehistòria**.
- Després de l'aparició de l'escriptura, s'han succeït les edats **antiga**, **mitjana**, **moderna** i **contemporània**.

Activitats

6 Defineix:

sedentari | fluvial | feudalisme | monarquia autoritària | Il·lustració

7 smSabadigital.com
JUGA I APRÈN Cada **edat**, una novetat.

Usa tots els teus recursos

8 Dibuixa una línia del temps amb les edats de la història i afig-hi els fets que has estudiat.

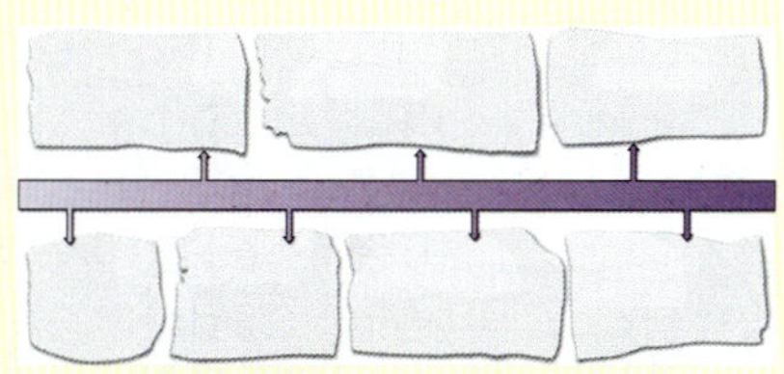

9 Investiga quins són els principals invents del segle XXI. N'uses algun?

3 L'inici de l'edat contemporània

Imagina que demà t'obliguen a anar a treballar tots els dies per a poder menjar, mentre que alguns dels teus companys poden seguir estudiant. Això succeïa al començament de l'edat contemporània, però diverses revolucions van preparar el canvi social que ens va donar drets nous a tots.

Les revolucions del segle XVIII

La **revolució industrial** va començar amb l'aparició de la **màquina de vapor**: cremant carbó es calfaven calderes d'aigua enormes, el vapor de les quals s'usava per a obtindre energia de moviment. A partir d'això, la màquina es va poder aplicar tant a les **fàbriques** tèxtils, per a moure els telers, com als **trens** i **vaixells** de vapor.

L'any 1789 va esclatar la **Revolució Francesa**. El poble es va alçar contra les injustícies de l'absolutisme i es va organitzar un govern basat en **idees il·lustrades** com la igualtat de drets polítics i la llibertat. Aquestes idees es van defensar en dos textos: la **Declaració dels Drets** de l'Home i del Ciutadà, i una **Constitució** que establia el funcionament d'un govern democràtic.

1. Els **il·lustrats** van propagar **idees de llibertat i igualtat política i social** entre les persones dels diferents estaments.

La societat de classes

Després de les revolucions, el segle XIX va portar altres canvis. Un d'aquests va ser l'aparició de les **classes socials**. La societat es va dividir a partir dels **diners** que posseïa cada individu: les classes altes, com els grans burgesos, eren riques; les classes baixes, com els obrers, eren pobres. Entre els dos grups hi havia les classes mitjanes.

També **van millorar les condicions de vida**. Gràcies als avanços tècnics, l'agricultura va començar a produir més aliments. A més, les noves mesures higièniques i els avanços mèdics, com les vacunes, van evitar milers de morts.

En el segle XIX es va lluitar, a més, per ampliar els **drets** dels ciutadans. Alguns europeus van exigir el **sufragi**, és a dir, el dret a triar els seus representants.

Per la seua banda, els obrers de les fàbriques, que rebien el nom de **proletariat**, es van associar per a exigir unes condicions laborals i de vida dignes i van protagonitzar vagues i protestes. Aquesta lluita ha rebut el nom de **moviment obrer**.

- revolució
- classe social
- sufragi

La revolució industrial va portar grans avanços, com la màquina de vapor, però també problemes greus, com l'explotació infantil a les indústries.

2. El poble es va alçar contra la noblesa, l'alt clergat i la monarquia absoluta. Finalment va obtindre **drets polítics i llibertats**.

- **L'edat contemporània** va començar amb la revolució industrial i la Revolució Francesa.
- En el segle XIX van nàixer **les classes socials** i es va lluitar pels **drets** i **les llibertats**.

Activitats

10 Esmenta dos drets exigits en els països europeus del segle XIX.

11 Recorda què era l'absolutisme i la societat estamental. Com van canviar en l'edat contemporània?

12 smSabadigital.com
COMPRÉN Una altra revolució? La Independència dels **Estats Units**.

Usa tots els teus recursos

13 Treballant a la teua edat? En el segle XIX els xiquets també havien de treballar.

a) Analitza la fotografia dels xiquets obrers. Quines edats tenen? En què creus que treballen? En quines condicions?

b) Enumera cinc coses importants de la teua vida que no podries fer si treballares tot el dia.

4 Espanya al començament del segle XIX

Els començaments de l'edat contemporània a Espanya van ser molt agitats, però també va ser el període en què va nàixer la nostra primera constitució, coneguda popularment com la *Pepa*.

Per què li van posar un nom tan estrany? Per què no continua sent la nostra constitució?

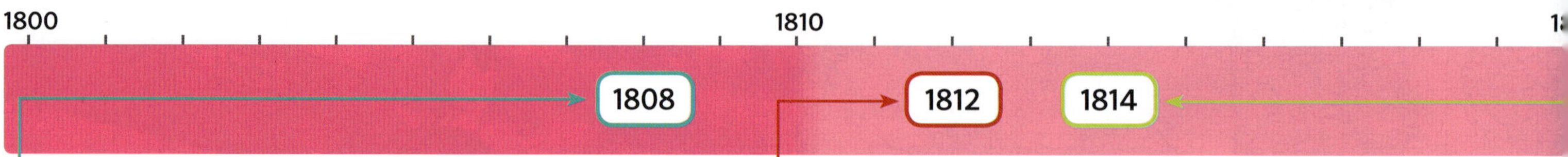

La Guerra del Francés

En 1808, **Napoleó Bonaparte** governava a França i estenia el seu imperi per Europa.

A Espanya, el rei **Carles IV** i el seu fill **Ferran VII** estaven enfrontats, la qual cosa va permetre a l'emperador francés **envair el regne** i col·locar el seu germà **Josep I Bonaparte** al tron.

Els espanyols es van alçar llavors contra l'exèrcit francés i van lluitar en la dura **Guerra del Francés**.

El naixement del liberalisme...

En la Guerra del Francés van lluitar espanyols contra francesos, però també es van enfrontar espanyols amb diferents idees polítiques, com en una **guerra civil**.

Durant el conflicte es van reunir les **Corts de Cadis**. Allí es va redactar la **primera constitució** de la història d'Espanya.

Era un text **liberal**, és a dir, defensava concedir llibertats i drets als ciutadans. Va ser publicada el 19 de març de 1812.

Taller d'història

Analitzar una pintura històrica

L'art és una **font historiogràfica**. El 2 de maig de 1808, la gent de Madrid es va revoltar contra les tropes franceses. Els enfrontaments van significar l'inici de la guerra. Analitza el fet en aquesta pintura.

Observa l'obra:

- Què es representa en la pintura? En quin moment del dia s'esdevé? On? Qui hi participa?
- Qui sembla patir més?
- Creus que pateixen els soldats? Per què creus que no els veiem el rostre?
- Què succeïa en aquest moment a Espanya?

14 Dibuixa en el quadern un fet d'aquest període i deixa que un company l'analitze.

15 Analitza més obres històriques del període i aprén més sobre la història d'Espanya.

smSabadigital.com
PRACTICA La Constitució de 1812.

- *Constitució
- *Liberal
- *Absolutisme

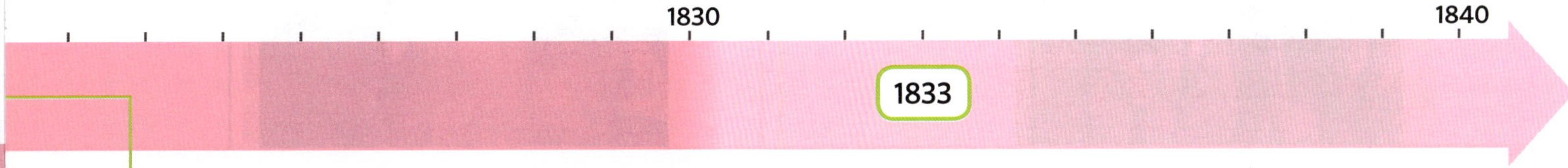

...i el retorn a l'absolutisme

A més d'espanyols i francesos, altres països participaren en el conflicte donant suport a un bàndol o a l'altre. La **Gran Bretanya**, que va lluitar contra Napoleó, va ser fonamental per a la victòria espanyola, que va tindre lloc en 1814.

Després de la guerra, **Ferran VII** va tornar al tron espanyol. Els espanyols ho celebraven perquè tenien moltes esperances depositades en ell.

No obstant això, el monarca va suprimir la Constitució i va recuperar el **poder absolut**. Les lluites entre liberals i absolutistes es prolongaren durant anys, fins i tot després de la mort del monarca, l'any 1833.

Les colònies d'**Amèrica**, descontentes per la situació a Espanya, i aprofitant la debilitat de la metròpoli, van proclamar la seua **independència**.

- Durant la **Guerra del Francés** els espanyols van redactar la **Constitució de Cadis**.
- Durant el regnat de Ferran VII hi va haver lluites entre **liberals** i **absolutistes** i es van independitzar **colònies** americanes.

16 Què va ser la Guerra del Francés?

17 Completa en el quadern la taula sobre la Guerra del Francés.

Causes	Conseqüències
●●●	●●●

18 Quan es va aprovar la primera constitució espanyola? Qui la va suprimir?

19 Què vol dir que una constitució és liberal?

Usa tots els teus recursos

20 smSabadigital.com
COMPRÉN **Goya** i el seu temps.

21 Busca en l'*Atles* el mapa de la Guerra del Francés. Per on van entrar els soldats francesos a la península Ibèrica?

22 Analitza la independència de les colònies americanes en la secció *Aprén més*. Quins països actuals van sorgir d'aquell procés?

23 Quin sant se celebra el 19 de març? Com es relaciona amb la Pepa?

6 La vida a Espanya durant el segle XIX

Hui en dia Espanya és un dels majors constructors mundials de trens d'alta velocitat i n'exporta a països com el Japó. Encara que et resulte normal, et semblarà sorprenent quan sàpies que els primers trens van arribar a Espanya amb dècades de retard...

Una economia poc industrialitzada

Al llarg del segle XIX, Espanya va experimentar transformacions econòmiques i socials que la van aproximar al model de vida de l'edat contemporània. Però aquests canvis van arribar amb molta lentitud.

Durant tot el segle, la majoria de la població va seguir treballant al **camp** amb tècniques agrícoles molt **endarrerides**, mentre que altres països com Anglaterra o Alemanya ja usaven maquinària avançada i produïen grans quantitats de gra.

La **industrialització** es va concentrar en zones com el País Basc i Catalunya, i en grans **ciutats**, i els **transports** moderns, com el ferrocarril, no hi van arribar fins a la segona meitat del segle. La falta de zones industrialitzades i de transports moderns en gran part del territori va retardar encara més la **feble** industrialització i el comerç.

Com era la societat de classes?

Tot i la lenta industrialització, la **burgesia** va aconseguir un cert enriquiment. A més, basant-se en les idees liberals, va exigir drets polítics i va arribar a convertir-se en la **classe social dominant**.

Per contra, la **classe obrera**, que treballava en les indústries, patia unes condicions laborals molt dures i molta **pobresa**. Aquestes desigualtats van impulsar diverses **reivindicacions polítiques**. Al camp, els **camperols** també vivien en situació de **pobresa extrema**.

Cultura enfront d'analfabetisme

La majoria de la població era **analfabeta**, tot i els intents d'alguns governs per a aconseguir l'escolarització infantil. Per contra, una **minoria** gaudia d'una **vida cultural** molt activa.Els artistes i escriptors van reflectir els canvis del moment:

- Al començament del segle XIX van destacar les obres de **Francisco de Goya**. A més, els artistes i escriptors del **romanticisme** van reflectir l'ambient revolucionari i la vida burgesa.
- A mitjan segle, els escriptors i pintors del **realisme** van reflectir la realitat i van retratar la societat industrial.
- A la fi del segle XIX, els pintors **impressionistes** es van veure influïts pels avanços tècnics: la velocitat dels transports a vapor, les primeres fotografies... I els van plasmar en les seues obres. Va ser el cas de Darío de Regoyos o, més tard, de Joaquim Sorolla.
- Ja en el pas al segle XX, escriptors com Machado, Unamuno i Baroja van formar la **Generació del 98**. Junts van denunciar els mals de la societat espanyola i van demanar la modernització del país i l'acostament a Europa.

A més, diversos **investigadors** van realitzar avanços científics. Ramón y Cajal, per exemple, va rebre el premi Nobel de medicina.

1. La riquesa es va convertir en la base de les noves **classes socials**. Els **burgesos** enriquits amb la indústria van passar a ser la **classe alta**, sense necessitat de pertànyer a la noblesa. Vivien a les ciutats, en barris moderns anomenats *eixamples*.

- industrialització
- obrer
- absolutisme

smSabadigital.com
JUGA I APRÉN Busca les paraules ocultes.

smSabadigital.com
PRACTICA La Constitució de 1812.

- *Constitució
- *Liberal
- *Absolutisme

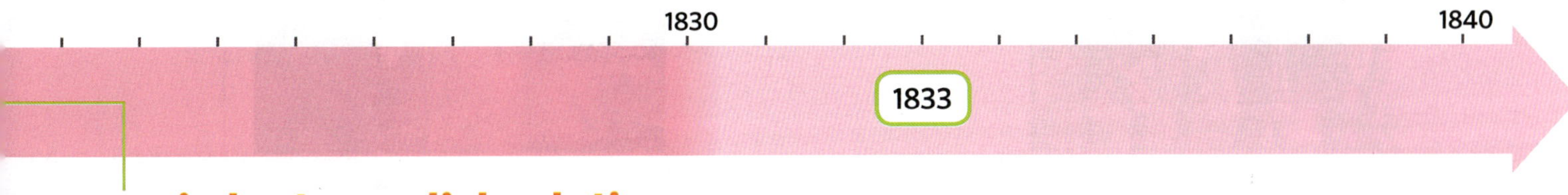

...i el retorn a l'absolutisme

A més d'espanyols i francesos, altres països participaren en el conflicte donant suport a un bàndol o a l'altre. La **Gran Bretanya**, que va lluitar contra Napoleó, va ser fonamental per a la victòria espanyola, que va tindre lloc en 1814.

Després de la guerra, **Ferran VII** va tornar al tron espanyol. Els espanyols ho celebraven perquè tenien moltes esperances depositades en ell.

No obstant això, el monarca va suprimir la Constitució i va recuperar el **poder absolut**. Les lluites entre liberals i absolutistes es prolongaren durant anys, fins i tot després de la mort del monarca, l'any 1833.

Les colònies d'**Amèrica**, descontentes per la situació a Espanya, i aprofitant la debilitat de la metròpoli, van proclamar la seua **independència**.

- Durant la **Guerra del Francés** els espanyols van redactar la **Constitució de Cadis**.
- Durant el regnat de Ferran VII hi va haver lluites entre **liberals** i **absolutistes** i es van independitzar **colònies** americanes.

16 Què va ser la Guerra del Francés?

17 Completa en el quadern la taula sobre la Guerra del Francés.

Causes	Conseqüències
•••	•••

18 Quan es va aprovar la primera constitució espanyola? Qui la va suprimir?

19 Què vol dir que una constitució és liberal?

Usa tots els teus recursos

20 smSabadigital.com
COMPRÉN **Goya** i el seu temps.

21 Busca en l'*Atles* el mapa de la Guerra del Francés. Per on van entrar els soldats francesos a la península Ibèrica?

22 Analitza la independència de les colònies americanes en la secció *Aprén més*. Quins països actuals van sorgir d'aquell procés?

23 Quin sant se celebra el 19 de març? Com es relaciona amb la Pepa?

5 Espanya en el segle XIX

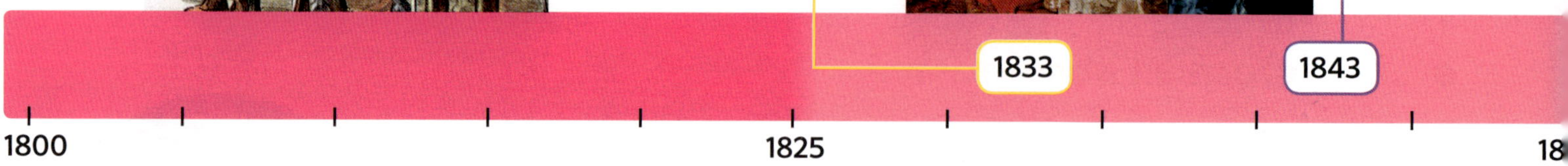

Una guerra pel tron

Ferran VII va canviar la **llei de successió** al tron. La nova llei permetia que regnara la seua filla **Isabel**, que va ser declarada hereva.

A la mort del rei, Isabel només tenia tres anys i sa mare, la reina **Maria Cristina de Borbó**, va exercir de **regent**. L'**infant Carles**, germà de Ferran VII, no acceptava la nova llei de successió i va reclamar el tron.

Carles va rebre el suport dels **absolutistes**, anomenats **carlins**. Per la seua banda, la reina regent va buscar el suport dels **liberals**, que van poder aprovar la **Constitució de 1837**.

Els absolutistes o carlins van rebutjar llavors la situació i es van enfrontar als **isabelins** en la **Primera Guerra Carlina**.

El regnat d'Isabel II

En 1843, Isabel només tenia tretze anys, però les Corts la van proclamar reina.

Durant el seu regnat, els polítics liberals es van organitzar en dos partits:

- Els **moderats**, representats per **Narváez**, que tenien el suport de les classes acomodades i defensaven un liberalisme limitat o **conservador**. Durant el seu govern, es va aprovar la **Constitució de 1845**.
- Els **progressistes**, liderats per **Espartero**, que agrupaven les classes mitjanes i populars. Defensaven l'ampliació de les llibertats i que aquestes afavoriren més sectors de la població.

A pesar de diversos conflictes, com la Segona Guerra Carlina, el regnat es prolongà fins a 1868.

smSabadigital.com
COMPRÉN Repassa l'Espanya del segle XIX amb aquesta animació.

general Prim

Sabies que...?

Durant el segle XIX hi va haver nombroses guerres i revoltes a Espanya i els militars van cobrar un gran protagonisme social i polític.

En conseqüència, la majoria dels líders polítics de l'època van ser militars.

L'ús de la força es va fer constant en la política espanyola i els militars van protagonitzar diversos **pronunciaments**: rebel·lions per a modificar el rumb polític del país.

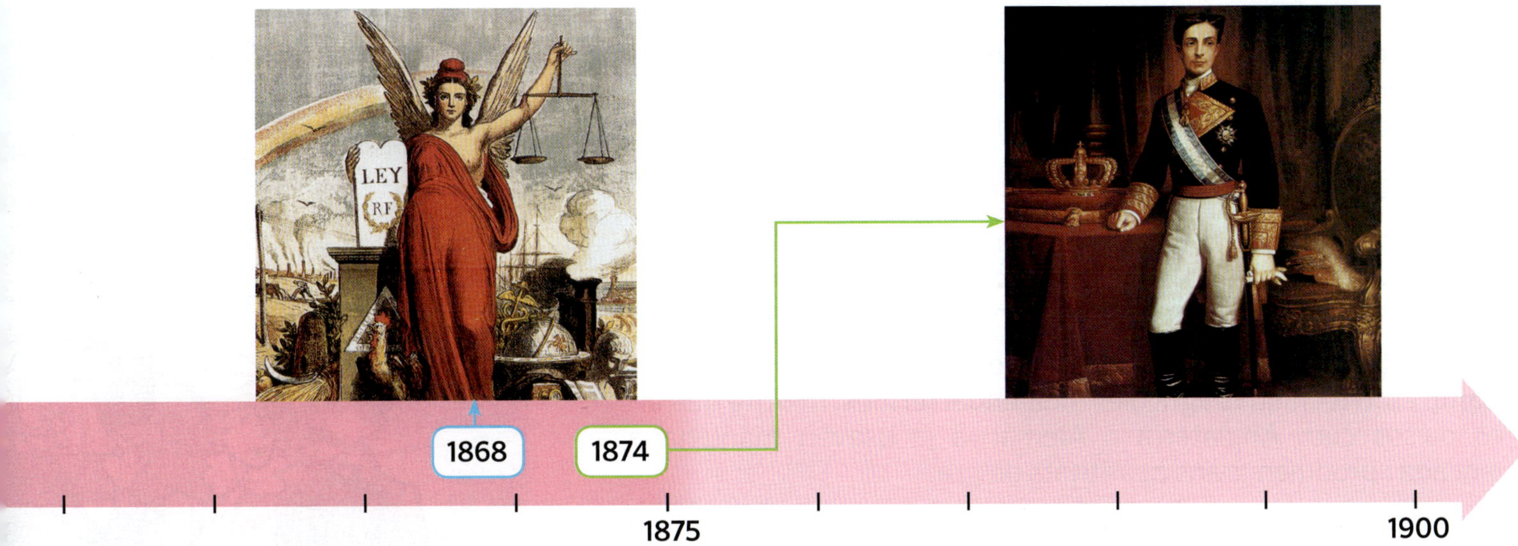

Un període de democràcia

En 1868, un grup de militars es va alçar contra la reina, que va haver d'exiliar-se a França.

La caiguda d'Isabel II va obrir un **procés democràtic** a Espanya. La nova **Constitució de 1869** va establir una monarquia parlamentària, és a dir, hi havia un rei però no governava, sinó que ho feien les Corts.

En 1870, **Amadeu I** de Savoia va ser elegit rei, però els problemes durant el seu regnat van ser tants que el monarca va renunciar al tron el 1873.

Es va proclamar llavors la **Primera República Espanyola**, és a dir, el primer govern sense monarca. No obstant això, un nou aixecament militar va comportar la **restauració de la monarquia** el 1874.

La Restauració

En 1875, **Alfons XII** de Borbó, fill d'Isabel II, va pujar al tron.

En aquest període es va aprovar la **Constitució de 1876**, més conservadora que l'anterior, i un nou sistema de govern va permetre l'alternança dels dos partits dominants, els **conservadors** de **Cánovas del Castillo** i els **liberals** de **Sagasta**.

El sistema de la Restauració va perdurar després de la mort del rei. Amb un fill nounat, la seua esposa, **Maria Cristina d'Habsburg**, va ser nomenada regent.

Mentre va ser regent es van perdre les **últimes colònies** espanyoles a Amèrica: Cuba, Puerto Rico i les Filipines.

- Durant el regnat d'**Isabel II** es va implantar el **liberalisme**.
- Després d'un **període democràtic**, es va restaurar la monarquia dels **Borbó**.

- carlins
- república
- guerra civil

Activitats

24 Per què esclatà la Primera Guerra Carlina?

25 Per què van ser regents Maria Cristina de Borbó i Maria Cristina d'Habsburg?

26 Què és una república? Consulta la secció *Aprén més* i coneix altres països amb aquest sistema de govern.

Usa tots els teus recursos

27 Copia i completa la línia del temps. Quantes constitucions s'hi van aprovar? Quines eren més liberals?

28 Quin govern del segle XIX s'assembla més a la monarquia parlamentària actual?

6 La vida a Espanya durant el segle XIX

Hui en dia Espanya és un dels majors constructors mundials de trens d'alta velocitat i n'exporta a països com el Japó. Encara que et resulte normal, et semblarà sorprenent quan sàpies que els primers trens van arribar a Espanya amb dècades de retard...

Una economia poc industrialitzada

Al llarg del segle XIX, Espanya va experimentar transformacions econòmiques i socials que la van aproximar al model de vida de l'edat contemporània. Però aquests canvis van arribar amb molta lentitud.

Durant tot el segle, la majoria de la població va seguir treballant al **camp** amb tècniques agrícoles molt **endarrerides**, mentre que altres països com Anglaterra o Alemanya ja usaven maquinària avançada i produïen grans quantitats de gra.

La **industrialització** es va concentrar en zones com el País Basc i Catalunya, i en grans **ciutats**, i els **transports** moderns, com el ferrocarril, no hi van arribar fins a la segona meitat del segle. La falta de zones industrialitzades i de transports moderns en gran part del territori va retardar encara més la **feble** industrialització i el comerç.

Com era la societat de classes?

Tot i la lenta industrialització, la **burgesia** va aconseguir un cert enriquiment. A més, basant-se en les idees liberals, va exigir drets polítics i va arribar a convertir-se en la **classe social dominant**.

Per contra, la **classe obrera**, que treballava en les indústries, patia unes condicions laborals molt dures i molta **pobresa**. Aquestes desigualtats van impulsar diverses **reivindicacions polítiques**. Al camp, els **camperols** també vivien en situació de **pobresa extrema**.

Cultura enfront d'analfabetisme

La majoria de la població era **analfabeta**, tot i els intents d'alguns governs per a aconseguir l'escolarització infantil. Per contra, una **minoria** gaudia d'una **vida cultural** molt activa.Els artistes i escriptors van reflectir els canvis del moment:

- Al començament del segle XIX van destacar les obres de **Francisco de Goya**. A més, els artistes i escriptors del **romanticisme** van reflectir l'ambient revolucionari i la vida burgesa.
- A mitjan segle, els escriptors i pintors del **realisme** van reflectir la realitat i van retratar la societat industrial.
- A la fi del segle XIX, els pintors **impressionistes** es van veure influïts pels avanços tècnics: la velocitat dels transports a vapor, les primeres fotografies... I els van plasmar en les seues obres. Va ser el cas de Darío de Regoyos o, més tard, de Joaquim Sorolla.
- Ja en el pas al segle XX, escriptors com Machado, Unamuno i Baroja van formar la **Generació del 98**. Junts van denunciar els mals de la societat espanyola i van demanar la modernització del país i l'acostament a Europa.

A més, diversos **investigadors** van realitzar avanços científics. Ramón y Cajal, per exemple, va rebre el premi Nobel de medicina.

1. La riquesa es va convertir en la base de les noves **classes socials**. Els **burgesos** enriquits amb la indústria van passar a ser la **classe alta**, sense necessitat de pertànyer a la noblesa. Vivien a les ciutats, en barris moderns anomenats *eixamples*.

- industrialització
- obrer
- absolutisme

smSabadigital.com
JUGA I APRÉN Busca les paraules ocultes.

3. El tren i el vaixell de vapor es van convertir en els principals **transports** del segle XIX. No obstant això, el ferrocarril també va arribar amb retard a Espanya. No va ser fins al 1848 quan es va inaugurar la primera línia entre Barcelona i Mataró.

4. El **carbó** que es cremava en les fàbriques i en els transports era molt **contaminant**.

2. A les ciutats hi havia **barris obrers** on les condicions de vida eren extremadament roïnes. Allí vivien les **classes baixes** més pobres, com els obrers de les **fàbriques**. Encara que la majoria de la població continuava sent camperola, les seues condicions de vida eren igual de roïnes.

- La **industrialització** espanyola va ser un procés molt lent.
- Els **burgesos** dominaven la indústria i el comerç. Els **obrers i camperols** patien condicions de pobresa extrema.

Activitats

29 Quins problemes va tindre l'economia espanyola durant el segle XIX?

30 Per què el proletariat va augmentar les reivindicacions polítiques en el segle XIX? Contra quina classe social creus que protestava?

31 Per què creus que la majoria de la població espanyola era analfabeta? Quina classe social gaudia de la cultura?

Usa tots els teus recursos

32 Busca en l'*Atles* el mapa sobre l'economia espanyola del segle XIX i respon a les preguntes:

a) A quines zones del país hi va haver més desenvolupament industrial? Tenien tren o port?

b) Quines activitats econòmiques predominaven a la Comunitat Valenciana?

Organitza't les idees

1750 REVOLUCIÓ INDUSTRIAL A LA GRAN BRETANYA

1789 REVOLUCIÓ FRANCESA

EL SEGLE XIX A ESPANYA

- 1808 Invasió napoleònica. Regnat de ••• Bonaparte
- 1814 Regnat de ••• VII de Borbó
- 1833 Inici de la regència de Maria Cristina de •••
- 1843 Inici del regnat d' ••• II de Borbó
- 1868 Període democràtic
- 1871 Inici del regnat d'Amadeu I de •••
- 1873 Primera República
- 1874 Restauració dels Borbó. Regnat d' ••• XII
- 1885 Inici de la regència de Maria Cristina d' •••

Treballa amb l'esquema

33 Copia l'esquema en el quadern i completa'l amb els noms dels monarques i regents que hi falten.

34 Assenyala les causes i conseqüències dels esdeveniments següents.

Guerra del Francés — Primera República — Restauració borbònica

35 Observa l'ordre de l'esquema.

- Creus que l'arribada de les idees il·lustrades a Espanya va ser causa o conseqüència de la invasió napoleònica? Justifica la teua resposta.

36 Situa en el teu esquema aquests fets. Durant quin regnat van succeir?

a) 1814. Fi de la Guerra del Francés

b) 1833. Primera Guerra Carlina

c) 1848. Primera línia ferroviària espanyola

d) 1870. Desenvolupament de la industrialització a Espanya

37 Defineix i explica les parelles de termes.

burgesia - eixample

Napoleó - Guerra del Francés

obrer - revolució industrial

38 Assenyala en el teu esquema, amb un sol color, els períodes que consideres que van ser més democràtics.

39 Quina relació familiar existia entre els reis Alfons XII i Ferran VII?

40 Situa en el teu esquema les principals constitucions espanyoles del segle XIX.

41 Escriu en el quadern el nom d'aquests fets històrics:

a) Els francesos es van alçar en 1789 contra l'absolutisme.

b) Entre 1808 i 1814 el poble espanyol va lluitar per a expulsar les tropes de Napoleó.

Repassa la unitat

42 Observa la caricatura.

a) Què representa?

b) Quin tipus de font històrica és?

43 Qui és i en quin segle va viure?

Fotograma de *Steamboy*, 2004.

a) Treballa en una fàbrica que construeix la primera locomotora de vapor per a Espanya.

b) No té lleis que protegisquen els seus drets.

c) Resideix en un barri obrer.

44 Identifica l'error de les afirmacions següents i copia-les corregides en el quadern.

a) En la Primera Guerra Carlina es va aprovar la Constitució de Cadis.

b) Les colònies espanyoles a Amèrica van demanar la independència al rei Amadeu I.

c) Durant el segle XIX l'economia espanyola va tindre una ràpida industrialització.

d) En morir Alfons XII, va assumir la regència Maria Cristina de Borbó.

45 Quina mesura del temps és més adequada per a l'edat contemporània? Per què?

lustres | segles | mil·lennis | dècades

46 Llig aquests articles de la Constitució de Cadis i respon a les qüestions en el quadern.

Art. 14. El Govern de la nació és una monarquia moderada hereditària [...].

Art. 16. La potestat de fer les lleis resideix en les Corts amb el rei [...].

Art. 27. Les Corts són la reunió de tots els diputats que representen la nació, nomenats pels ciutadans [...].

a) Què és una constitució?

b) Segons els articles, per què la Constitució de 1812 va suposar un avanç democràtic?

A. Perquè va acabar amb el liberalisme.

B. Perquè va acabar amb l'absolutisme.

c) En quin context històric es va redactar la Constitució? Quin rei la va suprimir?

47 Observa i respon a les qüestions.

GUSTAVE CAILLEBOTTE: *Ciutat de París, un dia plujós*, 1887.

a) Quin tipus de barri de la societat industrial s'hi veu representat?

b) Com són els carrers? Com van vestides les persones? A quina classe social pertanyen?

smSabadigital.com

VALORA EL QUE HAS APRÉS Comprova el que has après en l'**autoavaluació**.

Posa't a prova

Qui viu ací?

L'eixample de Barcelona va ser el primer barri burgés espanyol. És un barri amb carrers amples i ordenats, on es van construir edificis luxosos per als burgesos. Va ser molt important l'arquitecte Antoni Gaudí, que va construir cases que són autèntiques obres d'art.

Eixample de Barcelona

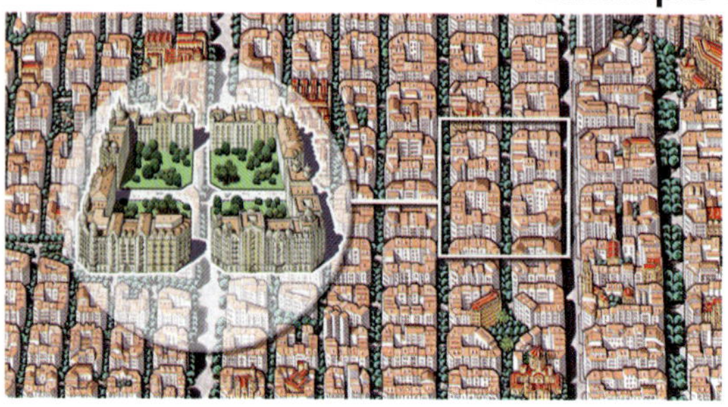

Casa Batlló

1. Quines zones d'Espanya van concentrar el desenvolupament industrial?
2. Com vivia la burgesia espanyola en el segle XIX? Explica com eren els barris on vivien.
3. Investiga sobre una d'aquestes obres de Gaudí i investiga per a quina família les va construir. A què es dedicaven?

Palau Güell | Casa Batlló | Casa Milà

Pintures i novel·les molt socials

1. Les obres del **romanticisme** se solien ambientar en èpoques, països i paisatges llunyans. Sovint, mostraven sentiments de sofriment profund, com la por dels qui lluitaven en les **revolucions** per tot Europa o el dolor per la pèrdua d'una persona estimada.
2. D'altra banda, les noves **ciutats industrials** de final del segle XIX van donar lloc a un art més **realista**. Reflectia les condicions de pobresa extrema en què vivien les classes més desfavorides, en un intent per representar la mateixa realitat i no els sentiments de l'autor.

A. El trabajo en una mina

Ya ves cómo nos tienen aquí. [...]
No somos gente, sino animales.
A veces se me pone en la cabeza
que somos menos que las mulas,
y yo me pregunto si me diferencio,
en algo de un borrico...

Benito Pérez Galdós, *Marianela*

B. La pérdida de los padres

Huérfano casi al nacer, quedó al cuidado de unos parientes. Ignoro los detalles de su niñez; solo puedo decir que, cuando le hablaban de ella, se oscurecía su frente y exclamaba con un suspiro:
— ¡Ya pasó aquello!

Gustavo Adolfo Bécquer, *¡Es raro!*

1. Llig els dos textos. Quina classe social es descriu en el text A? Explica les condicions de vida d'aquesta classe social en el segle XIX a Espanya.
2. Quin text creus que és realista? Justifica la teua resposta.

La història en la paret

En *La família de Carles IV*, Francisco de Goya va retratar els protagonistes històrics de l'inici del segle XIX a Espanya.

1. El rei **Carles IV**, pare de Ferran VII, ja havia iniciat el canvi de la llei de successió a Espanya, però no va arribar a publicar-se.
2. **Ferran VII**, fill de Carles IV, regnà del 1814 al 1833. Va imposar una nova llei successòria que permeté a la seua filla Isabel heretar el tron en morir ell.
3. El germà de Ferran VII, **Carles Maria Isidre**, va lluitar per pujar al tron d'Espanya en la Primera Guerra Carlina (1833).
4. Una altra germana de Ferran VII, la **infanta Maria Isabel**, serà la mare de la futura reina regent, **Maria Cristina de Borbó**.

1. Carles IV era el monarca espanyol durant la Revolució Francesa. Què li va ocórrer, al rei, durant la invasió napoleònica? Va tornar al tron després de la guerra?
2. Quan va regnar Ferran VII a Espanya? Quina forma de monarquia va representar? Explica-ho.
3. Qui va ser Carles Maria Isidre? Com va influir en la història d'Espanya? Explica la relació que tenia amb Maria Cristina de Borbó, futura reina regent.

Tasca final — Llums, càmera i societat

Creem una pel·lícula social ambientada en el segle XIX.

PAS 1 A punt d'acabar el segle XIX, va aparéixer un dels grans mitjans de comunicació de masses actuals: el cine. Investiga i respon a les qüestions:

- Quants colors es veien en una pantalla cinematogràfica del segle XIX?
- Qui va inventar el projector de cine?
- Com es generen imatges en moviment?

PAS 2 En grups, investigueu i compareu com vivien la dona obrera i la dona burgesa en el segle XIX.

PAS 3 Creeu un guió per a una seqüència de cine ambientada en el segle XIX. Procureu representar la forma de vida d'alguna de les classes socials del període, on apareguen tant hòmens com dones.

PAS 4 Prepareu la representació de l'escena ambientada en el XIX i graveu-la.

PAS 5 Organitzeu una projecció de les vostres seqüències per a altres aules.

smSabadigital.com

VALORA EL QUE HAS APRÉS Com has treballat en aquesta **tasca**?

unitat

4

La nostra història recent

Que important que és... dialogar amb respecte!

Al llarg dels segles XX i XXI la democràcia s'ha assentat a Europa, a pesar de patir seriosos perills. Per a aconseguir-ho, els europeus i els espanyols han aprés a dialogar i a respectar les opinions i els drets dels altres.

Tasca final

Posem en marxa una democràcia i la comparem amb una dictadura.

Un experiment sorprenent

En 1960, un psicòleg social nord-americà de la Universitat Harvard, Stanley Milgram, va tractar de dibuixar la xarxa de les connexions entre les persones dels Estats Units. Per a fer-ho, va enviar una sèrie de cartes a persones del país seleccionades a l'atzar. Els demanava que tractaren de fer arribar aquesta mateixa carta a un amic seu que vivia a Boston, però no en donava l'adreça. Per a aconseguir-ho, l'havien d'enviar a algú conegut, que l'enviaria a un altre conegut, etc. La majoria de les cartes van arribar a l'amic de Stanley Milgram. El més sorprenent és que en la majoria dels casos, van bastar només sis persones d'enllaç.

El famós descobriment de Milgram va ser conegut popularment com "els sis graus de separació" i estableix que cada persona del planeta es trobaria separada d'una altra només per sis intermediaris personals.

VICENTE VERDÚ: *Yo y tú, objetos de lujo*. Debate, 2005

Parlem

Segons el text, estem connectats amb qualsevol ésser humà a través de sis persones. Un president africà o un xerpa de l'Himàlaia estan més prop de nosaltres del que creiem. Però, qui ens connecta?

1. A qui t'agradaria conéixer si pogueres fer aquest experiment? Per a què l'usaries?
2. Hui en dia més de dos milions d'espanyols viuen a l'estranger per treball, estudis o perquè tornen als països on van nàixer. Quan creus que emigra més gent: en època de crisi o en època de creixement econòmic?
3. La immigració i l'emigració uneixen cultures i ens ensenyen a adaptar-nos. És positiu? Per què?
4. En la primera meitat del segle XX, alguns governs europeus van trencar les relacions amb altres països del continent i, fins i tot, van envair els seus territoris i van sotmetre els seus habitants. Com és la relació actual entre els països europeus?

I tu, què n'opines?

5. Quan dues cultures o dues persones defensen idees diferents sobre un mateix tema, quina és la manera més adequada d'arribar a un acord? Com s'aplica això a un govern?

1 El món entre els segles XX i XXI

Al llarg dels segles XX i XXI hi ha hagut grans **avanços tecnològics** i socials. Però, a pesar de l'arribada de la **democràcia** a Europa, també s'hi han viscut les guerres més devastadores de la història de la humanitat: les dues guerres mundials del segle XX.

- imperialisme
- feixisme
- sufragi universal

Els difícils començaments del segle XX

En aquestes fotografies apareixen alguns dels principals fets de la **primera meitat del segle XX**. Què representen? Quines mostren abusos dels drets de les persones?

1. En 1900 els europeus havien colonitzat el continent africà i gran part d'Àsia.

Alguns **països imperialistes** tractaven els habitants d'aquests territoris com a esclaus, cosa que atemptava contra el dret a la **llibertat**.

2. La lluita pels territoris i les matèries primeres va comportar **la Primera Guerra Mundial**. Més tard, els nous **governs** dictatorials a Europa van causar la **Segona Guerra Mundial**.

Aquests conflictes van atemptar contra el dret més bàsic: la **vida**.

3. Així i tot, molts països europeus van prohibir l'esclavitud i van aconseguir el **sufragi universal** ple, que permetia a la dona votar per primera vegada.

En aquests països democràtics es va fer un gran avanç en el dret a la **igualtat**.

El 1948, amb la finalitat de superar els durs començaments del segle, diversos països van signar la **Declaració Universal dels Drets Humans**. Aquest document exigeix el respecte de la majoria dels drets de les persones, com ara la vida, la llibertat i la igualtat davant de la llei.

Els grans avanços de la nostra època

Així, a Europa i gran part del món occidental es va consolidar la democràcia.

Amb el temps, la riquesa econòmica dels països més desenvolupats socialment i políticament ha permés el creixement de les classes mitjanes i l'establiment d'**estats socials**. En aquests estats s'inverteix en sanitat, educació i altres serveis per a la població.

A més, aquests països fan grans inversions en **tecnologia** que beneficien els ciutadans: en l'àmbit dels **transports** s'han creat reactors, trens d'alta velocitat i naus espacials; en les **telecomunicacions** s'han construït satèl·lits, telèfons mòbils i xarxes d'internet; en **medicina** s'han inventat escàners, robots per a operar, etc.

Taller d'història

Un text per a defensar els drets

> Els estats hauran de:
>
> – Implantar l'ensenyament primari obligatori i gratuït i fomentar l'ensenyament secundari per a tots els xiquets.
>
> – Cooperar per a eliminar l'analfabetisme en el món i per a facilitar l'accés als coneixements tècnics i als mètodes moderns d'ensenyament.

Amb l'ajuda de la informació que apareix en el text, respon a les preguntes següents.

1. Enguany acabes una etapa de la teua educació i en comences una altra. Són les dues obligatòries? Saps per què?
2. A quins continents poden estar les aules que veus en les imatges? En què es diferencien? Els països rics han d'ajudar els països pobres en l'educació dels xiquets?

Els problemes del nostre món

Tot i els avanços que s'han fet, en la nostra societat encara hi ha **problemes greus** que necessiten solucions urgents. En destaquen aquests:

- **Les desigualtats**. En zones d'Àfrica, Àsia i Amèrica, i fins i tot al nostre continent i al nostre país, es viuen situacions d'injustícia, causades per les dictadures, les guerres o la pobresa.
- **La conservació del planeta**. El consum excessiu de combustibles, plàstics i electricitat provoca la contaminació de l'aigua potable i esgota els recursos del planeta. La falta d'aigua és un dels problemes més greus i afecta molts països.

- En la primera meitat del segle XX hi va haver dues **guerres mundials**.
- Als **països rics** i **democràtics** s'inverteix en importants avanços tecnològics.
- La **pobresa** i els **danys** causats **en el medi ambient** són problemes actuals molt greus.

Activitats

3. Assenyala dos fets positius i dos fets negatius de la primera meitat del segle XX.
4. Quins transports i mitjans de comunicació uses diàriament? Existien en l'edat moderna?
5. Per què és un avantatge per a les persones rebre una bona educació?

Usa tots els teus recursos

6. smSabadigital.com
   COMPRÉN Durant la primera meitat del segle XX, van sorgir a Europa occidental els **feixismes**, com el nazisme de Hitler. A l'Europa de l'Est van sorgir alhora els **règims comunistes**. Observa els fets.
7. Aquesta nit, visualitza el telenotícies i pren notes sobre els problemes que et semblen més greus a Espanya.

Para't a pensar

Has estudiat un dels períodes més durs de la política contemporània a Europa. Repassa i interpreta el que has après per a comprendre millor els canvis que estudiaràs a continuació.

12 Llig el text i respon a les qüestions.

> Els feixismes van ser moviments polítics que van aparéixer entre la Primera i la Segona Guerra Mundial a Europa. Controlaven totes les activitats de l'estat, sense separar els poders executiu, legislatiu i judicial. Eren militaristes i nacionalistes, és a dir, consideraven que l'estat i el país estaven per damunt dels ciutadans.
>
> Aquests partits eren contraris a les democràcies i no acceptaven l'oposició política ni les lleis votades democràticament. A més, defensaven l'expansió dels seus territoris de manera imperialista.
>
> Els dos dictadors feixistes més destacats van ser Mussolini, a Itàlia, i Hitler, a Alemanya.

a) Defineix *feixisme* en el quadern.

b) Indica contra quins drets fonamentals van atemptar els feixismes.

c) Explica quins punts del feixisme penses que van ser comuns al franquisme.

d) Per què creus que els feixismes van lluitar contra la Segona República Espanyola?

13 Observa els mapes i llig la informació. Després, contesta les preguntes.

La **zona revoltada o nacional** estava controlada pels militars dirigits per Franco i va rebre el suport dels sectors més conservadors: les classes altes, els camperols amb més terres i les persones més pròximes a l'Església. Es va permetre un sol partit polític afí a l'alçament, anomenat Falange. Es va perseguir i es van matar milers de republicans.

La **zona republicana**, durant la guerra, va viure revolucions d'obrers i camperols i hi hagué una forta repressió contra el bàndol contrari, especialment els catòlics i la dreta. En aquesta zona estaven les grans ciutats i prompte hi van faltar els aliments. Milers de xiquets i dones van ser enviats a altres països per a protegir-los.

a) Per parelles, expliqueu a quin bàndol pertanyia en 1936 i en 1939 la zona on viviu.

b) Resumiu com creieu que vivien aquestes persones en el vostre territori el 1936.

un republicà | un revoltat | una dona

Taller d'història

Un text per a defensar els drets

Els estats hauran de:

– Implantar l'ensenyament primari obligatori i gratuït i fomentar l'ensenyament secundari per a tots els xiquets.

– Cooperar per a eliminar l'analfabetisme en el món i per a facilitar l'accés als coneixements tècnics i als mètodes moderns d'ensenyament.

Amb l'ajuda de la informació que apareix en el text, respon a les preguntes següents.

1. Enguany acabes una etapa de la teua educació i en comences una altra. Són les dues obligatòries? Saps per què?
2. A quins continents poden estar les aules que veus en les imatges? En què es diferencien? Els països rics han d'ajudar els països pobres en l'educació dels xiquets?

Els problemes del nostre món

Tot i els avanços que s'han fet, en la nostra societat encara hi ha **problemes greus** que necessiten solucions urgents. En destaquen aquests:

- **Les desigualtats**. En zones d'Àfrica, Àsia i Amèrica, i fins i tot al nostre continent i al nostre país, es viuen situacions d'injustícia, causades per les dictadures, les guerres o la pobresa.
- **La conservació del planeta**. El consum excessiu de combustibles, plàstics i electricitat provoca la contaminació de l'aigua potable i esgota els recursos del planeta. La falta d'aigua és un dels problemes més greus i afecta molts països.

▶ En la primera meitat del segle XX hi va haver dues **guerres mundials**.

▶ Als **països rics** i **democràtics** s'inverteix en importants avanços tecnològics.

▶ La **pobresa** i els **danys** causats **en el medi ambient** són problemes actuals molt greus.

Activitats

3. Assenyala dos fets positius i dos fets negatius de la primera meitat del segle XX.
4. Quins transports i mitjans de comunicació uses diàriament? Existien en l'edat moderna?
5. Per què és un avantatge per a les persones rebre una bona educació?

Usa tots els teus recursos

6. smSabadigital.com
   COMPRÉN Durant la primera meitat del segle XX, van sorgir a Europa occidental els **feixismes**, com el nazisme de Hitler. A l'Europa de l'Est van sorgir alhora els **règims comunistes**. Observa els fets.
7. Aquesta nit, visualitza el telenotícies i pren notes sobre els problemes que et semblen més greus a Espanya.

2 Espanya al començament del segle xx

Tens un germà o un cosí major, en la universitat o treballant? Has pensat que va nàixer en un altre segle? I que tots els espanyols majors de 40 anys que coneixes van nàixer durant una dictadura?

El complex regnat d'Alfons XIII

El començament del segle xx a Espanya, igual que a la resta d'Europa i del món, va ser difícil.

Entre 1902 i 1931 va regnar **Alfons XIII** de Borbó.

- En la primera etapa del regnat es va desenvolupar el **regeneracionisme**, un intent d'aplicar reformes per a millorar la situació del país.
- El regeneracionisme no evità la gran **crisi de 1917**, causada per les vagues i les morts de soldats espanyols en la **guerra al Marroc**.
- Impulsat pel descontentament de la població, el general **Primo de Rivera** va fer un colp d'estat i, el 1923, va instaurar una **dictadura**.

En 1930, davant de la impossibilitat de controlar l'Estat, Primo de Rivera va renunciar i el rei intentà recuperar les reformes democràtiques, però la crisi i la dictadura van fer que molts grups es posaren en contra del monarca.

En les eleccions municipals de 1931 els republicans van guanyar les eleccions en les principals ciutats i **Alfons XIII va abdicar**.

La Segona República

La crisi de la monarquia va fer que el 1931 es proclamara la **Segona República**. Després d'unes primeres eleccions legislatives, les noves Corts van aprovar una **constitució democràtica**.

El nou govern va emprendre profundes reformes:

- Reformes socials i econòmiques. Es repartiren terres expropiades a grans terratinents entre camperols i es milloraren les condicions dels treballadors de la indústria. Es va estendre l'educació primària.
- Reformes polítiques. Es modernitzà l'exèrcit i es va expulsar els militars contraris a la República, s'eliminà la influència política de l'Església i es reconegué l'autonomia de Catalunya i País Basc.

No obstant això, les reformes provocaren protestes i la tensió política va créixer. Al poc de temps es van generalitzar vagues, queixes de l'exèrcit, casos de corrupció i fins i tot assassinats de dirigents polítics.

El 14 d'abril es va proclamar la Segona República a les principals ciutats d'Espanya. Una de les concentracions més gran va tindre lloc a la famosa Puerta del Sol de Madrid.

La Guerra Civil i la dictadura

Aprofitant la situació a Espanya, un grup de militars es va revoltar contra la República. Va succeir el 1936 i entre ells hi havia el **general Franco**. Durant tres anys, una dura **guerra civil** va enfrontar els espanyols i va deixar el país arrasat i arruïnat.

La guerra va tindre un gran **impacte internacional**, ja que hi van intervindre soldats voluntaris d'altres països europeus, com a representació de la lluita entre la **democràcia** i el **feixisme**.

En acabar el conflicte, Franco va imposar una **dictadura militar** i molts dels perdedors van ser perseguits, empresonats i executats. La dictadura va eliminar les lleis democràtiques i les llibertats.

En acabar la guerra, els bombardejos havien deixat les ciutats destrossades.

Molts republicans van haver d'exiliar-se a altres països en perdre la guerra. Els països que més espanyols van rebre eren d'Europa i Amèrica.

Durant la dictadura, les dones espanyoles van perdre tots els drets adquirits en èpoques anteriors. No podien traure diners d'un banc o treballar sense la signatura del marit.

Tot i la dictadura, **des de 1960** Espanya va viure un **creixement econòmic** considerable i va superar la postguerra, però els habitants continuaven privats de llibertats. En aquests anys moltes persones van emigrar a les **ciutats** a la recerca d'ocupació en les fàbriques i en el turisme. A més d'aquest **èxode rural** intern, milers d'espanyols van emigrar a altres països d'**Europa**.

Franco va morir en 1975.

- Al començament del segle xx va regnar a Espanya **Alfons XIII**. El seu regnat va concloure després de la dictadura de **Primo de Rivera**.
- La **Segona República** va fer profundes reformes, però la **Guerra Civil** va posar fi al sistema democràtic.
- La dictadura del **general Franco** va ser antidemocràtica i va durar fins al 1975.

Activitats

8 Corregeix els errors en el quadern.

a) La Segona República va afavorir els grans propietaris de terres.

b) Durant el franquisme es va aprovar a Espanya una constitució democràtica.

c) El període franquista va concloure amb l'esclat de la Guerra Civil.

9 Completa la taula en el quadern.

	Causes	Conseqüències
Segona República	●●●	●●●
Guerra Civil	●●●	●●●

Usa tots els teus recursos

10 Elabora un eix cronològic que s'estenga des del 1902 fins al 1975. Inclou els fets principals i assenyala els períodes democràtics i els no democràtics.

11 Pregunta a dues dones majors de 60 anys sobre les limitacions que la dictadura franquista imposava a les dones.

Para't a pensar

Has estudiat un dels períodes més durs de la política contemporània a Europa. Repassa i interpreta el que has aprés per a comprendre millor els canvis que estudiaràs a continuació.

12 Llig el text i respon a les qüestions.

> Els feixismes van ser moviments polítics que van aparéixer entre la Primera i la Segona Guerra Mundial a Europa. Controlaven totes les activitats de l'estat, sense separar els poders executiu, legislatiu i judicial. Eren militaristes i nacionalistes, és a dir, consideraven que l'estat i el país estaven per damunt dels ciutadans.
>
> Aquests partits eren contraris a les democràcies i no acceptaven l'oposició política ni les lleis votades democràticament. A més, defensaven l'expansió dels seus territoris de manera imperialista.
>
> Els dos dictadors feixistes més destacats van ser Mussolini, a Itàlia, i Hitler, a Alemanya.

a) Defineix *feixisme* en el quadern.

b) Indica contra quins drets fonamentals van atemptar els feixismes.

c) Explica quins punts del feixisme penses que van ser comuns al franquisme.

d) Per què creus que els feixismes van lluitar contra la Segona República Espanyola?

13 Observa els mapes i llig la informació. Després, contesta les preguntes.

La **zona revoltada o nacional** estava controlada pels militars dirigits per Franco i va rebre el suport dels sectors més conservadors: les classes altes, els camperols amb més terres i les persones més pròximes a l'Església. Es va permetre un sol partit polític afí a l'alçament, anomenat Falange. Es va perseguir i es van matar milers de republicans.

La **zona republicana**, durant la guerra, va viure revolucions d'obrers i camperols i hi hagué una forta repressió contra el bàndol contrari, especialment els catòlics i la dreta. En aquesta zona estaven les grans ciutats i prompte hi van faltar els aliments. Milers de xiquets i dones van ser enviats a altres països per a protegir-los.

a) Per parelles, expliqueu a quin bàndol pertanyia en 1936 i en 1939 la zona on viviu.

b) Resumiu com creieu que vivien aquestes persones en el vostre territori el 1936.

un republicà | un revoltat | una dona

14 Després de llargs anys de dura postguerra, es va produir un període de desenvolupament econòmic durant la dictadura que es va anomenar *desenvolupisme*. Corregeix les afirmacions en el quadern.

- El creixement econòmic es va produir a partir del 1939.
- El dictador durant el desenvolupisme va ser Primo de Rivera, que va morir anys més tard, en 1930.
- Durant el desenvolupament, les dones tenien les mateixes llibertats i drets que els hòmens.
- Al llarg d'aquest període hi va haver diversos partits polítics en el Govern, com Falange.
- El creixement econòmic es va donar a les zones rurals, on van emigrar milers de persones.

El Seat 600, el cotxe espanyol que va simbolitzar el creixement econòmic en els anys 60 i 70.

Espanya era així...

15 Copia i completa les fitxes en el quadern amb el que has aprés. Relaciona cada fet amb una fotografia.

Fet	Fotografia	Va succeir en el bàndol
Suport de l'Alemanya nazi	●●●	●●●
Control de Francisco Franco	●●●	●●●
Evacuació de Madrid pels bombardejos	●●●	●●●
Fugida a altres països pels avanços de la guerra	●●●	●●●

1

2

3

4

3 El procés de la Transició

En 1975 va morir Franco. A penes en uns anys, Espanya va passar a ser una democràcia en la qual les dones i els hòmens havien recuperat les seues llibertats i els seus drets. Com va ser possible?

El canvi cap a la democràcia

Després de la mort del dictador, els polítics i ciutadans es van esforçar per a arribar a acords i, tot i el dolor del passat, **aconseguir una democràcia estable** de cara al futur. Així es va engegar un procés denominat la **Transició**.

En aquest procés, Franco va ser substituït pel rei **Joan Carles I** de Borbó, que va nomenar president **Adolfo Suárez**. Durant el seu govern es van aprovar lleis que posaven fi a la dictadura.

La Constitució de 1978... i de hui!

La culminació del procés va arribar amb l'aprovació de la **Constitució de 1978** en la qual s'estableix com és l'Estat:

- La **sobirania nacional** resideix en el poble i els ciutadans trien els seus representants per **sufragi universal**.
- Espanya és una **monarquia parlamentària**: el cap de l'Estat espanyol és el **rei**, però el poble tria els membres de les **Corts**. Les Corts aproven les lleis i trien el **president del Govern** en representació dels ciutadans. Les Corts són el Congrés dels Diputats i el Senat.
- A Espanya hi ha **separació de poders**: cada un dels poders de l'Estat resideix en una institució independent.
- Els espanyols tenen drets i llibertats, ja que Espanya és un **estat social i democràtic de dret**.
- Espanya és un **estat de les autonomies**, on les comunitats autònomes poden gestionar aspectes com la sanitat i l'educació.

Sabies que...?

En 1981, un grup de militars va assaltar el Congrés dels Diputats i va segrestar el Govern i els parlamentaris.

Els espanyols van passar la nit amb por, apegats als televisors i a les ràdios, ja que temien una nova dictadura. L'endemà, es va detindre els rebels i Espanya va confirmar la seua democràcia.

- Els teus avis o els teus pares van viure aquest episodi? Demana'ls que t'expliquen la seua experiència!

Treballa amb l'esquema

16 Què és la separació de poders? Explica-ho.

17 Qui governa a Espanya?

LA SEPARACIÓ DE PODERS

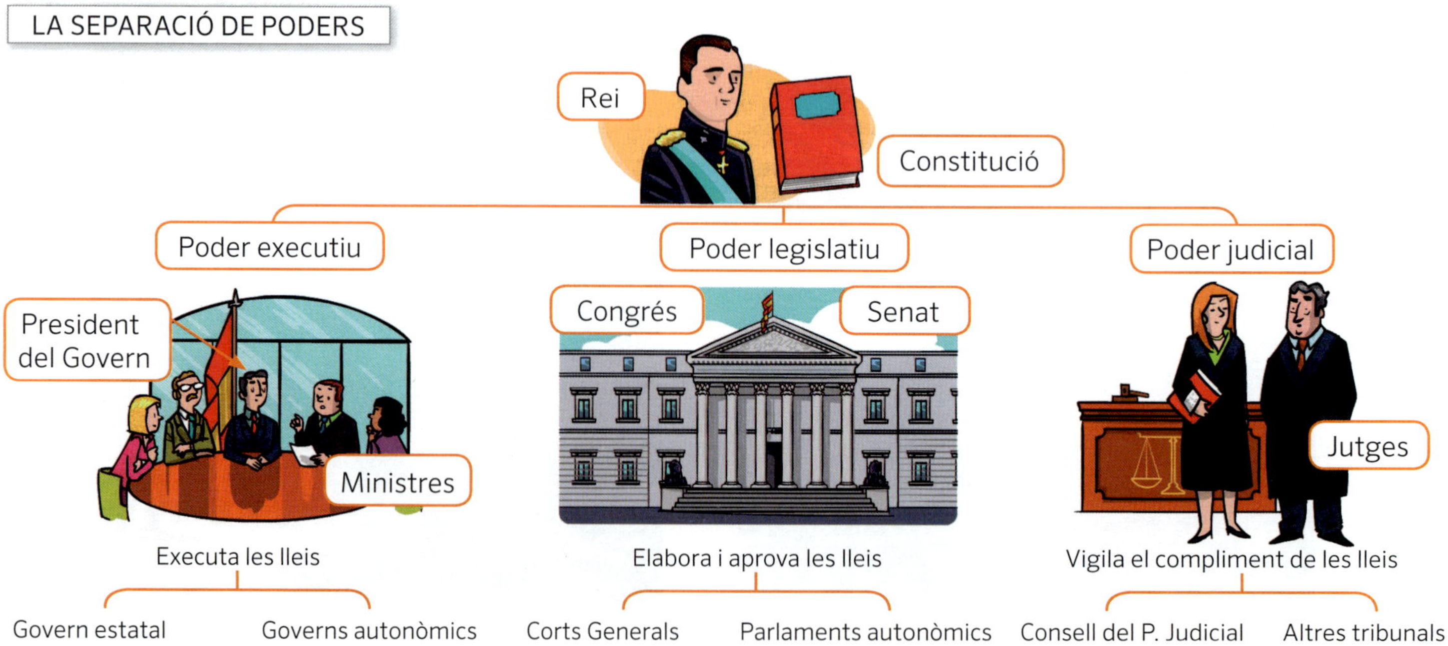

L'ESTAT DE LES AUTONOMIES

smSabadigital.com
PRACTICA Com s'organitza l'**Estat**?

smSabadigital.com
PRACTICA Repassa el sistema polític espanyol. Què són les **comunitats autònomes**?

- El rei **Joan Carles I** i el president del Govern d'aleshores, **Adolfo Suárez**, van posar en marxa la **Transició** a la democràcia.
- La **Constitució de 1978** estableix i protegeix la democràcia a Espanya.

Activitats

18 Estableix quatre diferències entre una democràcia i una dictadura.

19 Com és l'Estat espanyol, segons la Constitució?

Usa tots els teus recursos

20 Explica aquest article de la Constitució.

> *Art. 10.2*. Les normes relatives als drets fonamentals i a les llibertats que la Constitució reconeix s'interpretaran de conformitat amb la Declaració Universal dels Drets Humans i els tractats i acords internacionals.

4 L'Espanya actual

En les últimes dècades, Espanya ha experimentat un procés de **modernització** que ha canviat la nostra forma de vida. I tu ho has viscut!

Un país estable i social

Des de la Transició, Espanya viu un **període d'estabilitat** democràtica, marcat per l'**alternança en el poder** de dos partits polítics: el Partit Socialista i el Partit Popular. Durant aquests anys s'ha consolidat l'**estat del benestar**.

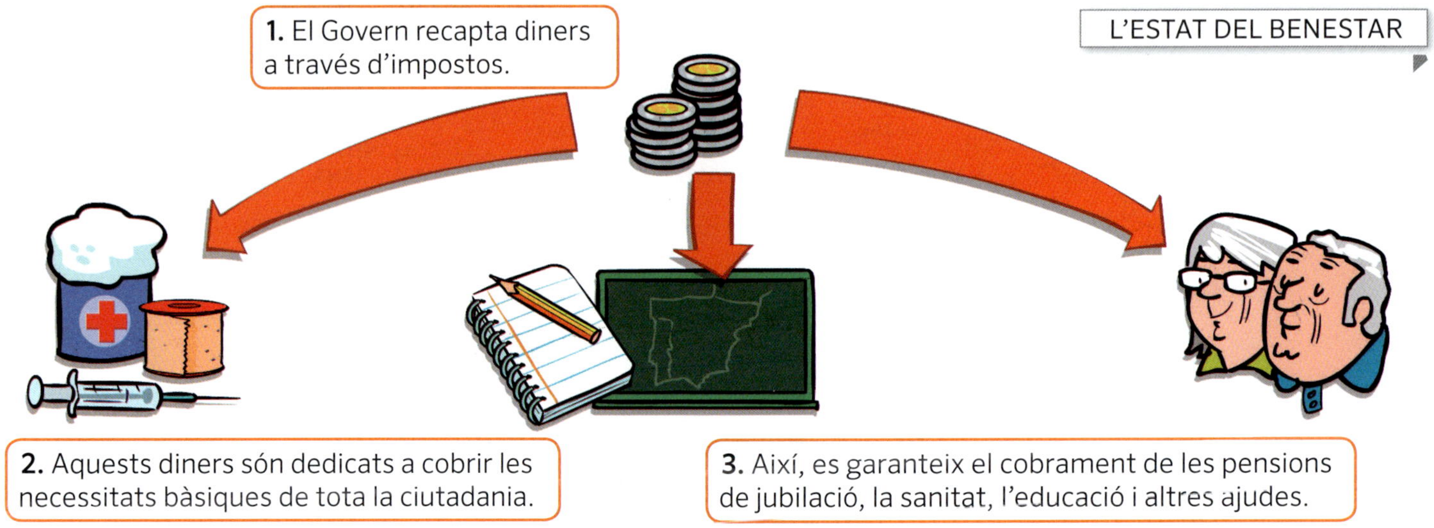

Hui en dia, Espanya és també un estat membre de la **Unió Europea**. Aquest fet i l'adopció de l'**euro** han proporcionat molts avantatges econòmics i més estabilitat al país.

Però la **crisi** iniciada en 2008 ha fet perillar l'estat del benestar, a causa de les **retallades de despeses públiques**.

- estat del benestar
- euro

Des de la Transició fins a hui	
1975	Joan Carles I, rei.
1976	Adolfo Suárez és nomenat president del Govern pel rei.
1977	Eleccions democràtiques. Adolfo Suárez és triat president del Govern en les urnes.
1978	Aprovació de la Constitució actual.
1979	Naixement de les primeres comunitats autònomes.
1982	Primer govern del PSOE. Durant el govern de Felipe González es van iniciar reformes per a desenvolupar l'estat del benestar.
1986	Espanya accedeix a la Comunitat Europea (CE).
1992	S'inaugura la primera línia d'AVE per a l'Exposició Universal de Sevilla. Barcelona acull els Jocs Olímpics. Es forma la UE a partir de la CEE.
1996	Primer govern del PP. Durant el govern de José María Aznar van continuar el creixement econòmic i la modernització del país.
2002	Es posa en circulació l'euro.
2004	Segona etapa de govern del PSOE, amb José Luis Rodríguez Zapatero. Noves lleis van afavorir la igualtat i els drets ciutadans.
2008	Inici de la crisi econòmica.
2011	Segon govern del PP, amb Mariano Rajoy.
2014	Felip VI, nou rei.

La societat del segle XXI

La societat espanyola actual és molt diferent de la de la Transició, ja que la globalització ha facilitat el moviment de persones i idees.

- Els **jóvens** tenen més llibertats en la societat i a casa. L'educació, que cada vegada s'acosta més a les noves tecnologies, és ara un dret i és obligatòria i gratuïta fins als 16 anys.
- Les **dones** tenen reconeguda ara la igualtat de drets respecte als hòmens, tot i que encara hi ha casos en què no es respecta.
- S'ha produït un **envelliment** de la població, és a dir, cada vegada naixen menys xiquets i les persones viuen més anys.
- La societat és més oberta i **intercultural** gràcies a l'arribada d'immigrants i a l'obertura cap a Europa i cap al món.

Sabies que...?

La Constitució reconeix que la societat espanyola és diversa i defensa aquesta diversitat.

"Article 3.3. La riquesa de les diferents modalitats lingüístiques d'Espanya és un patrimoni cultural que serà objecte d'especial respecte i protecció."

- Quantes llengües oficials es parlen a Espanya? Quantes en parles tu? Sabies que, durant anys, moltes d'aquestes llengües no estaven protegides per la llei?

La migració del camp a la ciutat ha provocat l'abandó de moltes zones del país. No obstant això, l'arribada d'immigrants ha aportat als pobles i ciutats més diversitat cultural.

- Les últimes dècades han sigut de creixement i modernització, i s'ha consolidat l'**estat del benestar**.
- En aquests anys s'han alternat governs **socialistes** i **populars**.
- La **societat** espanyola del segle XXI s'ha **modernitzat**.

Activitats

21 Copia en el quadern i completa la taula.

Any	President	Partit	Rei
1977	●●●	●●●	●●●
1982	●●●	●●●	●●●
1996	●●●	●●●	●●●
2004	●●●	●●●	●●●
2011	●●●	●●●	●●●

22 Quins avantatges aporta a la nostra societat l'estat del benestar? Explica la relació entre els impostos i els beneficis socials.

Usa tots els teus recursos

23 Quina importància creus que tenen?

a) L'educació per a tots.

b) La igualtat de la dona.

24 Els museus protegeixen l'herència cultural, la història i la diversitat d'Espanya.

a) Conta als teus companys la teua experiència en un museu d'història.

b) Debateu a classe. Per què és important que els museus conserven el patrimoni? Quina ha de ser la nostra actitud quan els visitem?

5 La població espanyola

Ara que coneixes més coses sobre la societat en què vius, has de parar-te a pensar com s'han obtingut aquestes dades. No es tracta només d'observar com vivim, sinó d'analitzar aquestes dades convenientment.

La ciència que les analitza és la **demografia**.

La població

La **població** és el conjunt de persones que viuen en un territori.

La població d'Espanya hui en dia la formem tots els que vivim en aquest territori. Les dades s'obtenen del cens i del padró:

- El **cens** és el registre de població que fa l'Estat cada deu anys.
- El **padró** és el registre municipal de naixements i morts que es fa cada any.

El creixement natural

Aquestes dades ens permeten estudiar la població en xifres per a saber quant augmenta i disminueix.

El **creixement natural** de la població és la diferència entre la natalitat i la mortalitat.

- **Natalitat**. Fins a 1980, la natalitat a Espanya era elevada. La incorporació de les dones al mercat laboral i el nou model familiar amb menys fills ha fet caure la natalitat.
- **Mortalitat**. La millora de les condicions de vida ha permés que la mortalitat descendisca i que augmente l'**esperança de vida** en nàixer.

El creixement real

Per a calcular el **creixement real**, hem d'afegir el **residu migratori**, és a dir, la diferència entre el nombre d'immigrants i d'emigrants:

- **Emigració**. És l'abandó d'un lloc d'origen per a establir-se en un altre. Al llarg del segle xx s'han produït moltes emigracions d'espanyols a la recerca d'una vida millor.
- **Immigració**. És l'arribada de persones a un lloc per a establir-s'hi. En els primers anys del segle xxi milions d'estrangers es van establir en el nostre país buscant prosperar.

Creixement real =
creixement natural + balanç migratori

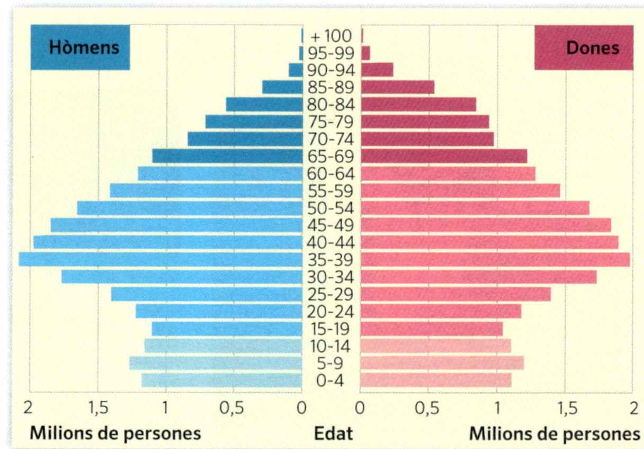

Espanya és el cinqué país de la UE amb pitjor situació demogràfica. Les espanyoles són les europees que més tard tenen fills i les terceres que menys en tenen. A Europa les xifres són igualment descoratjadores: en 2050, si no canvia res, la població en edat de jubilar-se haurà duplicat el nombre de menors de 15 anys i, en 2080, s'haurà arribat a un dels escenaris més temuts: la inversió de la piràmide poblacional. ■

Elpais.com, 2014

Treballa amb la informació

25. Segons la piràmide poblacional, a Espanya hi ha més jóvens o ancians? Quin grup d'edat és el més nombrós?
26. Observes diferències entre la població masculina i la femenina? Quines?
27. Quins problemes demogràfics té Espanya?
28. Què vol dir, segons l'article, que es pot invertir la piràmide poblacional?

Taller de geografia

On viuen més espanyols?

La **densitat de població** és el nombre de persones que viu en un determinat espai:

$$\frac{\text{nombre d'habitants}}{\text{km}^2 \text{ de superfície}}$$

A Espanya la distribució de població és **desigual** a causa de **factors econòmics**, com les zones turístiques; al **clima**; a l'accés a zones amb **aigua**, i al **relleu**, que els habitants prefereixen pla i de fàcil accés.

Observa el mapa i segueix els passos per a analitzar-lo.

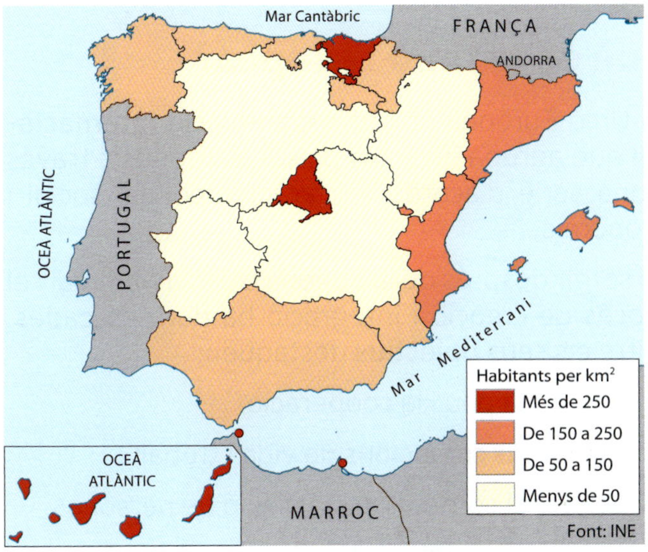

PAS **1** A quines zones del país viuen més persones per km^2, a la costa o a l'interior? A les depressions fluvials o a les muntanyes?

PAS **2** Com és la densitat de població a la Comunitat Valenciana? Pots revisar-la a fons en el teu *Atles*.

29 Succeeix el mateix a Europa? Analitza el mapa europeu de densitat poblacional que s'inclou en l'*Atles* i assenyala a quines zones es concentra més població.

a) A l'interior o a la costa? **b)** Al nord o al sud? **c)** Prop dels rius o a les muntanyes?

- La població espanyola **envelleix** a causa del creixement natural negatiu.
- El **balanç migratori** permet conéixer el **creixement real** de la població.
- La densitat de població és més elevada a les **costes** i en **ciutats grans** com Madrid.

- èxode rural
- demografia

Activitats

30 Defineix els conceptes següents.

demografla | padró | creixement natural

31 Com han evolucionat la natalitat i la mortalitat a Espanya durant els últims anys? A què són deguts aquests canvis?

32 Explica quines han sigut les emigracions d'espanyols més nombroses del segle xx.

Usa tots els teus recursos

33 smSabadigital.com
PRACTICA Coneix el gràfic d'evolució de la **població espanyola** i treballa'l.

34 Analitza la piràmide de població africana en la secció *Aprén més* i compara-la amb l'espanyola. Estableix tres diferències.

35 Creus que la crisi dels últims anys afavoreix la immigració o l'emigració? Per què? És una cosa positiva o negativa?

6 Espanya i la Unió Europea

Diàriament pagues amb euros tot el que compres. En canvi, aquest acte tan quotidià a penes té uns anys d'història. Saps què és la pesseta?

Què és la Unió Europea?

La Unió Europea és una **organització internacional** que agrupa diversos països europeus a través d'una sèrie d'acords de caràcter polític, social i econòmic.

Va sorgir després de la Segona Guerra Mundial i el procés de creació i integració ha durat dècades. Entre els seus **objectius** destaquen:

- Garantir la pau i la cooperació.
- Millorar les condicions de vida i treball.
- Facilitar el comerç i la circulació de persones.
- Aconseguir la igualtat entre països.
- Protegir l'entorn i els espais naturals.

Per això, s'ha establit **un govern i unes institucions comuns**.

LES INSTITUCIONS DE LA UE

Treballa amb l'organigrama

36 Copia les columnes i estableix-ne la relació:

Poder executiu •	• Cort de Justícia
Poder legislatiu •	• Consell de Ministres
Poder judicial •	• Parlament

QUÈ SIGNIFICA SER CIUTADÀ EUROPEU?

Llig la història de Pere i comprendràs què significa ser ciutadà de la Unió Europea.

Quan Pere, ciutadà espanyol, va viatjar a Alemanya, va poder entrar al país lliurement. Li va agradar tant que va decidir quedar-s'hi. Va acabar els seus estudis i va trobar treball en una empresa alemanya.

Un ciutadà europeu pot **moure's** per la UE sense passaport.

A més, pot **estudiar** i **treballar** en qualsevol país membre.

En les últimes eleccions va votar a Alemanya per a triar l'alcalde de la ciutat on viu i els representants al Parlament Europeu.

Qualsevol ciutadà pot **triar** els representants polítics que es reuneixen al Parlament d'Estrasburg i al Consell de la Unió, a Brussel·les.

Ara ha decidit muntar la seua pròpia empresa i ha sol·licitat ajuda econòmica a la Unió Europea.

La UE subvenciona **projectes** i dóna **ajudes** als països membres.

Abans de començar el seu nou repte, se n'ha anat uns dies a Roma i, amb el fred, ha emmalaltit. L'han atés sense cap problema en un hospital italià.

Un ciutadà europeu té dret a l'**assistència sanitària** en qualsevol país de la Unió.

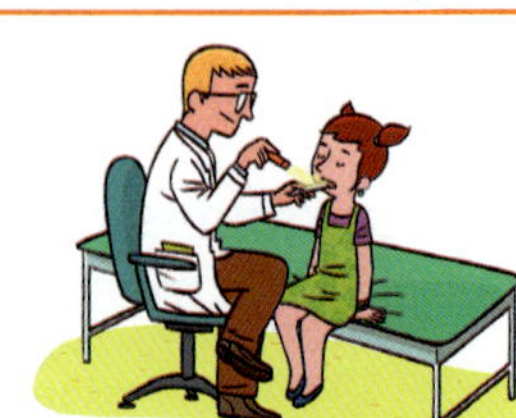

LA HISTÒRIA DE LA UNIÓ EUROPEA

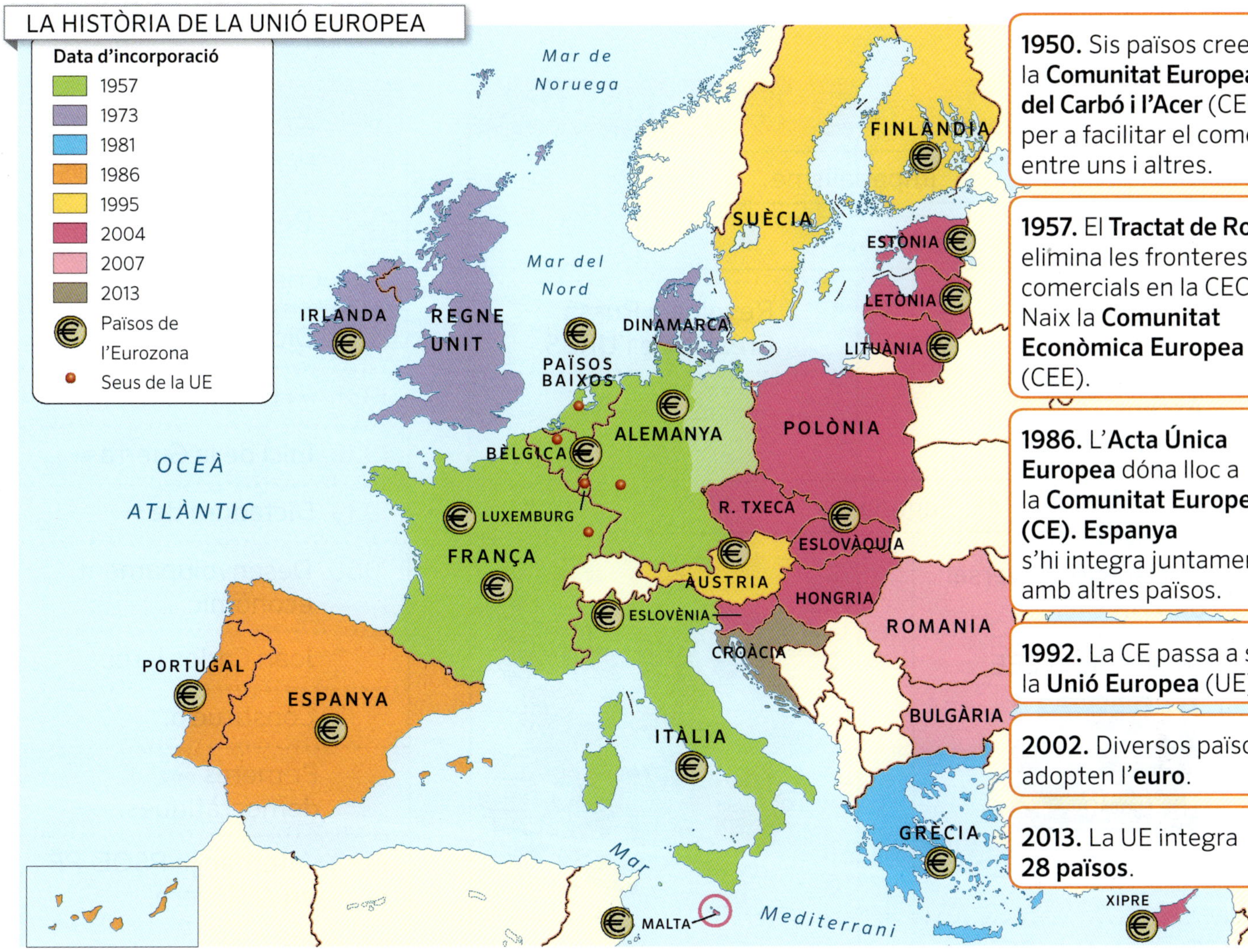

1950. Sis països creen la **Comunitat Europea del Carbó i l'Acer** (CECA) per a facilitar el comerç entre uns i altres.

1957. El **Tractat de Roma** elimina les fronteres comercials en la CECA. Naix la **Comunitat Econòmica Europea** (CEE).

1986. L'**Acta Única Europea** dóna lloc a la **Comunitat Europea (CE). Espanya** s'hi integra juntament amb altres països.

1992. La CE passa a ser la **Unió Europea** (UE).

2002. Diversos països adopten l'**euro**.

2013. La UE integra **28 països**.

- **En 1957 es va crear la CEE**, que en 1992 va passar a anomenar-se **Unió Europea**. Actualment la formen 28 països.
- **Espanya** s'hi va integrar en 1986.
- Tots els **habitants** de la Unió Europea comparteixen els **mateixos drets**, que són regulats per les institucions europees.

Treballa amb el mapa

37 Quins països es van integrar en la CE el mateix any que Espanya?

38 En quin any es va produir la major ampliació de la Unió Europea?

39 A quins països estan les principals seus de les institucions europees?

Activitats

40 En quin tractat es va acordar la creació de l'euro? En quin any es va posar en circulació?

41 Busca en el teu *Atles* les fases del procés d'ampliació europeu i explica-les en el quadern.

Usa tots els teus recursos

42 Quina importància té formar part de la Unió Europea per a ells?

comerciant | estudiant | treballador

43 smSabadigital.com
PRACTICA Coneix les funcions de les **institucions de la Unió Europea**.

Organitza't les idees

A la fi del XIX. Imperialisme

1914-1918. Primera •••

EUROPA OCCIDENTAL

1920. Més drets en les democràcies. Ascens dels feixismes.

1939-1945. Segona •••

1948. Declaració Universal de •••.

1957. Creació de la CEE.

1986. Creació de la CE.

1992. Creació de la UE.

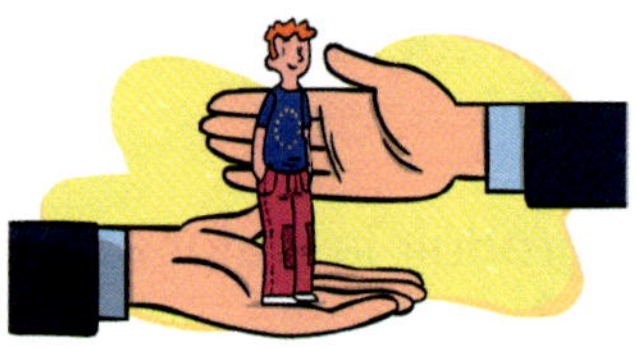

EUROPA ORIENTAL

1917. Revolució Russa. Creació de l'URSS.

1989. Caiguda de l'URSS.

2004. Integració en la UE d'alguns països de l'Europa oriental.

ESPANYA

1898. Pèrdua de les colònies.

1902. Regnat d'•••.

1917. Crisi.

1923. Dictadura de •••.

1931. ••• República.

1936. Inici de la Guerra •••.

1939. Dictadura de •••.

1960. Desenvolupament econòmic.

1975. Joan Carles I, rei.

1978. Constitució.

1977. Primeres ••• democràtiques.

1982. Alternança PSOE-PP en el Govern.

1986. Integració en la •••.

1992. Jocs de Barcelona.

2002. Adopció de l'euro.

2008. Crisi.

2014. •••, rei.

Treballa amb l'esquema

44. Copia i completa l'esquema.

45. Quants períodes dictatorials hi ha hagut a Espanya en el segle XX?

46. Fixa't en l'esquema i explica quina zona d'Europa va accedir més tard a la UE.

47. Segons l'esquema, què succeïa a Espanya durant les guerres mundials?

48. Des de quan usem l'euro? Investiga quines eren les monedes anteriors que usaven els països fundadors de la CEE.

49. Quins partits han governat a Espanya durant la democràcia? Quin governa ara?

50. Situa en el teu esquema els períodes de migració i immigració a Espanya.

Repassa la unitat

51 Defineix els termes següents.

regeneracionisme · estat del benestar · estat de les autonomies

52 Escriu en el quadern el nom donat a aquests fets històrics.

a) Després de la mort de Franco, es va dur a terme un procés de construcció democràtica.

b) Entre 1936 i 1939, els espanyols van lluitar els uns contra els altres.

c) Després de la renúncia de Primo de Rivera, Espanya va viure un període sense rei.

53 Identifica l'error d'aquestes afirmacions i copia-les corregides en el quadern.

a) En 1923 va començar la dictadura del general Franco.

b) Al començament del segle xx, els africans van colonitzar Europa.

c) Durant la Transició espanyola mai va estar en perill la democràcia.

54 Observa el gràfic. En quins anys va ser més alta la mortalitat a Espanya? Amb quin esdeveniment històric es relaciona?

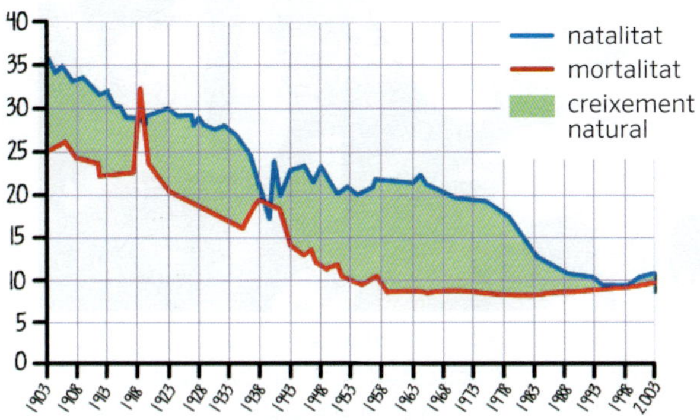

55 Copia el nom d'aquests països en el quadern. Envolta els que van formar la CEE i indica la data en què s'hi van incorporar els altres.

Regne Unit · França · Itàlia · Àustria · Grècia · Polònia · Espanya

56 Identifica els invents i ordena'ls en el quadern del més antic al més recent.

57 Contesta les preguntes amb la informació que proporciona aquesta il·lustració.

a) Què busca l'estat democràtic espanyol?

b) Què vol dir *democràtic*?

c) Qui està considerat l'autoritat màxima de la nostra nació?

d) Explica què és un estat democràtic i un estat del benestar.

58 En l'article 2 de la Constitució es reconeix que Espanya és un estat format per autonomies.

a) Quantes comunitats i ciutats té Espanya?

b) Quan es va aprovar l'estatut d'autonomia de la Comunitat Valenciana?

c) Des que es va aprovar, aquest text s'ha reformat alguna vegada?

smSabadigital.com

VALORA EL QUE HAS APRÉS Comprova el que saps en l'**autoavaluació**.

Posa't a prova

Art i cultura en el segle XX

L'**oferta cultural** espanyola és cada vegada més gran i els nostres artistes, escriptors i esportistes són coneguts mundialment. Però no sempre ha sigut així. Observa l'evolució de la cultura espanyola al llarg del segle XX.

- Al començament del segle XX van sorgir les **avantguardes**, moviments artístics en què s'utilitzaven noves tècniques i formats. Alguns **pintors** espanyols es trobaven entre els més destacats del món, però molts es van veure obligats a viatjar a França per a ampliar la seua vida cultural. Van destacar els pintors **surrealistes** Joan Miró i Salvador Dalí i els **cubistes** Pablo Picasso i Juan Gris.
  En **literatura** es van dur a terme creacions molt importants, com les dels escriptors de la **generació del 27** Rafael Alberti i Federico García Lorca.
- Durant la **Guerra Civil** molts escriptors **van emigrar** de nou, per raons polítiques, i van rebutjar obertament el conflicte. Un dels casos més destacats va ser el del poeta Miguel Hernández, defensor de la **República**, que va morir pres el 1942.
- Després de la guerra, la modernitat no va tindre cabuda en el règim franquista, i molts artistes van emigrar o van treballar al marge de l'art oficial, com els pintors abstractes Tàpies i Saura.
  En la literatura també es va mantindre una literatura de l'exili, però escriptors com Camilo José Cela, Miguel Delibes o Carmen Laforet es van quedar a Espanya i van reflectir la vida en la **postguerra**.
- Amb la recuperació de la **democràcia**, la cultura espanyola va recuperar la seua importància internacional.

Picasso va romandre a França durant la Guerra Civil i la dictadura. Allí va pintar aquesta obra, anomenada *Guernica*, en la qual va denunciar el bombardeig nazi d'aquesta localitat basca durant el conflicte. L'artista va establir que aquesta obra solament entraria a Espanya quan acabara la dictadura, per la qual cosa, durant anys, va estar en museus d'altres països. Des de 1981 es troba a Madrid.

Picasso va viure durant bona part del segle XX. Analitza la seua obra.

1. Quina situació cultural i política hi havia a Espanya quan Picasso va emigrar a França en 1904?
2. Què van ser les avantguardes? Quina va crear Picasso?
3. A quin bàndol van donar suport els nazis alemanys que van bombardejar la població basca de Guernica, com mostra el quadre?
4. Per què creus que l'obra *Guernica* va poder tornar a Espanya el 1981?

Tasca final Triem els nostres representants

Posem en pràctica la democràcia. Llig les regles.

- El poble tria els representants en unes eleccions.
- Cada candidat presenta un programa i cada ciutadà tria qui prefereix.
- El candidat més votat governa i els altres controlen com es comporta.
- Els nostres representants redacten les normes de convivència, recollides en la Constitució.
- En el Parlament es discuteix l'aprovació d'altres lleis.
- La Constitució i les diferents lleis ens indiquen els nostres drets, llibertats i obligacions.
- Com a ciutadans hem de respectar aquestes lleis i exigir als altres que les respecten.
- Els qui no respecten les lleis o els drets dels altres són castigats d'acord amb la llei.

PAS 1 Organitzem unes eleccions.

- Quatre de vosaltres us presentareu com a candidats i elaborareu un programa. Després, els companys votaran en secret la proposta que trien.
- La persona triada pels alumnes redactarà la constitució, composta per una sèrie de normes per a la classe. Pengeu-la on tots pugueu consultar-la.

PAS 2 Després del procés, respon de forma individual a les qüestions.

a) Quin nom rep el sistema de vot en el qual poden participar tots els ciutadans? Quins avantatges penses que té?

b) Per què en una democràcia és tan important que el vot siga secret?

c) En quin any es va aprovar la Constitució espanyola actual? Per què és important que tots puguem consultar-la?

d) Estan obligats els vostres representants a complir el que s'hi estableix?

PAS 3 Debatem a classe.

Com és la vida si no hi ha democràcia? Un de vosaltres serà designat governant únic de la classe. Imposarà les seues normes i els càstigs per a qui no les complisca. Manteniu la situació durant uns minuts i després debateu sobre com us heu sentit.

smSabadigital.com
VALORA EL QUE HAS APRÉS Com has treballat en aquesta **tasca**?

LA TEUA REVISTA

No hi cabem!

Si en el segle I de la nostra era vivien en la Terra uns 250 milions de persones, durant la revolució industrial, i en només uns dos-cents anys, la població es va disparar fins a arribar a mil milions de persones.

Hui en dia som més de 7.000 milions i això ha generat un problema: consumim més del que el planeta ens pot donar.

Quan va succeir la revolució industrial?

Només de dia!

Al començament de l'edat contemporània es van fer grans invents, com la màquina de vapor de Watt, la locomotora de Stephenson, la pila elèctrica de Volta, la bombeta incandescent d'Edison i el cine dels germans Lumière.

Aquests i altres invents van permetre el naixement de les ciutats modernes, amb els carrers il·luminats, transports com el metro i el tramvia, i espectacles durant la nit: era el començament d'una nova vida veloç i nocturna.

Quins invents esmentats continuem usant hui? Quan va aparéixer el tren a Espanya?

Sufragi universal... però masculí

Els canvis econòmics i socials del segle XIX a Europa van millorar la vida de molts hòmens, però no tant la de les dones. Per això, van aparéixer molts grups que demanaven un gran canvi: la llibertat de la dona per a treballar, votar, pensar... i fins i tot vestir-se al seu gust! Increïble? Doncs no fa tant de temps...

En quina situació es trobaven les dones espanyoles en el segle XIX?

La grip espanyola

Entre 1918 i 1919, una epidèmia de grip es va estendre pel planeta i va matar més de 50 milions de persones. La pandèmia es va complicar per la falta d'higiene i per la quantitat de soldats que viatjaven pel món en aquests anys. La malaltia es va identificar a la primavera de 1918 als Estats Units. Sis dies després, ja hi havia 522 infectats. A la tardor de 1918 era mundial.

Tot i que la grip va aparéixer a Àsia, el primer periòdic que hi va fer referència era espanyol, i per això l'epidèmia es va denominar *grip espanyola*. Entre els huit milions d'espanyols que la van patir, es trobava el rei.

D'on tornaven els soldats del text? Qui era el rei d'Espanya?

Un ús equivocat de la ciència

En la Segona Guerra Mundial l'exèrcit nord-americà va llançar dues bombes nuclears sobre les ciutats japoneses d'Hiroshima i Nagasaki. Més de 235.000 persones van morir i altres hi van sobreviure amb problemes físics greus.

La *Flama de la Pau* crema a Hiroshima en honor a les víctimes. Només s'apagarà el dia que desapareguen les armes nuclears.

Quan es va produir la Segona Guerra Mundial?

Cuéntame cómo pasó

En la tele hi ha una família espanyola que ens explica com era la vida a Espanya des del desenvolupament econòmic dels últims anys de la dictadura de Franco fins a la democràcia actual. Veure'n alguns capítols t'ajudarà a entendre com era el nostre país.

Com han canviat les famílies espanyoles des de la Transició?

Podem eradicar els problemes del nostre món!

Els Objectius de Desenvolupament del Mil·lenni són huit propòsits que van ser fixats l'any 2000 pels països membres de les Nacions Unides. La idea era que en 2015 s'hagueren solucionat una sèrie de problemes greus del planeta i de la seua població. Creus que s'han aconseguit?

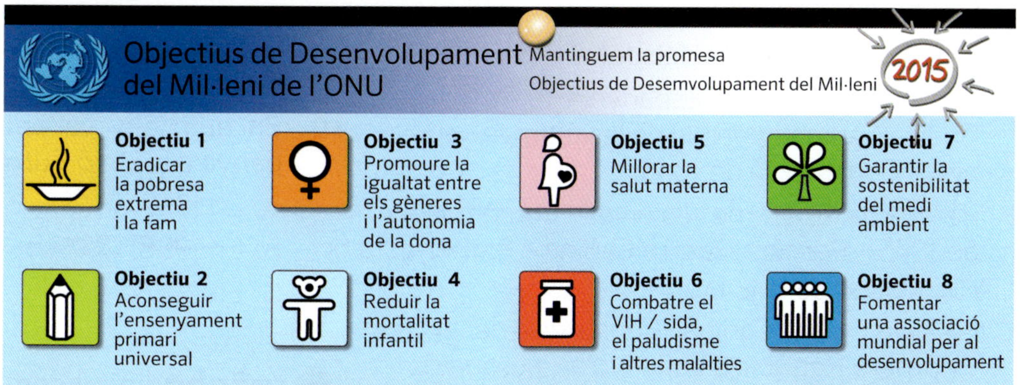

Creus que s'han complit els Objectius del Mil·lenni? Per què?

Comprova el que has après

Test

Test: Recordes tot el que has après durant aquest trimestre? Comprova-ho amb aquest test.

1. Quina és una font gràfica?

A. 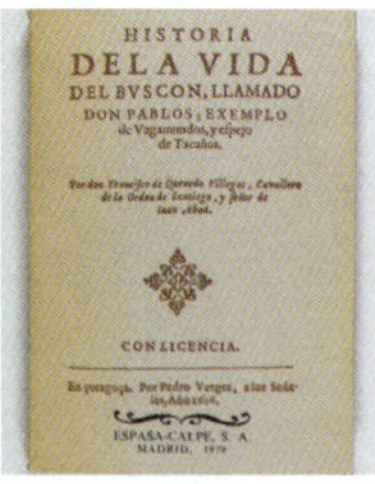

B. 

C. 

D. 

2. Quan van sorgir les monarquies absolutes?
   - A. En la prehistòria.
   - B. En l'edat mitjana.
   - C. En l'edat moderna.

3. Quins fets van marcar l'inici de l'edat contemporània?
   - A. La revolució industrial.
   - B. La Revolució Francesa.
   - C. Les revolucions industrial i Francesa.

4. Quin fet va succeir a l'inici del segle XIX a Espanya?
   - A. La Guerra del Francés.
   - B. La independència de Cuba i Puerto Rico.
   - C. El regnat d'Alfons XII.

5. Quin és l'ordre correcte dels fets?
   - A. Primera República Espanyola - Primera Guerra Carlina - pèrdua de les últimes colònies - Constitució de 1845.
   - B. Pèrdua de les últimes colònies - Constitució de 1845 - Primera Guerra Carlina - Primera República Espanyola.
   - C. Primera Guerra Carlina - Constitució de 1845 - Primera República Espanyola - pèrdua de les últimes colònies.

6. Quin fet va resultar fonamental en 1948 per al respecte a la vida, la llibertat i la igualtat?
   - A. Els avanços tecnològics dels països rics i democràtics.
   - B. La signatura de la Declaració Universal dels Drets Humans.
   - C. L'expansió del feixisme.

7. Quins són els fets fonamentals de la primera meitat del segle XX a Espanya?
   - A. La Transició, el regnat de Joan Carles I i la Constitució de 1978.
   - B. El regnat d'Alfons XIII, la Segona República, la Guerra Civil i la dictadura de Franco.
   - C. Cap de les dues respostes anteriors és correcta.

8. Quin principi no queda recollit en la Constitució de 1978?
   - A. La sobirania nacional i el sufragi universal.
   - B. La república parlamentària.
   - C. La separació de poders.

9. Com és la població espanyola?
   - A. La població és jove per l'alta natalitat i l'esperança de vida curta.
   - B. La població és envellida per la baixa natalitat i l'esperança de vida llarga.
   - C. La població decreix per la baixa natalitat, l'alta mortalitat i l'elevada emigració.

10. En quin any va entrar Espanya a la Unió Europea?
    - A. En 1957.
    - B. En 1986.
    - C. En 2002.

smSabadigital.com REPASSA

Com hem canviat!

En el segle XIX les ciutats van créixer molt i s'hi van instal·lar fàbriques i van sorgir nous barris.

- Al costat de les fàbriques, a les zones més contaminades de les ciutats, van sorgir els barris obrers. Els carrers eren estrets i les cases, xicotetes i sense llum ni aigua corrent.
- Les famílies adinerades, per contra, vivien en barris amb carrers amples i il·luminats, en cases luxoses, amb aigua corrent i electricitat.

El transport es va modernitzar. Amb el motor de vapor van aparéixer nous vaixells més ràpids que ja no depenien del vent i el ferrocarril es va convertir en un mitjà de transport ràpid, segur i barat. Anys després, el motor elèctric i el de gasolina van permetre la fabricació, fa ja més de 100 anys, dels primers automòbils i avions.

1. En què s'assembla una ciutat actual a una industrial? En què es diferencia?
2. Com era el tren de la revolució industrial? Quan va arribar a Espanya? Com és el tren actual?
3. Pensa en tot el que has aprés al llarg de la unitat. En quins aspectes de la vida diària hem avançat en l'últim segle?

Una constitució especial

A pesar de la guerra i la dictadura que la van precedir, la Constitució de 1978 no va fer distincions entre vencedors i vençuts. Per això va ser i és de tots!

Per a aconseguir-ho, **els qui van participar en l'elaboració van defensar les seues idees des del diàleg, escoltant i també cedint.**

- Els anomenats *pares de la Constitució* van redactar un text democràtic.
- Els diputats i senadors van aprovar el text.
- Els espanyols la van votar en les urnes.

1. Quants textos constitucionals s'han signat a Espanya en l'edat contemporània? Investiga i anota les dates i qui els proposava.
2. Quins articles de la Constitució de 1978 indiquen que el contingut d'aquesta representa tots els ciutadans, sense distincions? Consulta el text i tria un article que represente aquesta idea.

Seguint la Via Làctia

PROJECTE TRIMESTRAL
Descobrim l'art

Els artistes del Camí

La paraula Compostel·la, inclosa en el nom de la ciutat gallega de Santiago, significa "camp d'estreles" i es refereix als milers d'estreles de la Via Làctia que servien de guia per a arribar fins allí. Coneixerem alguns artistes que al llarg de la història han estat relacionats amb el camí de Sant Jaume.

Catedral de Santiago.

1 Llig amb deteniment la informació següent sobre aquests personatges relacionats amb el camí de Sant Jaume.

El Maestro Mateo va ser l'encarregat d'esculpir els relleus romànics del pòrtic de la Glòria que dóna accés a la catedral de Santiago.

Alfons X el Savi va escriure les *Cantigas de santa María*, un cançoner religiós medieval en el qual esmenta notícies del camí de Sant Jaume.

Paulo Coelho va recollir en el seu llibre *El pelegrí: diari d'un mag* les experiències que va viure mentre va dur a terme el camí de Sant Jaume.

Antoni Gaudí va construir obres d'art en diverses ciutats per on discorre el camí de Sant Jaume, com Lleó, Comillas i Astorga.

2 **A continuació, investiga sobre els personatges anteriors i contesta les preguntes que s'hi fan:**

a) Copia en el quadern aquesta taula i completa-la amb les paraules o frases que hi ha baix.

Maestro Mateo	●●●
Paulo Coelho	●●●
Antoni Gaudí	●●●
Alfons X	●●●

pertanyia al moviment modernista | les seues obres són d'estil romànic | va nàixer al Brasil | era rei | va nàixer a Reus | era un escultor i arquitecte medieval | va fundar l'escola de traductors de Toledo | va escriure *El pelegrí: diari d'un mag*

b) Ordena cronològicament els quatre personatges anteriors.

c) De tots ells, a qui t'hauria agradat conéixer personalment? Per què? Què li hauries preguntat?

3 **Organitzats en grups de treball, repartiu les localitats que us donem a continuació per on passa el camí de Sant Jaume:**

Frómista | Estella | Sarria | Lleó | Nájera | Ponferrada

Sant Pere de la Rua, Estella.

a) Investigueu quines obres artístiques de la localitat triada estan relacionades amb el camí de Sant Jaume.

b) Trieu una obra i...

- situeu-la en el temps.
- escriviu les seus principals característiques.
- investigueu quina relació té amb el camí de Sant Jaume.
- anoteu dades sobre qui en va ser el constructor, si es coneix.

c) Prepareu una petita presentació per a la resta de grups. Incloeu fotos o dibuixos o fins i tot àudios i textos.

Catedral de Lleó.

unitat 5

Els sectors econòmics

Que important que és... valorar totes les professions!

Totes les professions contribueixen al desenvolupament de la societat. És important saber què hi aporten les diferents professions perquè la vida quotidiana dels ciutadans siga millor.

Tasca final

Preparem un pla de creació d'ocupació per a la nostra localitat.

Ramadera, teixidora i venedora

La senyora Prat cria ovelles. De la llana, en fa abrics ben calents per a la seua família. Cada any compra dues ovelles més i teixeix abrics que canvia per llet, ous i farina. A poc a poc, hi ha molta gent que sap que la llana de la senyora Prat és de molt bona qualitat i els seus abrics molt calents. I cada vegada hi ha més gent que li n'encarrega. La gent admira la faena que fa. I ella encara té altres idees: muntar un taller amb tot de telers, fer jerseis, vestits de llana i bufandes, i aprendre a tenyir la llana de tots els colors perquè la roba quede més bonica. També contractarà una persona perquè venga els seus productes a través d'internet.

BRIGITTE LABBÉ, MICHEL PUECH:
La feina i els diners, Cruïlla

Parlem

1 Llig el text.

a) Quan la senyora Prat es dedicava a la ramaderia, en quin sector econòmic treballava?

b) Quines ocupacions ha desenvolupat la senyora Prat en els sectors secundari i terciari?

2 Observa la il·lustració.

a) Quin procés econòmic s'hi representa?

b) Quin tipus de productes es venen? A quin sector pertanyen les persones que els produeixen? I les que els venen?

I tu, què n'opines?

3 Si el taller de la il·lustració funciona amb energia eòlica, és d'un taller artesà o industrial? Per què? Quins avantatges té el fet d'obtindre l'electricitat a partir de l'energia eòlica?

1 L'economia

Quina influència té l'economia en la teua vida? T'has preguntat per què hi ha tants treballs diferents?

L'economia està present en el teu dia a dia. Quan comprem una barra de pa, viatgem amb tren o portem a arreglar unes sabates, estem duent a terme **activitats econòmiques**.

L'economia i les nostres necessitats

Tots els éssers humans tenim unes **necessitats bàsiques**, com alimentar-nos, vestir-nos o tindre un habitatge. També tenim **necessitats secundàries**, com educar-nos, comunicar-nos, desplaçar-nos i gaudir de l'oci.

Una activitat econòmica és aquella que obté els béns materials i els serveis per a **satisfer necessitats**. Inclou tant la **producció** de béns i serveis com el **consum** d'aquests.

Els alumnes de classe participem en l'economia com a **consumidors**, però altres persones hi participen amb el seu **treball**, ja siga en una fàbrica, una oficina, un banc, una granja o, com és el cas dels professors de Ciències Socials, a l'escola.

Què són els agents econòmics?

Els agents que fan funcionar l'economia són tres:

- Les **empreses:** usen recursos i treball humà per a produir béns i serveis.
- Les **famílies:** perceben uns ingressos pel treball i els destinen a les despeses, o bé els guarden per a generar un **estalvi**.
- L'**estat:** estableix les normes que regulen el comportament de les empreses i el consum de les famílies, i rep els **impostos** que paguen empreses i famílies.

Tots tenim necessitats bàsiques, com el menjar, l'aigua i la roba. No obstant això, el fet de cobrir aquestes necessitats no és igual de fàcil en totes les parts del món.

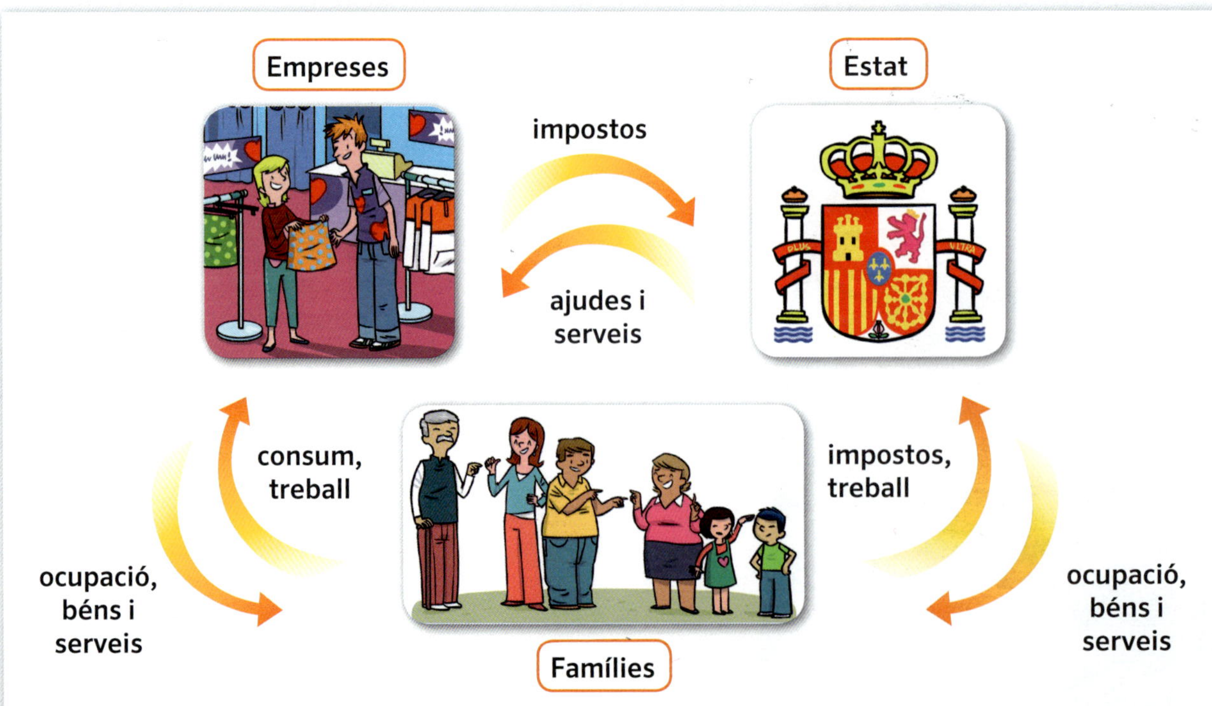

Quins són els factors de la producció?

Els **factors de la producció** que possibiliten l'activitat econòmica són els recursos naturals, el treball i el capital.

Recursos naturals. Són els elements que s'obtenen de la naturalesa. Aquests recursos tenen una utilitat econòmica, com la terra cultivable, l'aigua, els minerals, les fonts d'energia o la fusta.

Treball. És l'esforç, físic i intel·lectual, que duen a terme els éssers humans per a obtindre béns i serveis.

Capital. És el conjunt de diners i béns que serveix per a produir altres béns. Poden ser fàbriques, edificis o maquinària, però també diners o tecnologia.

- L'**activitat econòmica** satisfà les necessitats humanes.
- Els **agents econòmics** són les empreses, les famílies i l'estat.
- Els **factors de la producció** són els recursos naturals, el treball i el capital.

Activitats

1. Quines necessitats teniu tu i la teua família? Escriu en el quadern tres necessitats bàsiques i pensa en quins béns o serveis poden satisfer-les.
2. Com definiries l'activitat econòmica? De quina manera creus que la teua família i tu participeu en l'activitat econòmica?
3. Com penses que obté els ingressos econòmics l'estat?

Usa tots els teus recursos

4. Quin tipus de factor de producció són el petroli i el carbó que s'utilitzen per a produir electricitat?
5. smSabadigital.com
   PRACTICA Quins són els agents econòmics principals? Tria'n un i, amb l'ajuda de les presentacions següents, explica'l a classe.

2 El sector primari

Una tercera part de la superfície dels continents està conreada. En canvi, a Espanya, només cinc de cada cent persones treballen en activitats del sector primari. A què es dediquen?

Què és el sector primari?

Les activitats del sector primari són aquelles que permeten obtindre aliments, materials i matèries primeres directament dels **recursos naturals**. Els principals recursos naturals són aquests:

La **sobreexplotació** d'aquest sector pot provocar l'esgotament dels recursos naturals **no renovables**, com el carbó, que tarda milions d'anys a formar-se.

- recursos naturals
- sector primari
- mecanització
- secà
- regadiu

La ramaderia, la pesca i la piscicultura

La ramaderia, la pesca i la piscicultura són les activitats que exploten els **recursos naturals d'origen animal**. Aquests, al seu torn, depenen del sòl, l'aigua, el relleu i la vegetació.

Aquestes activitats han experimentat una gran **mecanització** en els últims anys, cosa que ha permés ampliar-ne la **producció**.

- En la **pesca**, els vaixells xicotets pesquen en aigües costaneres poc profundes: és la pesca **litoral**.
- Els vaixells grans pesquen en aigües profundes i conserven la pesca a bord: és la pesca d'**altura**.

- En la **ramaderia**, l'ús de munyidores mecàniques permet l'obtenció de llet de desenes de vaques en una hora amb un sol empleat. A més de la ramaderia bovina, destaquen també les ramaderies **porcina**, **ovina** i **aviària**.

La mineria

L'activitat minera consisteix en l'obtenció de **minerals i roques**.

Des de la revolució industrial, molts minerals s'han usat com a **fonts d'energia**. En canvi, el fet que hagen estat sobreexplotats els ha posat en **perill**, ja que es regeneren lentament i poden esgotar-se.

Les pedreres per a la construcció destaquen en el sector miner espanyol.

L'agricultura i la silvicultura

Són les activitats en què s'exploten els **recursos vegetals** per a obtindre aliments i matèries primeres, amb l'ajuda d'altres recursos com el sòl i l'aigua. Les principals explotacions són l'agricultura i la silvicultura, que és l'explotació d'arbres.

En aquestes activitats, l'ús de **maquinària**, com les sembradores i els regs automàtics, també n'augmenta la producció.

- L'agricultura de **secà** només usa aigua de la pluja. A Espanya es conreen així el cereal, la vinya i l'olivera.

- L'agricultura de **regadiu** empra el reg. A Espanya es cultiven hortalisses, dacsa i fruiters.

- L'explotació dels boscos de pins és la més generalitzada, perquè creixen molt ràpid.

▶ El **sector primari** obté recursos de la naturalesa.

▶ La **ramaderia**, la **pesca** i la **piscicultura** exploten els recursos animals, la **mineria** explota les roques i minerals i l'**agricultura** i la **silvicultura** exploten els recursos vegetals.

sm**Saba**digital.com

COMPRÉN Què significa l'etiqueta "**Denominació d'Origen**" en un producte?

Activitats

6 Què són els recursos naturals? Són tots renovables?

7 Quins recursos naturals s'usen en un camp de blat? Pensa en tots els recursos que poden intervindre en el procés.

Usa tots els teus recursos

8 Busca en l'*Atles* les activitats del sector primari més habituals en la teua província i explica-les.

9 Observa el mapa del sector primari en el teu *Atles* i compara'l amb un mapa físic.

a) En quin tipus de relleu és més freqüent la silvicultura? Per què?

b) En quin relleu hi ha cultius de secà? I de regadiu?

10 Debateu a classe. Si un país posseeix recursos naturals necessaris, és un país ric? Per què?

3 El sector primari a Espanya i Europa

Si recorrem el sud d'Europa, des de Portugal a Grècia, podrem menjar oli d'oliva, pa de blat i taronges per a postres en qualsevol lloc. Què creus que tenen en comú aquestes regions perquè puguem obtindre'n els mateixos productes agrícoles?

Una agricultura mecanitzada

Els països europeus desenvolupen una explotació agrària molt **moderna i mecanitzada**, que rep nombroses **ajudes** dels governs i de la Unió Europea. A més, al nord, hi ha grans explotacions ramaderes i forestals.

A la **zona oceànica**, banyada per l'Atlàntic, es combinen les plantes farratgeres amb la ramaderia. També hi ha grans zones d'explotació forestal.

A la **costa mediterrània** s'alterna el cultiu de secà (cereal, vinya i olivera) amb el de regadiu. Aquest últim se centra en els fruiters (taronger, llimoner, perera) i en les hortalisses.

A la **zona continental** destaquen els cultius dedicats a un sol cereal (blat, sègol o dacsa). Es treballa de forma molt mecanitzada i es produeixen grans quantitats de gra.

El clima **subtropical** de les illes Canàries i el terreny muntanyenc permeten petites explotacions de plàtan, canya de sucre, cotó i vinya que es reguen amb aigua del mar dessalada.

Taller de geografia

Analitzem i comparem mapes

LES EXPLOTACIONS AGRÀRIES A EUROPA

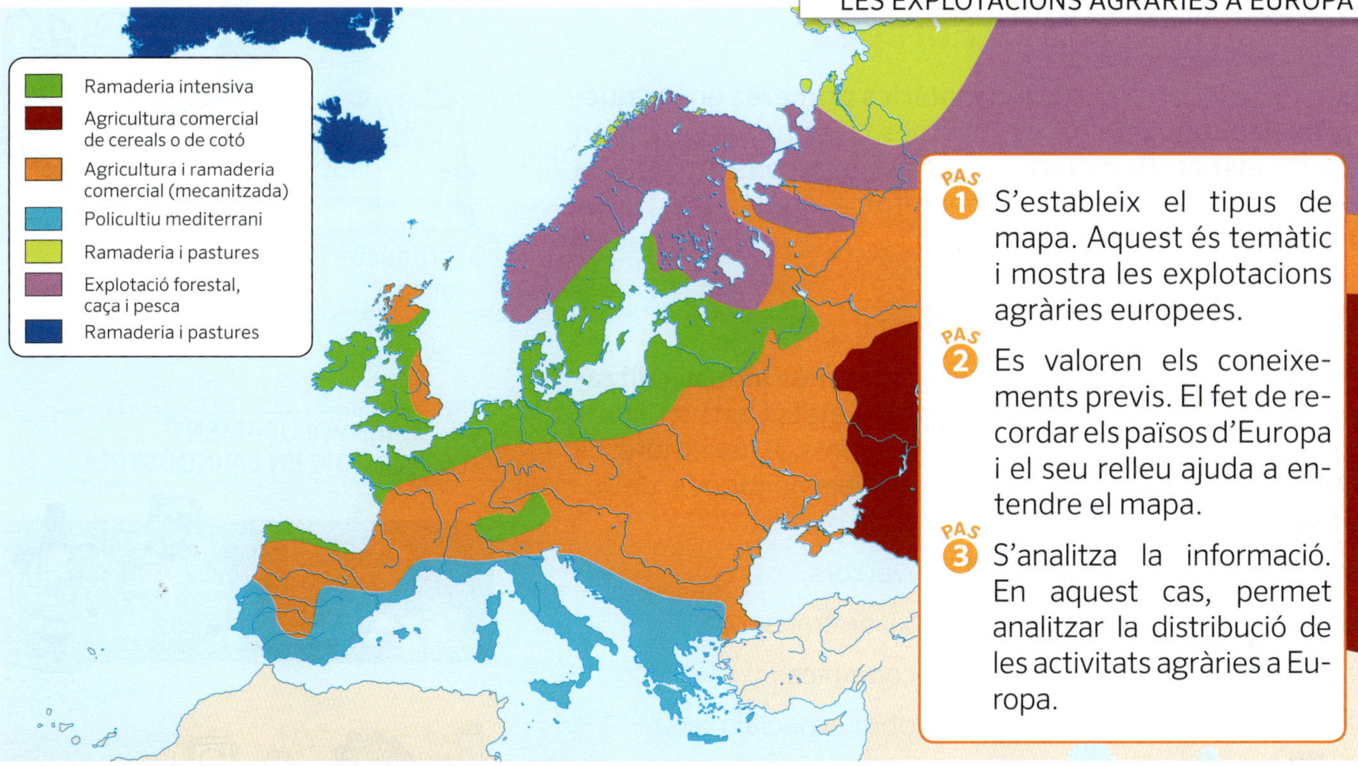

PAS **1** S'estableix el tipus de mapa. Aquest és temàtic i mostra les explotacions agràries europees.

PAS **2** Es valoren els coneixements previs. El fet de recordar els països d'Europa i el seu relleu ajuda a entendre el mapa.

PAS **3** S'analitza la informació. En aquest cas, permet analitzar la distribució de les activitats agràries a Europa.

11 Compara el mapa amb el mapa físic d'Europa i amb el polític.

a) Com influeix el relleu en la vegetació? I el clima?

b) Quina vegetació natural és pròpia de les zones oceànica, mediterrània, continental i subtropical d'Espanya? Quins cultius són característics d'aquestes zones?

12 Busca les zones de relleu més elevat a Espanya. Com influeix aquest fet en la vegetació?

- A la **costa atlàntica** es conreen **plantes farratgeres** per a la ramaderia.
- A la **costa mediterrània** és molt típic el **policultiu**.
- A la zona **continental** dominen els cultius d'un **sol cereal** i molt mecanitzats.
- A **Canàries** hi ha petites explotacions de **plantes tropicals** i **vinyes**.

Activitats

13 A quina àrea d'Espanya es treballen cada un d'aquests models agrícoles?

a) Plantes farratgeres

b) Arbres fruiters

c) Policultiu

d) Blat

Usa tots els teus recursos

14 Copia en el quadern el mapa dels climes d'Espanya del teu *Atles*. Busca fotografies dels tipus de paisatges agraris i apega-les en el mapa on corresponga. Què hi observes?

4 El sector secundari

On s'ha fabricat la teua bicicleta? I els ordinadors de l'escola? Tots els objectes elaborats que usem es fabriquen en indústries, però no totes estan tan prop com creiem.

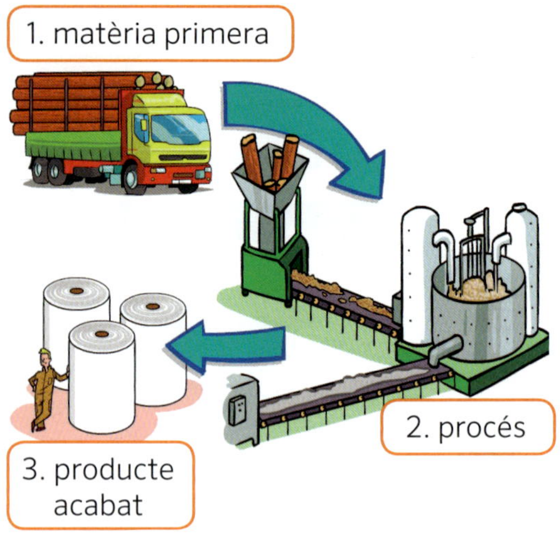

La indústria a la Unió Europea

El sector secundari **transforma matèries primeres** en **productes semielaborats** que necessiten més transformacions, o en productes **elaborats**, és a dir, preparats per al consum. Agrupa activitats com l'artesania, però sobretot la indústria, la transformació de l'energia i la construcció.

Deslocalització o tecnologia?

La Unió Europea (UE) és una de les **zones més industrialitzades** del món, al costat de països com els Estats Units, el Japó i Austràlia. La UE ofereix als països membres, a les empreses i als treballadors avantatges en matèries econòmiques, de seguretat i laborals:

- La UE té un mercat ampli i molts inversors.
- La UE disposa d'una important xarxa de transports.
- La UE ofereix seguretat política i econòmica.
- Els treballadors de la UE són mà d'obra especialitzada.

Tot i això, el sector secundari i, especialment, la indústria, s'ha estés als països en vies de desenvolupament, on troba menys impostos i controls mediambientals i on les despeses i els salaris són més baixos. Les empreses de construcció també busquen allí nous mercats. Aquest procés es coneix com **deslocalització**.

En canvi, les empreses amb major **desenvolupament tecnològic** segueixen buscant la seguretat i la mà d'obra qualificada pròpies dels països membres de la Unió Europea, com Espanya.

EL DESENVOLUPAMENT TECNOLÒGIC EN LA INDÚSTRIA

alt

mitjà

baix

LA INDÚSTRIA A ESPANYA

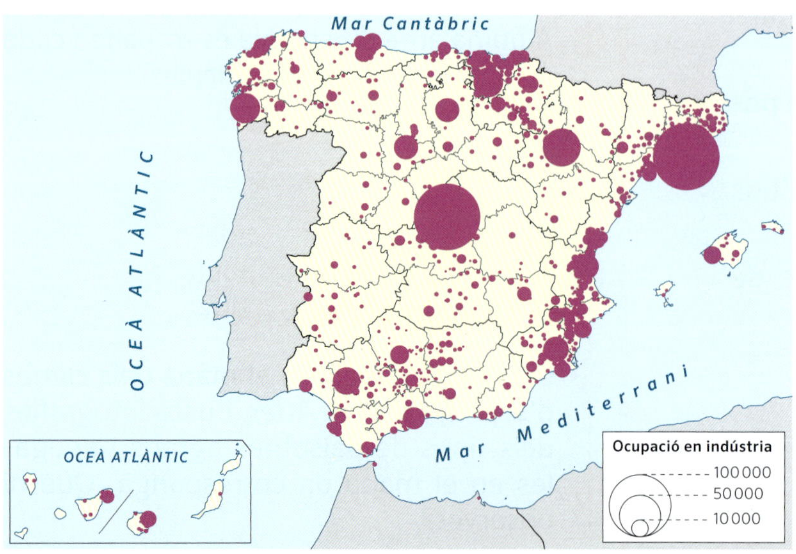

A Espanya, la indústria, la transformació de les diverses fonts d'energia i la construcció ocupen el 30 % de la població.

- El 60 % de l'ocupació industrial se situa a Catalunya, Comunitat Valenciana, País Basc i Comunitat de Madrid, i al llarg de la vall de l'Ebre.
- La costa i les grans ciutats concentren la majoria de les indústries.

Taller de geografia

Analitzem gràfics de barres sobre el sector secundari

La **dona** està cada vegada més present en el mercat de **treball**, tot i la **discriminació** que ha patit durant segles. S'ha aconseguit la igualtat en el sector secundari?

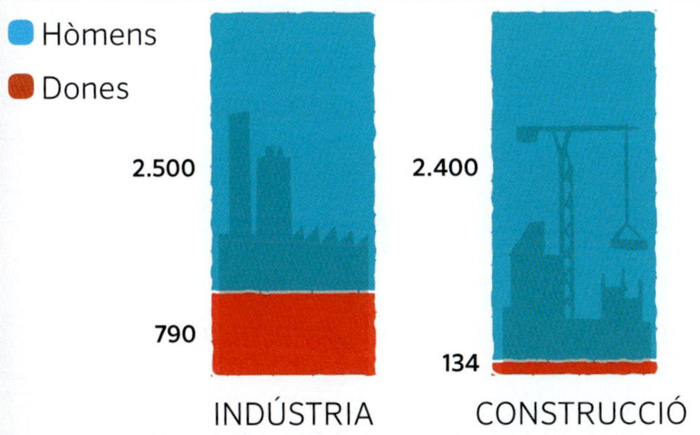

El sector industrial registra la major diferència salarial entre hòmens i dones, que se situa en un 30 %

La secretària de Dona i Joventut d'UGT, Cristina Alamán, ha analitzat les dades registrades a Màlaga en relació amb la bretxa salarial entre hòmens i dones. Per sectors, és en la indústria on les dones guanyen, en concret, un 30 % menys que els hòmens. En la construcció la bretxa és d'un 7 %.

Europa Press, 2012

La indústria a penes contracta dones. La xifra és encara menor en la construcció.

La dona cobra en la indústria un sou menor per fer el mateix treball.

15 Copia i completa una taula com aquesta per a la indústria i una altra igual per a la construcció.

SALARI		TREBALLADORS (%)	
DONA	HOME	DONA	HOME
●●●	●●●	●●●	●●●

16 Completa el qüestionari.

a) Quantes dones treballen en la indústria per cada home?

b) I en la construcció?

c) On cobra la dona un salari més semblant al de l'home?

- El **sector secundari** transforma matèries primeres en productes acabats o semielaborats.
- La **Unió Europea** ofereix **avantatges** per al sector secundari, però la **deslocalització** és un problema actualment.
- A Europa i Espanya hi ha un gran **desenvolupament tecnològic**.

- sector secundari
- deslocalització

Activitats

17 Què és el sector secundari? Quin percentatge d'espanyols hi treballen?

18 Quins avantatges ofereix la UE a les indústries? Per què hi ha indústries que, així i tot, busquen altres llocs per a establir-se?

19 smSabadigital.com
JUGA I APRÉN Quines activitats pertanyen al **sector secundari**? Comprova-ho!

Usa tots els teus recursos

20 Compara el mapa de la indústria a Espanya amb el de la densitat de població espanyola del teu *Atles*. Extrau-ne dues conclusions.

21 Observa en l'*Atles* les principals indústries d'Europa.

a) Quines hi destaquen?

b) Quin grau de desenvolupament tecnològic requereixen?

Para't a pensar

Ja saps què és l'economia i qui hi participa. A més, ja ets capaç d'analitzar dades sobre els sectors primari i secundari a Espanya i a Europa. Comprova-ho!

22 Entre les oracions següents només una és correcta. Troba-la i corregeix les altres en el quadern.

- L'agricultura de regadiu és la destinada a les plantes farratgeres de la ramaderia porcina.
- Les persones reben impostos de l'estat per treballar.
- Les empreses usen el treball humà per a la producció de béns i serveis.
- L'agricultura mecanitzada és una activitat del sector secundari.
- Els recursos naturals són els béns i serveis ja produïts i acumulats en un territori.

23 Tens facilitat per a interpretar imatges? Són una manera molt bona d'entendre un tema!

- Aquests hòmens practiquen pesca litoral o d'altura? Per què?

- A quina zona de la península Ibèrica és probable trobar un paisatge agrari com aquest? N'hi ha en la resta d'Europa?

- Quin grau de desenvolupament tecnològic cal per a obrir una central d'energia solar?

24 Anota en el quadern les activitats de cada sector que hi identifiques i anomena-les. En quins casos ix perjudicat el medi ambient?

Què succeeix en la resta del planeta?

En el món hi ha regions on a penes hi ha desenvolupament industrial. No obstant això, posseeixen grans jaciments de matèries primeres. Observa-ho.

LES MATÈRIES PRIMERES MÉS BUSCADES

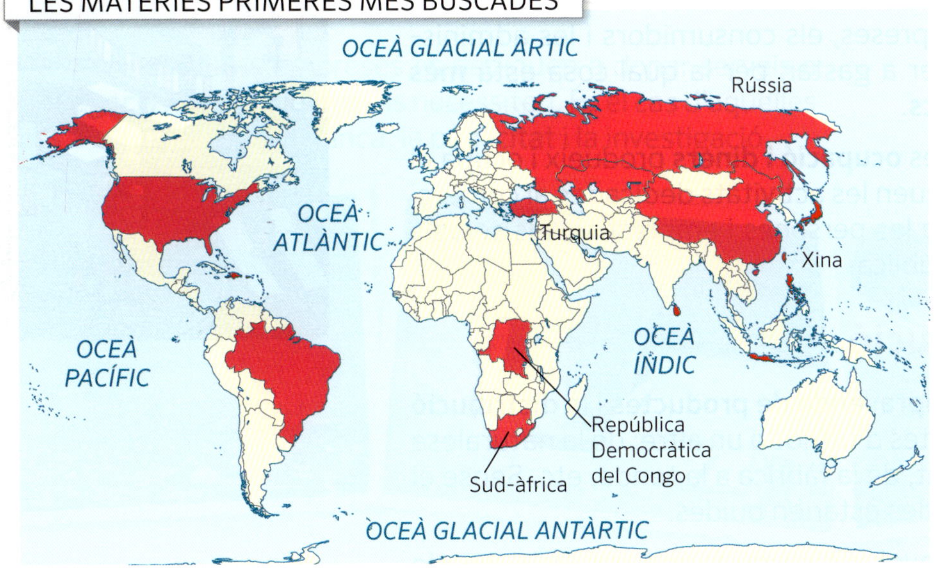

Després de la revolució industrial, els països europeus van colonitzar altres continents a la recerca de matèries primeres per a la seua indústria. Hui en dia les colònies són països lliures, però la falta de diners i de tecnologia els obliga a dependre de les indústries dels països rics.

LES PRINCIPALS INDÚSTRIES DEL MÓN

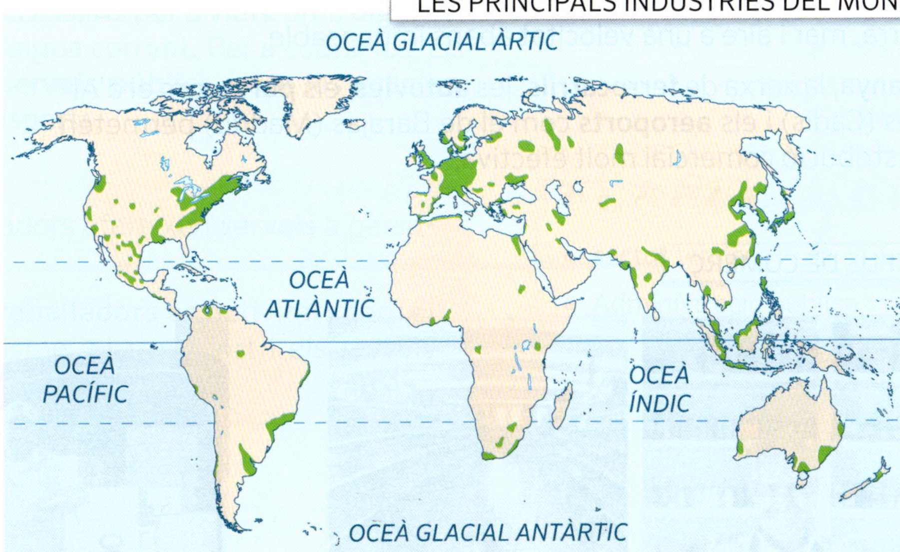

Les empreses de països rics aprofiten el desavantatge dels països en vies de desenvolupament per a comprar allí matèries primeres a preus baixos. Per exemple, al Congo s'extrau el mineral amb què fabriquem la bateria dels *smartphones*.

25 Compara els dos mapes. En quins continents es troben les matèries primeres més desitjades per la indústria? Coincideixen amb les àrees amb més desenvolupament industrial?

26 Quines activitats econòmiques seran les més habituals als països on el desenvolupament industrial és escàs?

smSabadigital.com
COMPRÈN Coneix les principals **indústries** del món.

6 La importància del turisme en el sector terciari

Quants diners creus que gastaries en un viatge d'un dia a una gran ciutat? En què? Pensa en el menjar, les entrades als llocs que voldries visitar, els transports.

Els turistes es gasten diners per a satisfer la seua necessitat de descans i els seus interessos culturals, així com per a alimentar-se i traslladar-se. Al mateix temps, les despeses que fan beneficien l'economia dels països que les reben.

Què és el turisme?

El turisme és l'activitat per la qual **les persones viatgen** a un lloc on no resideixen i es queden allí almenys una nit. Els turistes viatgen per raons d'**oci**, però també per **negocis** i altres activitats.

Espanya rep la visita de desenes de milions de persones d'altres països, que busquen el bon **clima**, la bellesa dels **espais naturals** i les possibilitats **culturals** que ofereixen les ciutats. A més, la xarxa de transports, hotels i restaurants del nostre país en facilita les estades.

Els avantatges de rebre turistes

Durant un viatge, el turista es gasta els diners en diferents serveis, per la qual cosa la seua **visita** resulta **avantatjosa econòmicament** per al lloc de destinació. A més, aquesta localitat podrà augmentar l'**oferta d'ocupació** i **invertir** en nous serveis com el transport.

Espanya percep el 15 % dels ingressos anuals de l'activitat turística.

MILIONS DE TURISTES A L'ANY

En 2014, Espanya va ser el tercer país del món amb més turistes, després de França i els Estats Units, i just davant de la Xina. Van ser **60 milions de persones**.

A més, Espanya se situa a Europa, que és el continent més visitat del món. A Europa la xifra anual de turistes ascendeix a més de **500 milions**.

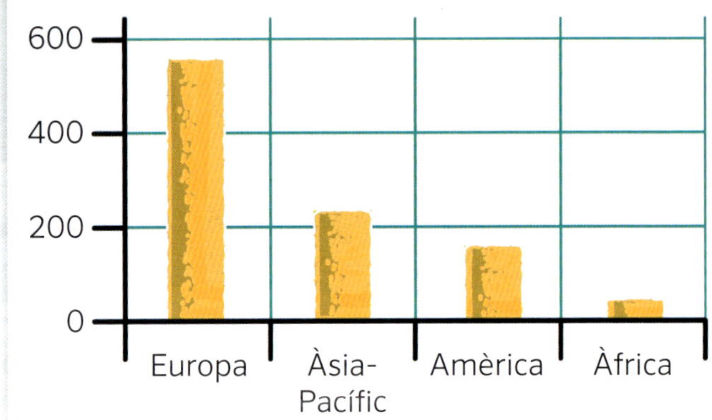

A Europa, les administracions cuiden els serveis culturals i els transports, perquè afavoreixen que cresca el turisme, millore l'economia i es cree ocupació.

Què succeeix en la resta del planeta?

En el món hi ha regions on a penes hi ha desenvolupament industrial. No obstant això, posseeixen grans jaciments de matèries primeres. Observa-ho.

LES MATÈRIES PRIMERES MÉS BUSCADES

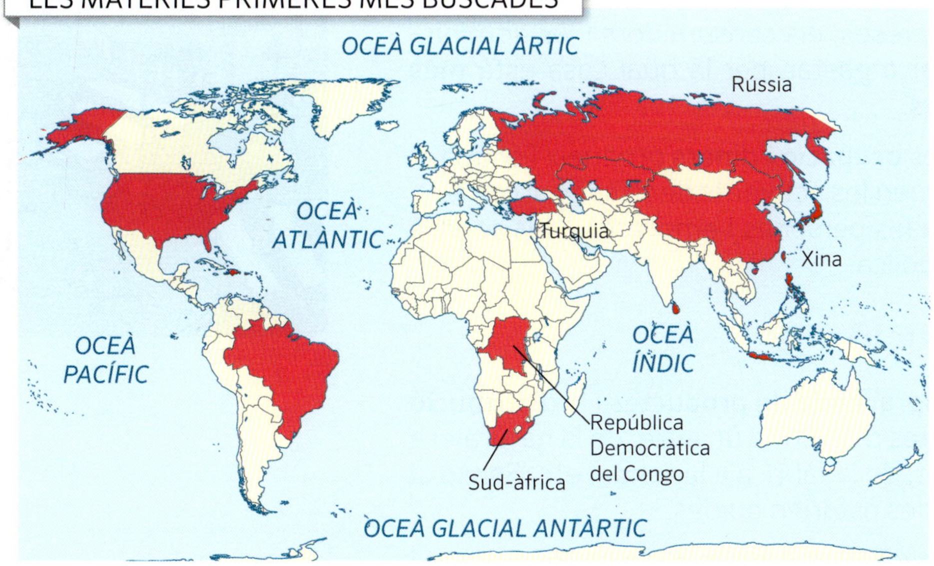

Després de la revolució industrial, els països europeus van colonitzar altres continents a la recerca de matèries primeres per a la seua indústria. Hui en dia les colònies són països lliures, però la falta de diners i de tecnologia els obliga a dependre de les indústries dels països rics.

LES PRINCIPALS INDÚSTRIES DEL MÓN

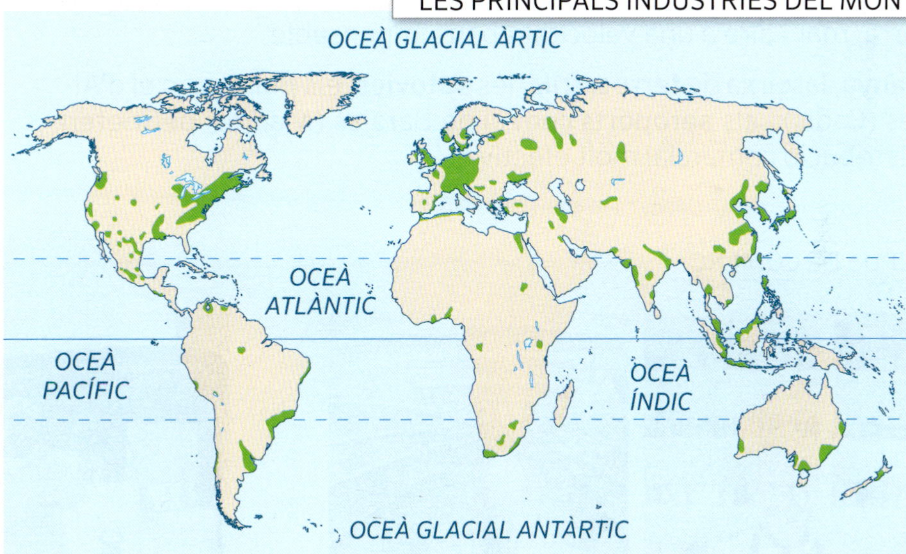

Les empreses de països rics aprofiten el desavantatge dels països en vies de desenvolupament per a comprar allí matèries primeres a preus baixos. Per exemple, al Congo s'extrau el mineral amb què fabriquem la bateria dels *smartphones*.

25 Compara els dos mapes. En quins continents es troben les matèries primeres més desitjades per la indústria? Coincideixen amb les àrees amb més desenvolupament industrial?

26 Quines activitats econòmiques seran les més habituals als països on el desenvolupament industrial és escàs?

smSabadigital.com
COMPRÉN Coneix les principals **indústries** del món.

5 El sector terciari

T'imagines que ningú arreplegara el fem, que les tendes no vengueren, que ningú arreglara les canonades i que no hi haguera metges? En algunes pel·lícules veiem situacions com aquestes. En la nostra vida diària les impedeixen els treballadors del sector terciari.

SERVEIS

Què és el sector terciari?

En el sector terciari els treballadors ofereixen **serveis**. Aquest sector depén dels diners que les empreses, els consumidors i les administracions públiques tinguen per a gastar, per la qual cosa està **més desenvolupat en els països rics**.

A Espanya és el sector que més **ocupació i diners** produeix i ocupa el 65 % dels treballadors. Destaquen les activitats dedicades al comerç, la distribució, els serveis per a les persones i empreses, i els serveis prestats per l'Administració pública.

El comerç i la distribució

El **comerç** és l'activitat de **compravenda de productes** i la **distribució** és el **trasllat** d'aquests productes d'un lloc a un altre: de la naturalesa a la fàbrica, del camp al mercat, de la fàbrica a la tenda, etc. Sense el comerç i la distribució, les tendes estarien buides.

El transport i el comerç han evolucionat de forma paral·lela des de la prehistòria. Si ja en l'edat dels metalls, la roda i la vela van ajudar a la primera gran expansió comercial, hui en dia, les mercaderies viatgen per terra, mar i aire a una velocitat abans impensable.

A **Espanya**, la xarxa de **ferrocarrils**, les **autovies**, els **ports** com el d'Algesires (Cadis) i els **aeroports** com el de Barajas (Madrid) permeten una distribució comercial molt efectiva.

ELS TIPUS DE COMERÇ

El **petit comerç** se situa en centres urbans o àrees residencials i s'especialitza en un producte.

Les **grans superfícies** estan allunyades i venen molts tipus de productes en un sol espai.

El **comerç internacional** és el que es desenvolupa entre diferents països.

El **comerç interior** és el que es du a terme dins del mateix país.

Serveis per a ciutadans i empreses

Una activitat important del sector és la dels serveis oferits a ciutadans i empreses:

- A Espanya existeixen nombroses empreses dedicades a procurar serveis que cobreixen importants necessitats dels **ciutadans**. És el cas de les telecomunicacions, els transports, les reparacions, la formació i els serveis turístics.
- Al seu torn, moltes altres empreses es dediquen a donar serveis a uns altres **negocis i comerços** que els necessiten. És el cas d'aquelles orientades a la tecnologia, la banca, la publicitat i la investigació.

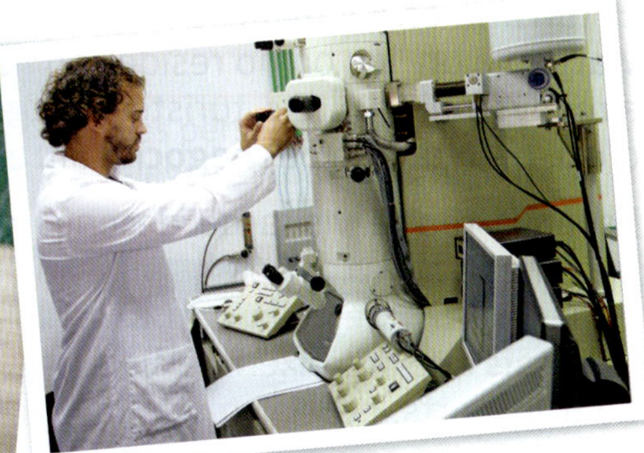

El turisme, l'ensenyament, les comunicacions i la investigació són activitats importants del sector serveis.

L'Administració pública

Entre tots els serveis, alguns són **necessaris per a viure** amb dignitat, com la salut, l'educació i l'accés a l'aigua corrent. Per a cobrir-los, els estats ofereixen els anomenats **serveis públics**, com les escoles, els hospitals, els tribunals i els transports.

- En el sector terciari els treballadors ofereixen **serveis** a persones i empreses.
- Espanya ocupa el **65 % dels treballadors** en activitats com el comerç, la distribució, el turisme, el transport i els serveis públics.

- sector terciari
- Administració pública

Activitats

27 Defineix el sector serveis i explica quina importància té per a l'economia espanyola.

28 Quantes persones de la teua família treballen en el sector terciari? Quins serveis ofereixen? Són empleats públics o privats?

Usa tots els teus recursos

29 smSabadigital.com
JUGA I APRÉN Demostra el que saps sobre el **sector terciari**.

30 Analitza els serveis que uses diàriament.
- En quin tipus de comerç compres?
- En quin mitjà de transport et mous? És públic o privat?
- On estudies? On fas esport? Són centres públics o privats?

31 Els voluntaris són les persones que ofereixen serveis sense rebre un salari a canvi. Investiga sobre un exemple de voluntariat i prepara una presentació per a classe.

Organitza't les idees

Treballa amb l'esquema

39 Copia i completa l'esquema amb la informació següent.

a) Tipus de ramaderia més estesos a Espanya.

b) Cultius més estesos a Espanya i Europa.

c) Tipus de pesca segons la distància a la costa en què operen els vaixells.

d) Exemples d'empreses d'alt desenvolupament tecnològic.

40 Busca en el diccionari la definició dels conceptes següents.

producte elaborat — capital — població activa — mecanització

41 Troba en l'esquema els termes que es corresponen amb les definicions.

a) Durant segles ha extret recursos naturals no renovables per a usar-los com a fonts d'energia.

b) Aquest procés suposa la pèrdua d'ocupacions industrials als països de la Unió Europea.

c) Aquesta activitat pot produir un excés de treballs temporals.

d) Aquest tipus d'agricultura se centra en la vinya, el cereal i l'olivera.

42 Tria l'activitat que et sembla més important de cada sector i explica per què en el quadern.

Serveis per a ciutadans i empreses

Una activitat important del sector és la dels serveis oferits a ciutadans i empreses:

- A Espanya existeixen nombroses empreses dedicades a procurar serveis que cobreixen importants necessitats dels **ciutadans**. És el cas de les telecomunicacions, els transports, les reparacions, la formació i els serveis turístics.
- Al seu torn, moltes altres empreses es dediquen a donar serveis a uns altres **negocis i comerços** que els necessiten. És el cas d'aquelles orientades a la tecnologia, la banca, la publicitat i la investigació.

El turisme, l'ensenyament, les comunicacions i la investigació són activitats importants del sector serveis.

L'Administració pública

Entre tots els serveis, alguns són **necessaris per a viure** amb dignitat, com la salut, l'educació i l'accés a l'aigua corrent. Per a cobrir-los, els estats ofereixen els anomenats **serveis públics**, com les escoles, els hospitals, els tribunals i els transports.

- En el sector terciari els treballadors ofereixen **serveis** a persones i empreses.
- Espanya ocupa el **65 % dels treballadors** en activitats com el comerç, la distribució, el turisme, el transport i els serveis públics.

- sector terciari
- Administració pública

Activitats

27 Defineix el sector serveis i explica quina importància té per a l'economia espanyola.

28 Quantes persones de la teua família treballen en el sector terciari? Quins serveis ofereixen? Són empleats públics o privats?

Usa tots els teus recursos

29 smSabadigital.com
JUGA I APRÉN Demostra el que saps sobre el **sector terciari**.

30 Analitza els serveis que uses diàriament.
- En quin tipus de comerç compres?
- En quin mitjà de transport et mous? És públic o privat?
- On estudies? On fas esport? Són centres públics o privats?

31 Els voluntaris són les persones que ofereixen serveis sense rebre un salari a canvi. Investiga sobre un exemple de voluntariat i prepara una presentació per a classe.

6 La importància del turisme en el sector terciari

Quants diners creus que gastaries en un viatge d'un dia a una gran ciutat? En què? Pensa en el menjar, les entrades als llocs que voldries visitar, els transports.

Els turistes es gasten diners per a satisfer la seua necessitat de descans i els seus interessos culturals, així com per a alimentar-se i traslladar-se. Al mateix temps, les despeses que fan beneficien l'economia dels països que les reben.

Què és el turisme?

El turisme és l'activitat per la qual **les persones viatgen** a un lloc on no resideixen i es queden allí almenys una nit. Els turistes viatgen per raons d'**oci**, però també per **negocis** i altres activitats.

Espanya rep la visita de desenes de milions de persones d'altres països, que busquen el bon **clima**, la bellesa dels **espais naturals** i les possibilitats **culturals** que ofereixen les ciutats. A més, la xarxa de transports, hotels i restaurants del nostre país en facilita les estades.

Els avantatges de rebre turistes

Durant un viatge, el turista es gasta els diners en diferents serveis, per la qual cosa la seua **visita** resulta **avantatjosa econòmicament** per al lloc de destinació. A més, aquesta localitat podrà augmentar l'**oferta d'ocupació** i **invertir** en nous serveis com el transport.

Espanya percep el 15 % dels ingressos anuals de l'activitat turística.

MILIONS DE TURISTES A L'ANY

En 2014, Espanya va ser el tercer país del món amb més turistes, després de França i els Estats Units, i just davant de la Xina. Van ser **60 milions de persones**.

A més, Espanya se situa a Europa, que és el continent més visitat del món. A Europa la xifra anual de turistes ascendeix a més de **500 milions**.

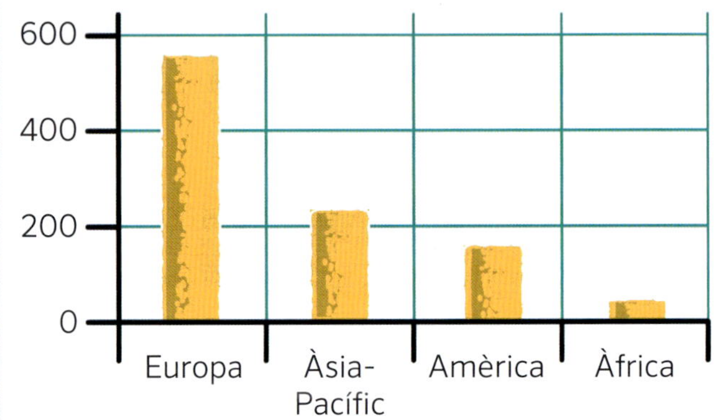

A Europa, les administracions cuiden els serveis culturals i els transports, perquè afavoreixen que cresca el turisme, millore l'economia i es cree ocupació.

Taller de geografia

Fotografies per a recordar

El **turisme massiu** no només aporta beneficis. També comporta problemes que afecten greument Espanya, especialment les **costes**. Algunes de les **conseqüències negatives** del turisme es poden apreciar a simple vista i la fotografia és una bona font d'informació per a analitzar-les.

Les construccions envaeixen **terrenys naturals**.

Moltes **ocupacions** són **temporals**: quan se'n van els turistes, els negocis tanquen.

L'escassetat d'espai per a construir augmenta el **preu** dels terrenys i de les cases particulars.

Es produeixen sorolls i excés de **deixalles**.

Les persones i les piscines eleven el consum d'**aigua**.

32 Analitza quins dels efectes negatius del turisme estan presents en aquesta fotografia.

33 Afig els beneficis que suposa l'explotació d'aquesta estació d'esquí per a la zona.

- El **turisme** és l'activitat per la qual les persones viatgen a un lloc.
- El turisme proporciona avantatges econòmics i socials, però també **conseqüències negatives** per a la zona.

Activitats

34 Què és el turisme? Defineix-lo.

35 Assenyala si són viatges turístics i per què.

Excursió d'un dia a un parc nacional.
Viatge de dos dies per a visitar un client.
Volta al món en huitanta dies.
Visita amb l'escola a un museu nacional.

36 Analitza l'*Atles*. Quines activitats destaquen en el mapa del turisme de la Comunitat Valenciana?

Usa tots els teus recursos

37 Explica en una frase la relació entre l'estat i el turisme en cada activitat.

economia · cultura · medi ambient · ocupació · transport

38 Vius en una zona turística? En què ho notes? Creus que és positiu o negatiu?

Organitza't les idees

Treballa amb l'esquema

39 Copia i completa l'esquema amb la informació següent.

a) Tipus de ramaderia més estesos a Espanya.

b) Cultius més estesos a Espanya i Europa.

c) Tipus de pesca segons la distància a la costa en què operen els vaixells.

d) Exemples d'empreses d'alt desenvolupament tecnològic.

40 Busca en el diccionari la definició dels conceptes següents.

producte elaborat · capital · població activa · mecanització

41 Troba en l'esquema els termes que es corresponen amb les definicions.

a) Durant segles ha extret recursos naturals no renovables per a usar-los com a fonts d'energia.

b) Aquest procés suposa la pèrdua d'ocupacions industrials als països de la Unió Europea.

c) Aquesta activitat pot produir un excés de treballs temporals.

d) Aquest tipus d'agricultura se centra en la vinya, el cereal i l'olivera.

42 Tria l'activitat que et sembla més important de cada sector i explica per què en el quadern.

Repassa la unitat

43 **Completa en el quadern les oracions següents sobre l'agricultura.**

a) A les Canàries es conreen plantes pròpies de climes •••.

b) L'agricultura de ••• només utilitza l'aigua de pluja. S'aplica en els cultius dedicats a un sol •••

c) La ramaderia bovina es basa en la cria d' ••• Les pastures abunden en la zona •••.

d) En la costa ••• s'alternen els cultius de ••• amb el ••• usat per als fruiters i hortalisses.

44 **Corregeix les oracions sobre l'economia.**

a) El capital és l'esforç físic i intel·lectual que les persones canvien per béns.

b) Els agents econòmics són les empreses, els recursos naturals i el capital.

c) Les famílies intercanvien impostos amb les empreses.

45 **Explica els avantatges que s'ofereixen a Europa per al desenvolupament de l'economia.**

46 **Copia i completa les oracions en el quadern i assenyala a quin sector es refereixen.**

a) Les empreses del sector •••, dedicades a energies •••, requereixen un gran desenvolupament tecnològic.

b) El sector ••• està més desenvolupat en els països •••, ja que requereix grans inversions de capital.

c) En el sector ••• destaca l'activitat del •••. Espanya rep a l'any milions de ••• a causa de les seues riqueses naturals i culturals.

47 **En quin sector poden succeir? Copia i completa la taula.**

Contaminació de rius per fertilitzants
Contaminació de rius per residus
Esgotament de les matèries primeres
Excés d'emissions de CO_2
Escalfament global
Contaminació acústica i visual

Primari	Secundari	Terciari
•••	•••	•••

48 **Quins serveis ofereix l'Administració pública? Quins n'uses tu?**

a

c

b
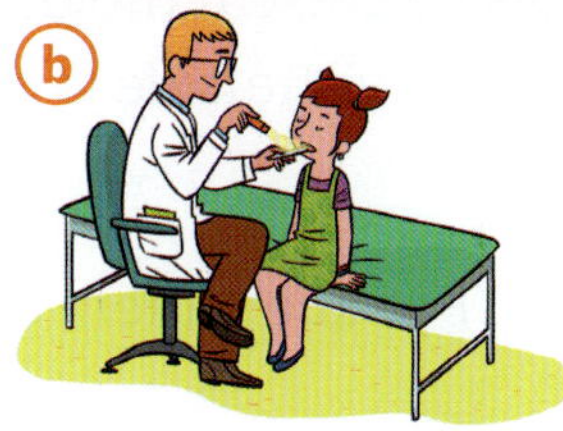

d

49 **Recorda la informació que recull el gràfic sobre el turisme al món.**

a) Quin continent és el més beneficiat?

b) Quins factors afavoreixen el turisme?

c) Copia la taula i anota els avantatges i desavantatges del turisme a Espanya.

Avantatges	Desavantatges
•••	•••

50 **Descriu les fotografies en el quadern.**

A

a) Què creus que conreen?

b) A quines zones d'Espanya hi ha aquests cultius?

c) És agricultura de secà o de regadiu?

B

a) Quin tipus d'indústria és?

b) Quin desenvolupament tecnològic requereix?

c) A quines zones d'Espanya hi ha més indústria?

smSabadigital.com
VALORA EL QUE HAS APRÉS Comprova el que saps en l'**autoavaluació**.

Posa't a prova

Àfrica, el continent veí

Part del territori espanyol es troba a Àfrica. Tot i la seua proximitat, coneixem molt poc sobre molts dels territoris d'aquest gran continent. Per exemple, encara que el turisme a la zona subsahariana d'Àfrica encara està en vies de desenvolupament, pocs de nosaltres sabem que en els últims anys ha crescut ràpidament.

Coneixerem els llocs més visitats de la zona.

Milions de turistes van viatjar a Sud-àfrica per al mundial de futbol del 2010.

1. Observa el mapa. Per què parlem d'Àfrica subsahariana?

2. En grups, investigueu sobre els espais turístics recollits en el mapa:

   a) A quin país pertany cada lloc?
   b) Quin tipus de turisme s'hi du a terme? Què s'hi visita?
   c) En quins mitjans de transport s'accedeix a la zona? Com s'arribaria des d'Espanya?
   d) De què viu la població que habita aquests llocs?
   e) Com és el clima?
   f) Quins són els rius pròxims?

3. Extrau les teues conclusions. És fàcil visitar aquests llocs? Quin és el que més t'agradaria visitar? Justifica les teues respostes.

Un projecte de cooperació

D'un cap a l'altre d'Àfrica es desenvolupen economies molt dispars. No obstant això, totes comparteixen alguns elements comuns, com la importància de la indústria pesant i l'extensió de l'agricultura.

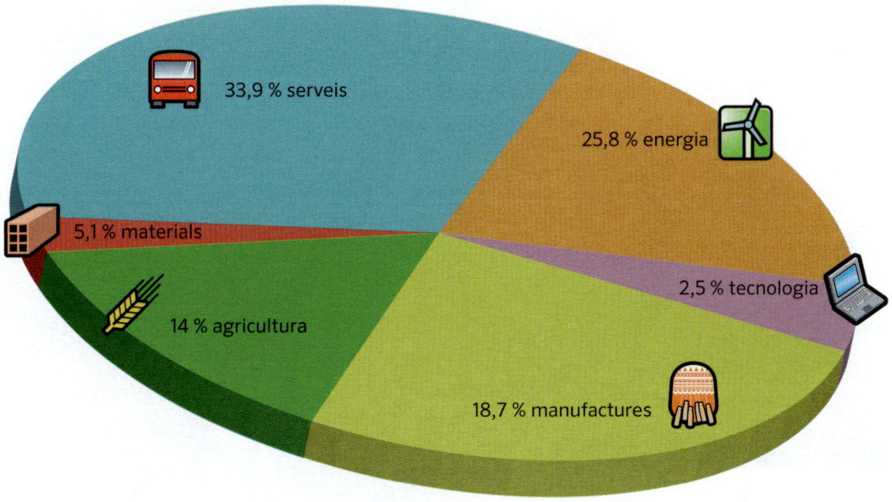

1. Observa el gràfic sobre l'economia africana.
   a) Quin és el sector econòmic més estés al continent? Per què creus que és així?
   b) Coincideix amb el que has investigat en l'activitat anterior?
2. Estableix quines millores penses que podrien desenvolupar-se al continent perquè l'economia a Àfrica prospere.

Tasca final Projecte Emprén!

Per a posar en pràctica tot el que hem aprés, prepararem un projecte econòmic per a la nostra localitat.

PAS 1 En grups, estudieu quines activitats de cada sector són pròpies de la vostra localitat o de les localitats veïnes.

PAS 2 Investigueu-ne alguna informació rellevant:
   a) Quina és la taxa d'atur de la vostra localitat? Cal crear-hi ocupació?
   b) Quins agents econòmics hi haurien de participar?
   c) Quins factors de producció són més escassos en aquesta localitat?
   d) Quin sector econòmic està menys desenvolupat a la regió? Quin dóna més treball?

PAS 3 Prepareu un pla per a crear ocupació i presenteu-lo davant de la classe. Expliqueu en què consisteix i a qui va dirigit.

smSabadigital.com
VALORA EL QUE HAS APRÉS Com has treballat en aquesta **tasca**?

unitat

6 Els diners i el consum

Que important que és... comprar amb responsabilitat!

Molts dels productes que adquirim es fabriquen en països pobres. Sovint els treballadors tenen males condicions laborals: jornades de treball molt llargues, salaris molt baixos i absència de mesures de seguretat. Saps el que pots fer perquè això canvie?

Tasca final

Investigarem què és el comerç just i les empreses que el posen en pràctica.

Les coses bones són gratis

Si estigueres en una illa deserta, tindre tots els diners del món no t'ajudaria a sobreviure: no podries menjar-te'ls ni beure-te'ls i tampoc et servirien per a construir un refugi ni per a protegir-te dels animals salvatges.

Els diners no serveixen per a fer-nos més feliços. De vegades necessitem més temps, no més diners. Al capdavall, no es pot posar preu a l'abraçada d'un amic o a una posta de sol.

ALVIN HALL: *Alucina con la economía*
Ediciones SM

Parlem

1 **Segons el text, tots els diners del món no ens ajudarien a sobreviure en una illa deserta.**

a) Explica tres necessitats de la teua vida diària que no pots satisfer amb diners i tres que pots cobrir gràcies a aquests.

b) Creus que els diners fan més feliç? Per què? Podries aconseguir aquesta felicitat d'una altra forma?

2 **Observa l'escena del mercat.**

a) Què representa? Què intercanvien les persones?

b) Creus que les persones estan utilitzant els diners per a sobreviure? Justifica la teua resposta.

I tu, què n'opines?

3 **Per què creus que, com sovint es diu, vivim en una societat de consum?**

1 Els diners

Què podries comprar amb 50 euros? Per què un bitllet de 50 euros té el mateix valor que una cistella plena d'objectes?

Com van aparéixer els diners?

El **diners** són un **mitjà d'intercanvi** acceptat per les societats per a **comprar béns**, com un llibre, i per a **pagar serveis**, com un viatge amb autobús.

Abans que existiren els diners, les persones practicaven la **barata**, és a dir, intercanviaven els béns que tenien o fabricaven i així podien cobrir les seues necessitats. No obstant això, el sistema era imperfecte, ja que amb freqüència u necessitava coses que l'altre no podia oferir-li.

Per a evitar aquest problema van sorgir noves formes de pagament, com les **petxines**, la **sal** o el **gra**. En l'antiguitat ja es van fabricar les primeres **monedes**. Aquestes contenien **or i plata**, metalls preciosos que n'indicaven el valor.

Com les monedes resultaven pesades, van aparéixer altres formes de pagament. A la Xina, en l'edat mitjana, i a Europa, en l'edat moderna, es van començar a usar **bitllets**. Es tractava d'un paper que representava una quantitat d'**or equivalent a la depositada en un banc**.

Hui en dia, els diners són **fiduciaris**, és a dir, no es corresponen amb una quantitat d'or ni amb cap altre valor real. Són els **governs** els que decideixen quant valen les monedes i bitllets, i són els responsables de fabricar-los i distribuir-los.

- fiduciari
- béns
- borsa de valors
- acció
- interés

Per a què serveixen els diners?

En les nostres societats, els diners tenen diferents **funcions**:

Els diners s'usen per a **indicar el valor** de les coses. Un objecte de 12.000 euros té més valor que un de 5.000 euros.

Els diners serveixen per a **comprar** coses. S'entreguen diners a canvi de productes de tot tipus.

Els diners es poden **estalviar** per a usar-los més endavant. Dues formes d'estalvi diferents són la vidriola o el banc.

Taller d'economia

Guanyar o perdre en la borsa

Les grans **empreses** que necessiten diners per a ampliar el negoci ixen a la venda en la **borsa de valors**.

Allí es calcula quant val l'empresa i aquest valor es divideix en parts anomenades **accions**, que es venen a persones amb diners per a invertir: els **accionistes**.

Aquests accionistes o inversors es converteixen en amos d'una part de l'empresa. Amb el temps, si l'empresa guanya diners, n'obtenen benefici; si l'empresa perd valor, perden part de la inversió.

Com més diners s'inverteixen, més diners es guanyen o es perden, és a dir, es corre un **risc** més gran.

Si una empresa trau 100 accions al mercat de la borsa de valors i algú en compra 5, serà amo del 5 % de l'empresa. D'aquesta manera, podria obtindre el 5 % dels beneficis, però també podria perdre els diners que ha invertit.

smSabadigital.com
JUGA I APRÉN Analitza una empresa espanyola que cotitza en borsa.

1. Explica amb les teues paraules què és una borsa de valors.
2. Imagina que l'any passat hagueres invertit 1.000 euros en accions d'una empresa. Des d'aquell moment, l'empresa ha crescut un 15 %. Quant valdran les teues accions si les vens ara?

- Els **diners** són el mitjà d'intercanvi de béns i serveis.
- Els primers intercanvis es feien mitjançant la **barata**. Després, es van inventar les **monedes** i els **bitllets**.
- Els diners s'usen per a **comprar**, **estalviar** i obtindre interessos o **indicar el valor** d'un objecte.

Sabies que...?

En el segle XIV l'escriptor Anselm Turmeda va compondre un poema que feia aquesta afirmació: "Diners de tort fan veritat, i de jutge fan advocat".

- Coneixes més refranys sobre economia? Pregunta als teus familiars i anota'ls.

Activitats

3. Defineix els conceptes següents.

   diners | barata | acció de la borsa

4. Quins usos diferents tenen els diners?
5. Imagina que l'amo d'un concessionari té 12 cotxes de 15.000 euros.
   a) Quants diners posseeix en cotxes?
   b) Quin ús es dóna als diners en aquest cas?

Usa tots els teus recursos

6. Busca informació sobre les principals borses de valors del món.
   a) A quins països pertanyen?
   b) Quines borses de valors hi ha a Espanya?
7. Quan guardes els diners en una vidriola, quina utilitat els estàs donant? N'estàs obtenint interessos?

Para't a pensar

Ja coneixes moltes coses sobre l'economia. Reflexiona sobre els diners i les pràctiques de consum abans de seguir amb la unitat. Seràs capaç de contestar totes les preguntes?

Amb diners o sense?

En el segle xx els diners van passar a tindre valor fiduciari. Són els governs els que garanteixen el valor dels bitllets i les monedes. Per a protegir-lo, aquests fabriquen els bitllets usant un sistema molt sofisticat.

Com és un bitllet?

S'hi inclou la signatura del governador del banc nacional que els emet.

Cada bitllet porta imprés en diversos llocs el valor que té.

Els bitllets es fabriquen amb un fil entreteixit i diverses marques ocultes, visibles a contraclaror.

El color mai és uniforme, sinó que s'usen combinacions de tintes, fins i tot algunes d'invisibles, per a evitar que algú puga falsificar-los.

17 Què ocorreria si els bitllets no es fabricaren de manera tan sofisticada?

18 Aquest bitllet és un dels que usem a Espanya. D'on és la bandera blava? Per què s'hi inclou?

19 Investiga a què corresponen les sigles BCE que es troben en la part superior del bitllet.

Anem cap a una economia sense diners?

És quasi impossible calcular quants diners circulen pel món. Els bitllets i monedes es fabriquen, es perden i es destrueixen constantment. A més, cada vegada s'usen més formes noves de pagament, com les targetes de crèdit o els pagaments virtuals. Hi haurà diners en circulació en el futur?

Targetes de dèbit, que descompten els diners immediatament i **de crèdit**, que acumulen les compres i descompten tots els diners a final de mes.

Compres virtuals. A través d'internet, podem comprar i vendre sense usar bitllets ni monedes.

20 Per què creus que emprem menys els bitllets i les monedes? Com hi influeix la tecnologia?

21 Elabora una redacció explicant els avantatges i inconvenients d'aquestes noves formes de pagament.

Taller d'economia

Guanyar o perdre en la borsa

Les grans **empreses** que necessiten diners per a ampliar el negoci ixen a la venda en la **borsa de valors**.

Allí es calcula quant val l'empresa i aquest valor es divideix en parts anomenades **accions**, que es venen a persones amb diners per a invertir: els **accionistes**.

Aquests accionistes o inversors es converteixen en amos d'una part de l'empresa. Amb el temps, si l'empresa guanya diners, n'obtenen benefici; si l'empresa perd valor, perden part de la inversió.

Com més diners s'inverteixen, més diners es guanyen o es perden, és a dir, es corre un **risc** més gran.

Si una empresa trau 100 accions al mercat de la borsa de valors i algú en compra 5, serà amo del 5 % de l'empresa. D'aquesta manera, podria obtindre el 5 % dels beneficis, però també podria perdre els diners que ha invertit.

smSabadigital.com
JUGA I APRÉN Analitza una empresa espanyola que cotitza en borsa.

1. Explica amb les teues paraules què és una borsa de valors.
2. Imagina que l'any passat hagueres invertit 1.000 euros en accions d'una empresa. Des d'aquell moment, l'empresa ha crescut un 15 %. Quant valdran les teues accions si les vens ara?

- Els **diners** són el mitjà d'intercanvi de béns i serveis.
- Els primers intercanvis es feien mitjançant la **barata**. Després, es van inventar les **monedes** i els **bitllets**.
- Els diners s'usen per a **comprar**, **estalviar** i obtindre interessos o **indicar el valor** d'un objecte.

Sabies que...?

En el segle XIV l'escriptor Anselm Turmeda va compondre un poema que feia aquesta afirmació: "Diners de tort fan veritat, i de jutge fan advocat".

- Coneixes més refranys sobre economia? Pregunta als teus familiars i anota'ls.

Activitats

3. Defineix els conceptes següents.

   diners | barata | acció de la borsa

4. Quins usos diferents tenen els diners?
5. Imagina que l'amo d'un concessionari té 12 cotxes de 15.000 euros.
   a) Quants diners posseeix en cotxes?
   b) Quin ús es dóna als diners en aquest cas?

Usa tots els teus recursos

6. Busca informació sobre les principals borses de valors del món.
   a) A quins països pertanyen?
   b) Quines borses de valors hi ha a Espanya?
7. Quan guardes els diners en una vidriola, quina utilitat els estàs donant? N'estàs obtenint interessos?

Para't a pensar

Ja coneixes moltes coses sobre l'economia. Reflexiona sobre els diners i les pràctiques de consum abans de seguir amb la unitat. Seràs capaç de contestar totes les preguntes?

Amb diners o sense?

En el segle xx els diners van passar a tindre valor fiduciari. Són els governs els que garanteixen el valor dels bitllets i les monedes. Per a protegir-lo, aquests fabriquen els bitllets usant un sistema molt sofisticat.

Com és un bitllet?

S'hi inclou la signatura del governador del banc nacional que els emet.

Cada bitllet porta imprés en diversos llocs el valor que té.

Els bitllets es fabriquen amb un fil entreteixit i diverses marques ocultes, visibles a contraclaror.

El color mai és uniforme, sinó que s'usen combinacions de tintes, fins i tot algunes d'invisibles, per a evitar que algú puga falsificar-los.

17 Què ocorreria si els bitllets no es fabricaren de manera tan sofisticada?

18 Aquest bitllet és un dels que usem a Espanya. D'on és la bandera blava? Per què s'hi inclou?

19 Investiga a què corresponen les sigles BCE que es troben en la part superior del bitllet.

Anem cap a una economia sense diners?

És quasi impossible calcular quants diners circulen pel món. Els bitllets i monedes es fabriquen, es perden i es destrueixen constantment. A més, cada vegada s'usen més formes noves de pagament, com les targetes de crèdit o els pagaments virtuals. Hi haurà diners en circulació en el futur?

Targetes de dèbit, que descompten els diners immediatament i **de crèdit**, que acumulen les compres i descompten tots els diners a final de mes.

Compres virtuals. A través d'internet, podem comprar i vendre sense usar bitllets ni monedes.

20 Per què creus que emprem menys els bitllets i les monedes? Com hi influeix la tecnologia?

21 Elabora una redacció explicant els avantatges i inconvenients d'aquestes noves formes de pagament.

Taller d'economia

Guanyar o perdre en la borsa

Les grans **empreses** que necessiten diners per a ampliar el negoci ixen a la venda en la **borsa de valors**.

Allí es calcula quant val l'empresa i aquest valor es divideix en parts anomenades **accions**, que es venen a persones amb diners per a invertir: els **accionistes**.

Aquests accionistes o inversors es converteixen en amos d'una part de l'empresa. Amb el temps, si l'empresa guanya diners, n'obtenen benefici; si l'empresa perd valor, perden part de la inversió.

Com més diners s'inverteixen, més diners es guanyen o es perden, és a dir, es corre un **risc** més gran.

Si una empresa trau 100 accions al mercat de la borsa de valors i algú en compra 5, serà amo del 5 % de l'empresa. D'aquesta manera, podria obtindre el 5 % dels beneficis, però també podria perdre els diners que ha invertit.

smSabadigital.com
JUGA I APRÉN Analitza una empresa espanyola que cotitza en borsa.

1. Explica amb les teues paraules què és una borsa de valors.
2. Imagina que l'any passat hagueres invertit 1.000 euros en accions d'una empresa. Des d'aquell moment, l'empresa ha crescut un 15 %. Quant valdran les teues accions si les vens ara?

- Els **diners** són el mitjà d'intercanvi de béns i serveis.
- Els primers intercanvis es feien mitjançant la **barata**. Després, es van inventar les **monedes** i els **bitllets**.
- Els diners s'usen per a **comprar**, **estalviar** i obtindre interessos o **indicar el valor** d'un objecte.

Sabies que...?

En el segle XIV l'escriptor Anselm Turmeda va compondre un poema que feia aquesta afirmació: "Diners de tort fan veritat, i de jutge fan advocat".

- Coneixes més refranys sobre economia? Pregunta als teus familiars i anota'ls.

Activitats

3. Defineix els conceptes següents.

   diners | barata | acció de la borsa

4. Quins usos diferents tenen els diners?
5. Imagina que l'amo d'un concessionari té 12 cotxes de 15.000 euros.
   a) Quants diners posseeix en cotxes?
   b) Quin ús es dóna als diners en aquest cas?

Usa tots els teus recursos

6. Busca informació sobre les principals borses de valors del món.
   a) A quins països pertanyen?
   b) Quines borses de valors hi ha a Espanya?
7. Quan guardes els diners en una vidriola, quina utilitat els estàs donant? N'estàs obtenint interessos?

Para't a pensar

Ja coneixes moltes coses sobre l'economia. Reflexiona sobre els diners i les pràctiques de consum abans de seguir amb la unitat. Seràs capaç de contestar totes les preguntes?

Amb diners o sense?

En el segle xx els diners van passar a tindre valor fiduciari. Són els governs els que garanteixen el valor dels bitllets i les monedes. Per a protegir-lo, aquests fabriquen els bitllets usant un sistema molt sofisticat.

Com és un bitllet?

S'hi inclou la signatura del governador del banc nacional que els emet.

Cada bitllet porta imprés en diversos llocs el valor que té.

Els bitllets es fabriquen amb un fil entreteixit i diverses marques ocultes, visibles a contraclaror.

El color mai és uniforme, sinó que s'usen combinacions de tintes, fins i tot algunes d'invisibles, per a evitar que algú puga falsificar-los.

17 Què ocorreria si els bitllets no es fabricaren de manera tan sofisticada?

18 Aquest bitllet és un dels que usem a Espanya. D'on és la bandera blava? Per què s'hi inclou?

19 Investiga a què corresponen les sigles BCE que es troben en la part superior del bitllet.

Anem cap a una economia sense diners?

És quasi impossible calcular quants diners circulen pel món. Els bitllets i monedes es fabriquen, es perden i es destrueixen constantment. A més, cada vegada s'usen més formes noves de pagament, com les targetes de crèdit o els pagaments virtuals. Hi haurà diners en circulació en el futur?

Targetes de dèbit, que descompten els diners immediatament i **de crèdit**, que acumulen les compres i descompten tots els diners a final de mes.

Compres virtuals. A través d'internet, podem comprar i vendre sense usar bitllets ni monedes.

20 Per què creus que emprem menys els bitllets i les monedes? Com hi influeix la tecnologia?

21 Elabora una redacció explicant els avantatges i inconvenients d'aquestes noves formes de pagament.

Taller d'economia

Guanyar o perdre en la borsa

Les grans **empreses** que necessiten diners per a ampliar el negoci ixen a la venda en la **borsa de valors**.

Allí es calcula quant val l'empresa i aquest valor es divideix en parts anomenades **accions**, que es venen a persones amb diners per a invertir: els **accionistes**.

Aquests accionistes o inversors es converteixen en amos d'una part de l'empresa. Amb el temps, si l'empresa guanya diners, n'obtenen benefici; si l'empresa perd valor, perden part de la inversió.

Com més diners s'inverteixen, més diners es guanyen o es perden, és a dir, es corre un **risc** més gran.

Si una empresa trau 100 accions al mercat de la borsa de valors i algú en compra 5, serà amo del 5 % de l'empresa. D'aquesta manera, podria obtindre el 5 % dels beneficis, però també podria perdre els diners que ha invertit.

smSabadigital.com
JUGA I APRÉN Analitza una empresa espanyola que cotitza en borsa.

1. Explica amb les teues paraules què és una borsa de valors.
2. Imagina que l'any passat hagueres invertit 1.000 euros en accions d'una empresa. Des d'aquell moment, l'empresa ha crescut un 15 %. Quant valdran les teues accions si les vens ara?

- Els **diners** són el mitjà d'intercanvi de béns i serveis.
- Els primers intercanvis es feien mitjançant la **barata**. Després, es van inventar les **monedes** i els **bitllets**.
- Els diners s'usen per a **comprar**, **estalviar** i obtindre interessos o **indicar el valor** d'un objecte.

Sabies que...?

En el segle XIV l'escriptor Anselm Turmeda va compondre un poema que feia aquesta afirmació: "Diners de tort fan veritat, i de jutge fan advocat".

- Coneixes més refranys sobre economia? Pregunta als teus familiars i anota'ls.

Activitats

3. Defineix els conceptes següents.

   diners | barata | acció de la borsa

4. Quins usos diferents tenen els diners?
5. Imagina que l'amo d'un concessionari té 12 cotxes de 15.000 euros.
   a) Quants diners posseeix en cotxes?
   b) Quin ús es dóna als diners en aquest cas?

Usa tots els teus recursos

6. Busca informació sobre les principals borses de valors del món.
   a) A quins països pertanyen?
   b) Quines borses de valors hi ha a Espanya?
7. Quan guardes els diners en una vidriola, quina utilitat els estàs donant? N'estàs obtenint interessos?

2 Què és el consum?

Quantes de les coses que has comprat aquesta setmana eren realment necessàries? Per què tenim la sensació que consumir ens proporciona felicitat?

Ho necessite o ho vull?

Consumir és adquirir béns i serveis, però no sempre consumim amb la mateixa finalitat:

- Al llarg dels mesos, comprem béns o usem serveis indispensables per a cobrir les nostres necessitats bàsiques, com menjar, vestir-nos, beure, etc. Estem adquirint béns i serveis de **primera necessitat**.
- Tot i això, vivim en una **societat de consum** on comprem articles que moltes vegades no cobreixen necessitats bàsiques. Els adquirim perquè considerem que aporten **comoditat i benestar**, com un sofà nou per a casa, o creiem que ens donen **prestigi** entre els companys o amics, com unes sabatilles d'últim model.

Quan comprem, hem de recordar que el consum ajuda l'**economia** d'un país, ja que les empreses produeixen i donen ocupació.

No obstant això, el consum excessiu és perillós, perquè provoca el **balafiament**, l'**esgotament dels recursos** usats per a la producció, i té **efectes negatius sobre el medi**, causats per la contaminació de les fàbriques, dels mitjans de transport que els traslladen i del fem que generem.

- societat del benestar
- inflació
- oferta
- demanda

LUXE O NECESSITAT?

Segons les circumstàncies, el que un consumidor adquireix per necessitat a una altra persona pot semblar-li una compra innecessària.

Un cotxe, per exemple, és un article de gran valor, però per a uns pot ser una compra de primera necessitat i per a uns altres una despesa innecessària.

1. Un cotxe pot ser un luxe innecessari si vius en un lloc des del qual pots anar a l'escola o al treball caminant o usant el transport públic.

2. Un cotxe pot ser una necessitat si vius en un lloc allunyat de l'escola o del treball i on, a més, no hi ha transport públic a prop.

Treballa amb la fitxa

8 Escriu en el quadern tres articles més que poden ser una necessitat o un luxe, segons les circumstàncies.

Taller d'economia

Practica l'economia!

Una entrada per a una final de futbol és molt cara, perquè s'ofereixen poques places i les demanen moltes persones. Per aquesta raó diem que el **preu** d'un bé depén de la quantitat que hi haja en el **mercat** (**oferta**) i de quantes persones volen adquirir-lo (**demanda**).

El preu de les coses varia. Per a calcular en quina mesura, el Govern estudia el preu d'alguns productes necessaris, com la llet, l'aigua o la llum. La llista de productes s'anomena la **cistella de consum** i les variacions d'aquesta reben el nom d'IPC (índex de preus de consum). Si els preus d'aquesta llista augmenten diem que hi ha **inflació**.

Per a compensar la inflació, algunes empreses apugen el **sou** dels seus treballadors en el mateix percentatge i el Govern pot apujar les pensions de jubilació.

9 Per quant han multiplicat el preu els productes que apareixen en la taula?

10 Si el salari mitjà en 1970 era de 60 euros mensuals, quin hauria de ser en 2015 per a poder accedir als mateixos productes?

Com han pujat els preus

1970		2015
2 euros		40 euros
1,5 euros		30 euros
1.000 euros		20.000 euros
10 euros		200 euros

- El **consum** és l'adquisició de béns i serveis.
- Alguns articles són de **primera necessitat** i uns altres els comprem per comoditat, benestar o prestigi social.
- El consum és positiu, però no ha de ser excessiu.

Activitats

11 A què anomenem articles de primera necessitat? Esmenta'n almenys quatre exemples.

12 Tria un d'aquests productes i explica quins efectes negatius podria tindre consumir-lo excessivament. Pensa en les matèries primeres, el medi ambient, les persones, etc.

mobles de fusta | macarrons | bosses de plàstic

13 Elabora una llista amb les últimes coses que has adquirit. Posa una creu en aquelles que ja no uses. Quina és la teua conclusió?

Usa tots els teus recursos

14 Explica com comprar al forn del teu barri pot influir de forma positiva en l'economia de les persones de la zona.

15 Imagina que tens unes sabatilles en perfecte estat, però vols comprar les que porta ara el teu esportista preferit. Per què creus que les vols?

16 smSabadigital.com
COMPRÉN Observa com van aparéixer els diners.

Para't a pensar

Ja coneixes moltes coses sobre l'economia. Reflexiona sobre els diners i les pràctiques de consum abans de seguir amb la unitat. Seràs capaç de contestar totes les preguntes?

Amb diners o sense?

En el segle XX els diners van passar a tindre valor fiduciari. Són els governs els que garanteixen el valor dels bitllets i les monedes. Per a protegir-lo, aquests fabriquen els bitllets usant un sistema molt sofisticat.

Com és un bitllet?

S'hi inclou la signatura del governador del banc nacional que els emet.

Cada bitllet porta imprés en diversos llocs el valor que té.

Els bitllets es fabriquen amb un fil entreteixit i diverses marques ocultes, visibles a contraclaror.

El color mai és uniforme, sinó que s'usen combinacions de tintes, fins i tot algunes d'invisibles, per a evitar que algú puga falsificar-los.

17 Què ocorreria si els bitllets no es fabricaren de manera tan sofisticada?

18 Aquest bitllet és un dels que usem a Espanya. D'on és la bandera blava? Per què s'hi inclou?

19 Investiga a què corresponen les sigles BCE que es troben en la part superior del bitllet.

Anem cap a una economia sense diners?

És quasi impossible calcular quants diners circulen pel món. Els bitllets i monedes es fabriquen, es perden i es destrueixen constantment. A més, cada vegada s'usen més formes noves de pagament, com les targetes de crèdit o els pagaments virtuals. Hi haurà diners en circulació en el futur?

Targetes de dèbit, que descompten els diners immediatament i **de crèdit**, que acumulen les compres i descompten tots els diners a final de mes.

Compres virtuals. A través d'internet, podem comprar i vendre sense usar bitllets ni monedes.

20 Per què creus que emprem menys els bitllets i les monedes? Com hi influeix la tecnologia?

21 Elabora una redacció explicant els avantatges i inconvenients d'aquestes noves formes de pagament.

Les rebaixes: una oportunitat o un negoci?

De tant en tant, les tendes ens criden l'atenció amb rebaixes i descomptes atractius. Per què ho fan? Pretenen fer-nos la vida més fàcil o hi poden tindre altres motivacions?

22 Quin tipus d'articles solen rebaixar-se? Penses que són productes de primera necessitat?

23 Imagina que tens 50 euros i que, encara que no necessites res, acudeixes a les rebaixes. Allí trobes uns pantalons de 50 euros rebaixats al 50 % i unes sabates de 40 euros a un 40 % menys. Pots comprar les dues coses per 49 euros, en lloc de per 90. Creus que has estalviat o que has malgastat?

24 Per què creus que les rebaixes són un fenomen tan habitual en la societat de consum? Explica-ho en una redacció i llig-la davant dels teus companys. Hi esteu d'acord?

Un dia de rebaixes

Hem entrat en uns grans magatzems on ens ha cridat l'atenció una sèrie de productes.

25 Quin dels articles rebaixats és un producte de primera necessitat?

26 Quins podrien ser de primera necessitat segons les circumstàncies? Explica-ho.

27 Quin producte pot ser considerat de luxe?

28 Debateu si el valor d'un producte és el mateix abans i després de ser rebaixat.

3 La despesa i l'estalvi

En ocasions ens veiem obligats a usar els estalvis en despeses inesperades com tornar a comprar una cosa que hem perdut. De quina manera es poden afrontar aquestes despeses imprevistes?

En què gastem els diners?

Les persones han de calcular què fer amb els diners que guanyen. L'elaboració d'un **pressupost** de despeses ajuda a no gastar més del que s'ingressa i a **no endeutar-se**. Per a calcular el consum, hem de conéixer els **tipus de despeses**:

- **Despeses fixes.** Són despeses que coneixem, sabem quants diners sumen i quan hem de pagar-les. Són, per exemple, els rebuts de l'electricitat, el lloguer de la casa, l'assegurança del cotxe, etc.
- **Despeses variables.** Són les que canvien cada mes i només podem calcular-les de manera aproximada. Les despeses en oci, com fer un viatge o anar a un concert, representen despeses variables.
- **Despeses inesperades.** Són les que no podem preveure amb antelació, com la reparació d'un electrodomèstic.

- despesa
- deute
- estalvi

Què faig amb el que no gaste?

Si ingressem més del que gastem, podem **estalviar** per a afrontar una futura despesa inesperada. Hi ha dos **tipus d'estalvi**:

- **Domèstic.** Són els diners guardats a casa. És bo per a les despeses pròximes, però cada any la inflació li resta valor.
- **Bancari.** Quan depositem diners al banc, aquest els usa per a invertir i guanyar diners. A canvi, el banc ens paga una quantitat extra a l'any anomenada **interés**. Al seu torn, el banc presta diners a altres persones i cobra interessos per fer-ho.

COM FUNCIONEN ELS INTERESSOS BANCARIS

De la mateixa manera que una llavor ben cultivada proporciona més gira-sols, els diners estalviats de forma adequada poden proporcionar interessos. Els interessos, al seu torn, poden produir nous interessos: és l'interés compost.

Taller d'economia

Elabora un pressupost

Imagina que guanyes 1.500 euros al mes per a cobrir totes les teues despeses. La teua capacitat de gestionar aquests diners t'ajudarà a viure còmodament i a poder estalviar. Per a practicar, elabora un pressupost.

DESPESES FIXES

HABITATGE
400 euros

FACTURES
200 euros

TRANSPORT
40 euros

CISTELLA DE LA COMPRA
200 euros

INGRESSOS MENSUALS

ESTALVI

El que et sobre, pots estalviar-ho.

DESPESES VARIABLES

ROBA
De tant en tant, has de dedicar una part del teu pressupost a roba.

OCI
Pots destinar una quantitat a adquirir llibres, anar al cine, al teatre, etc.

VACANCES
A voltes assumiràs una despesa més gran, per exemple, un viatge.

29 Tin en compte el sou i les despeses fixes que tens cada mes. Reserva una quantitat per a les despeses variables. Quina quantitat has decidit estalviar?

30 Quin tipus de despeses no apareixen en el teu pressupost? Com les afrontaràs?

- Hi ha tres tipus de **despeses**: fixes, variables i inesperades.
- Els diners no gastats poden **estalviar-se** a casa o al banc. Els diners estalviats al banc generen **interessos**.

Activitats

31 Per què el nivell de despeses ha d'estar relacionat amb el nivell d'ingressos?

32 Quins tipus de despeses hi ha? Quines són les que hem d'afrontar cada mes? Quines són aquestes despeses en el teu cas?

33 Per què és més avantatjós l'estalvi bancari que el domèstic?

Usa tots els teus recursos

34 Imagina que has de viatjar a visitar un familiar malalt. Quin tipus de despesa seria la que assumiries en el viatge? D'on obtindries els diners per a fer-lo?

35 smSabadigital.com
PRACTICA Elabora un pressupost i fes que quadren els comptes.

4 Les empreses

Observa aquestes fotografies. Creus que tenen alguna cosa en comú?

Petita empresa familiar amb tres treballadors.

Gran empresa multinacional amb milers de treballadors.

Aparentment no, però les dues són empreses.

Com és una empresa?

Una empresa és una **organització creada per a produir béns i serveis**, que obté beneficis econòmics d'aquesta tasca. Segons la grandària, podem distingir dos grans **tipus d'empresa**:

- **Petites i mitjanes empreses (pimes).** Les **pimes** són organitzacions reduïdes, amb menys de 250 treballadors. Algunes són **empreses familiars**. Unes altres s'organitzen com a **cooperatives**, els amos de les quals són els mateixos treballadors. I altres són **societats limitades**, amb diversos propietaris que es reparteixen els beneficis o les pèrdues.
- **Grans empreses.** Agrupen més de 250 treballadors. Algunes tenen milers d'empleats i estan establides a diferents països, per la qual cosa són conegudes com a **multinacionals**. Les més importants participen en la borsa de valors i aporten grans quantitats de beneficis als propietaris.

- pime
- societat empresarial
- multinacional

La responsabilitat social de les empreses

Les empreses no només són organitzacions econòmiques, sinó també socials. Un empresari adquireix **responsabilitats** amb la societat, els treballadors, el medi ambient, etc.

L'empresa ajuda a l'enriquiment de la societat, ja que ofereix productes, genera ocupació i paga impostos.

L'empresa ajuda al desenvolupament laboral dels seus treballadors, els forma i respecta els seus drets.

COM S'ORGANITZA UNA EMPRESA?

Les empreses tenen una organització complexa, amb departaments que s'ocupen de diversos aspectes:

R+D. Són les sigles de *recerca i desenvolupament*. Aquests departaments creen productes nous que són atractius per al mercat.

Fabricació. És el procés de creació del producte en la fàbrica.

Finançament. Quan les empreses no tenen diners per a funcionar recorren a bancs o inversors, que els presten els diners a canvi d'interessos.

Màrqueting i publicitat. Un bon producte que no es coneix no es ven. Aquest departament el publicita i busca que els consumidors senten la necessitat de tindre'l.

- Una **empresa** és una organització creada per a oferir productes o serveis i obtindre'n beneficis.
- Hi ha **empreses xicotetes i grans**, però totes tenen **responsabilitats** socials.

Treballa amb la informació

36 Explica quins processos bàsics fan falta per al funcionament d'una empresa.

Activitats

37 Què és una empresa? Quin és el seu objectiu?

38 Explica què és una pime. Fixa't en la teua localitat. Hi ha més pimes o grans companyies? Per què?

39 Segons el que s'ha explicat, com penses que ha de ser un bon empresari? Per què necessita invertir en R+D?

Usa tots els teus recursos

40 A quin sector de l'economia pertanyen les professions de la fitxa sobre l'organització de l'empresa?

41 smSabadigital.com
COMPRÉN Descobreix com funcionen les grans empreses multinacionals.

5 La publicitat

Segur que alguna vegada has comprat alguna cosa després de veure-la en un anunci. Era igual que en l'anunci? La vas usar tant com creies?

La publicitat pot arribar a ser molt creativa i produir petites obres d'art en cada anunci, però hem de saber interpretar-la!

La publicitat comercial

La publicitat comercial és qualsevol acció que una **empresa** du a terme perquè el **públic** conega els seus productes i per a aconseguir augmentar-ne la **demanda**.

Amb aquest objectiu, s'utilitzen **missatges** en diferents **suports**, com la televisió, les tanques publicitàries o internet. Triar el suport és molt important. Per a vendre un joguet, sempre serà més útil anunciar-lo en la televisió i en horari infantil que en un periòdic en blanc i negre.

La publicitat **suposa un cost** per a les empreses, és a dir, els costa diners, però normalment aquestes els recuperen gràcies a l'augment de les vendes i de la fama que hi obtenen.

- suport publicitari
- cost
- empresa
- missatge publicitari

Quina importància té la publicitat?

Les empreses també tenen una **responsabilitat social** amb els anuncis que duen a terme, ja que poden arribar a centenars, milers o milions de persones. Per això, n'han de cuidar el contingut, l'horari en què els emeten i els valors que hi volen mostrar.

ELS VALORS EN LA PUBLICITAT

Hi ha anuncis que transmeten contravalors o que no són sincers sobre el producte que publiciten.

Fixa't en aquest anunci antic.

42 Què anuncia? Qui hi està jugant? Què ocorre darrere de l'escena?

43 Dibuixa de nou aquest anunci amb els valors adequats.

Aprendre a mirar els anuncis

La publicitat ens mostra opcions entre les quals podem triar, però també limita la nostra **capacitat d'elecció**.

Per exemple, a través de campanyes televisives molts perfums es donen a conéixer i nosaltres podem **identificar-los**. D'aquesta manera, si volem comprar un perfum, l'anunci que més ens ha agradat o que més ha captat la nostra atenció influeix en la nostra **elecció**, fins i tot abans d'haver-lo olorat.

Per això, hem d'entendre els anuncis com a espais per a conéixer productes, però també hem de **ser crítics** amb el que presenten: és el producte realment així? Té els efectes que explica l'anunci? És en realitat el producte que vull? Comprar-lo em farà sentir millor?...

- La **publicitat comercial** són les accions d'una empresa per a mostrar el seu **producte** o captar **clients**.
- Hi ha diferents **suports publicitaris** segons la finalitat de l'anunci.
- Les empreses tenen una **responsabilitat social**.
- Els clients hem de ser **crítics** davant de la publicitat.

Sabies que...?

Hi ha marques grans que no apareixen en anuncis de televisió, sinó que les reconeixem per la marca que apareix en les bosses, en els aparadors o en la roba.

- Creus que això també és publicitat? Debat-ho amb els teus companys i busqueu l'exemple d'una empresa tèxtil espanyola que no faça anuncis en la televisió.

Activitats

44 Defineix *publicitat* i esmenta quatre tipus de suport publicitari que conegues.

45 Explica els avantatges de la publicitat per a una empresa.

Usa tots els teus recursos

46 Explica quin tipus d'empreses creus que gastaran més en publicitat, les pimes o les multinacionals. Per què?

47 Què és per a tu un valor? Per què una empresa ha de cuidar els valors que mostra en un anunci?

48 smSabadigital.com
JUGA I APRÉN Crea una campanya de publicitat com si fores un publicista professional.

49 Escull un anunci que veges hui en la televisió i completa una fitxa com aquesta:

Producte anunciat: ______
Com es ven? ______
A qui va adreçat? ______
En quin suport apareix? ______
Quins valors mostra? ______
El producte és igual en l'anunci que en la realitat? ______

50 Com faries un anunci?

Pensa en un producte i descriu-lo. Creus que la teua descripció serviria per a vendre'l? Què hi hauries d'afegir? Escriu-ho!

Organitza't les idees

ELS DINERS
Són fiduciaris i serveixen per a comprar, estalviar o ●●●.

Permeten consumir articles:
- de primera ●●●
- menys necessaris

Els usem per a despeses:
- fixes
- variables
- ●●●

L'empresa:
- obté beneficis a canvi de béns i serveis
- usa diners per a sous, impostos, publicitat
- pot ser: ●●● o multinacional

Els podem estalviar:
- a casa
- ●●●, on obtenim interessos

Treballa amb l'esquema

51 Copia i completa aquest esquema.

52 Completa les oracions en el quadern amb la informació de l'esquema.

a) Els diners serveixen per a ●●●, ●●● i per a indicar el valor de les coses.

b) Les despeses poden ser de tres tipus: fixes, ●●● i inesperades.

c) Les ●●● són empreses que tenen menys de 250 treballadors.

53 Defineix en el quadern el significat dels conceptes següents.

barata · consum · empresa

54 Relaciona cada terme amb una definició.

unitat de valor – pime – borsa de valors – article de primera necessitat – IPC – despesa fixa

a) És el nom que reben les empreses que no superen els 250 treballadors. → ●●●

b) És un mercat on es compren i venen accions d'empreses. → ●●●

c) Entre aquests, es troben el menjar i la roba imprescindible. → ●●●

d) Els diners serveixen com a referència del valor de les coses. → ●●●

e) Serveix per a mesurar la inflació. → ●●●

f) Tots els mesos cal fer-los front. → ●●●

Repassa la unitat

55 Copia les afirmacions en el quadern i assenyala si són verdaderes amb una V o falses amb una F.

a) Les primeres monedes van substituir els metalls preciosos com a valor de canvi.

b) Els diners serveixen per a comprar, estalviar i indicar el valor d'un bé.

c) Quan demanem un préstec a un banc, aquest ens paga interessos.

56 Observa aquest gràfic de l'evolució d'una borsa de valors i respon en el quadern.

a) Què indica l'evolució del gràfic?

b) Qui es beneficia d'aquesta evolució?

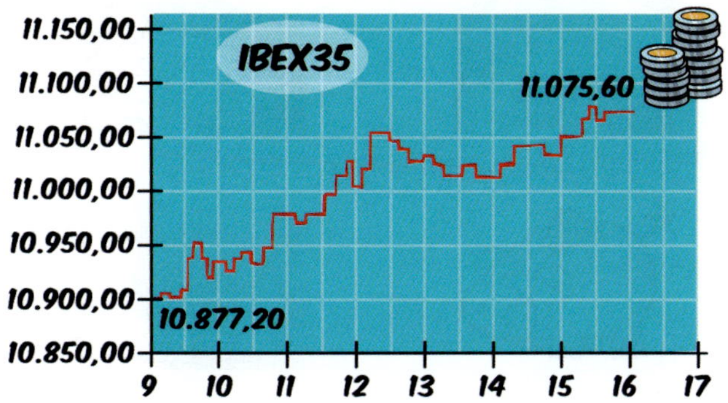

57 Llig aquest text i contesta les preguntes.

> L'economia no es basa en els diners, es basa en les persones, en els seus sentiments i en la seua forma d'actuar. I comprendre les persones és la tasca més difícil del món.

a) Per què el text diu que l'economia es basa en les persones i en els seus sentiments?

b) Què passa si consumeixes en excés?

58 Imagina que pel teu treball guanyes 1.000 euros mensuals i el preu de la cistella de consum ha pujat un 3 %.

a) Qui estudia quant ha pujat la cistella de consum?

b) Quants euros més hauries de guanyar al mes per a compensar la inflació?

59 Quines diferències i semblances hi ha entre una pime i una multinacional? Les dues tenen la mateixa responsabilitat social? Per què?

60 Observa les imatges i diferencia entre quina representa una despesa fixa, quina una despesa variable i quina una despesa inesperada.

61 Els teus pares t'han assignat una paga setmanal de 5 euros i, a canvi, et demanen que et faces càrrec d'algunes de les teues despeses.

a) Anota les teues despeses fixes i afig possibles despeses variables i inesperades.

b) Elabora un pressupost. Quines despeses podries cobrir? Quant podries estalviar a l'any?

62 Observa les imatges i indica a quina part del procés empresarial correspon cada una.

63 Què és el saldo bancari? On el consulten les persones amb compte bancari? Pregunta a casa i posa en comú les teues respostes amb la resta de companys.

smSabadigital.com

VALORA EL QUE HAS APRÉS Comprova el que saps en l'**autoavaluació**.

Posa't a prova

El difícil camí d'un empresari

Muntar una empresa és una forma de guanyar diners i, també, una manera d'aconseguir satisfacció personal, ja que permet crear riquesa i llocs de treball.

Però alçar una empresa és una tasca difícil, en la qual cal tindre en compte molts factors:

CLAUS PER A LA TEUA EMPRESA

1. Pensa una bona idea.

2. Crea una marca recognoscible.

3. Busca la teua clientela.

4. Dóna a conéixer el teu producte.

5. Tracta bé els teus clients.

6. Tracta bé els teus empleats.

7. Controla les teues despeses.

8. Esforça't.

UNA CARRERA EMPRESARIAL

1. Llegiu les instruccions per a dissenyar una empresa i expliqueu com duríeu a terme cada un dels passos clau. A continuació, podeu jugar a la carrera de l'èxit empresarial.
2. Després de jugar a la carrera de l'empresari, valora els resultats en un informe: explica les facilitats i dificultats que has trobat i quina era la finalitat del joc.

La felicitat interior bruta

Els països mesuren el seu nivell de riquesa a través del **producte interior brut** (PIB), que calcula quants béns i serveis produeix un país durant un any.

No obstant això, fa quaranta anys el rei de Bhutan, un petit país d'Àsia, va inventar un nou indicador: la **felicitat interior bruta** (FIB).

Segons el seu plantejament, la felicitat d'un país s'ha de mesurar per un creixement econòmic sostenible i igualitari, la conservació de la cultura pròpia, la cura del medi ambient i un govern just.

ARÀBIA SAUDITA	
Producte interior brut	**527.000 milions ($)**
Esperança de vida	70 anys
Taxa d'analfabetisme	15 %
Malnutrició infantil	20 %

POLÒNIA	
Producte interior brut	**510.000 milions ($)**
Esperança de vida	78 anys
Taxa d'analfabetisme	0 %
Malnutrició infantil	4 %

1. Compara les dades d'aquests dos països. En quin és més alt el PIB? En quin creus que serà superior la FIB? Per què penses que és així?
2. Com mesuraries la teua felicitat? Està relacionada amb els diners?

Tasca final El comerç just

PAS 1 Busca informació sobre què és el comerç just i quins són els seus objectius.

PAS 2 Localitza informació sobre empreses de comerç just que hi haja a la Comunitat Valenciana.

PAS 3 Selecciona'n una i apunta quins productes ven i quina n'és la procedència.

PAS 4 Elabora un mural en el qual presentes l'empresa seleccionada. Apega imatges dels seus productes i afig informació de la zona on aquests es produeixen i dels beneficis que s'obtenen amb la venda.

PAS 5 Finalment, poseu en comú el vostre treball amb el dels vostres companys i creeu una exposició a classe.

smSabadigital.com

VALORA EL QUE HAS APRÉS Com has treballat en aquesta **tasca**?

LA TEUA REVISTA

Menjar gelats ens va fer rics

Ben Cohen i Jerry Greenfield van anar junts a l'escola. Als 27 anys van decidir obrir un negoci. La seua passió eren els gelats, així que es van decantar per elaborar-los i vendre'ls. Els sabors que van crear van ser un èxit i la novetat que van introduir va canviar el mercat: les terrines de gelat per a emportar-se a casa. Aquesta empresa és Ben&Jerry, una de les marques de gelats més importants del món. L'any 2000 van vendre l'empresa per més de 300 milions de dòlars.

A quin sector pertany la fabricació de gelats? I el transport?

Economia verda

Les activitats econòmiques, sobretot les industrials, són les principals causants de la deterioració ambiental. Per això, cada vegada sorgeixen més normatives que obliguen a reduir la contaminació. Gràcies a aquest fet ha sorgit un nou sector econòmic, l'ambiental: empreses que es dediquen a fer estudis sobre la contaminació, a reciclar residus, a tractar zones contaminades...

Quines empreses coneixes que practiquen l'economia verda?

Què és la borsa?

Quant pagaries per una tulipa?

En el segle XVII les tulipes eren flors molt cotitzades als Països Baixos. La burgesia del país les comprava com a símbol de prosperitat i el seu valor es va incrementar. Molts agricultors les conreaven, i la flor va arribar fins i tot a vendre's en la borsa. Finalment, els preus van caure, cosa que va provocar pèrdues monumentals.

Marco Polo i el paper

Quan Marco Polo va recórrer la ruta de la seda i va arribar a la Xina, es va quedar impressionat. Els xinesos no utilitzaven moneda, sinó que comerciaven amb bitllets. En aquells temps, a Europa s'usaven l'or i la plata com a mitjà de pagament.

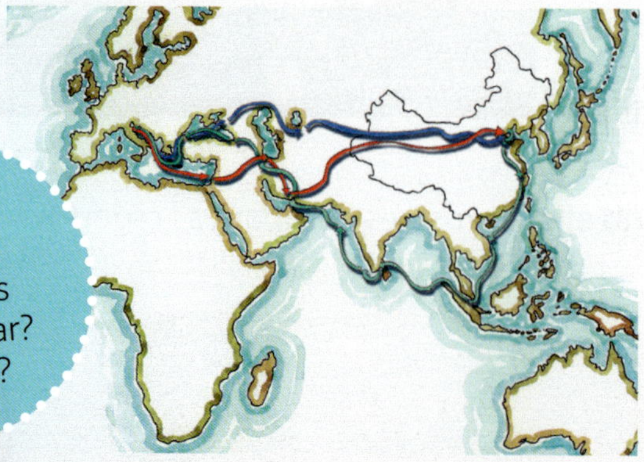

Quan utilitzes monedes per a pagar? I bitllets?

El naixement dels bancs

Els bancs moderns van sorgir en el segle XVII, però els primers bancs són molt més antics. L'any 2000 aC els habitants de Babilònia, una ciutat de Mesopotàmia, ja depositaven els seus objectes de valor en llocs protegits com els temples. En el 1800 aC el rei Hammurabi va proclamar un codi de lleis per a garantir el comerç just. Babilònia era un centre d'intercanvis comercials i hi havia lleis que dictaven la manera de comerciar.

Quines diferències hi ha entre estalviar en la vidriola o en el banc?

El primer sopar

L'any 1949, Frank McNamara es disposava a pagar el compte en un restaurant de Nova York quan es va adonar que se li havia oblidat la cartera. A partir d'aquest moment, va decidir inventar un sistema que evitara aquesta situació compromesa. Va fundar Diners Club, una associació els membres de la qual no haurien de pagar en metàl·lic, sinó mostrar una targeta. Aquest va ser l'origen de les targetes de crèdit!

Què diries a un cambrer si en anar a pagar t'adonares que no portes cap mitjà de pagament damunt?

Quines formes de pagament coneixes que no siguen monedes ni bitllets?

10:32

Diners rars

Al llarg de la història s'han utilitzat sistemes estranys de pagament. A Àfrica, els portuguesos no usaven monedes, sinó que el metall es convertia en polseres, anomenades *manilles*. A l'Amèrica del Nord, els nadius utilitzaven petxines. I al Canadà, en el segle XVIII, el governador va autoritzar el pagament amb cartes de baralla. En l'actualitat, en una illa de l'oceà Pacífic anomenada Yap segueixen utilitzant-se pedres, anomenades *fei*, com a mitjà de pagament. Les pedres fan més de tres metres i s'intercanvien per bestiar o productes artesanals.

Comprova el que has aprés

Test

Recordes tot el que has aprés durant aquest trimestre? Comprova-ho en aquest test.

1. Quins processos inclou l'activitat econòmica?
   A. La producció i el consum.
   B. La fabricació i la destrucció.
   C. El cultiu de plantes i la cria de bestiar.

2. Què és el treball?
   A. L'activitat de produir aliments i objectes.
   B. L'esforç físic i intel·lectual dut a terme per les persones per a obtindre béns i serveis.
   C. El cultiu de plantes i la cria de bestiar.

3. A quin sector econòmic pertanyen aquests voluntaris?
   A. Primari.
   B. Secundari.
   C. Terciari.

4. Quina d'aquestes professions no pertany al sector primari?
   A. Agricultor.
   B. Miner.
   C. Fruiter.

5. Quin sector és el més important a Espanya?
   A. Primari.
   B. Secundari.
   C. Terciari.

6. Quina d'aquestes persones fa un treball no remunerat?
   A. Metge.
   B. Jubilat.
   C. Mestressa de casa.

7. Quina d'aquestes no és una funció dels diners?
   A. Comprar productes.
   B. Estalviar.
   C. Mesurar el temps.

8. Quin índex mesura la variació de preus?
   A. IVA.
   B. PIB.
   C. IPC.

9. Amb quina part del procés empresarial es correspon aquesta imatge?

   A. Recerca i desenvolupament.
   B. Recerca de finançament.
   C. Màrqueting i publicitat.

10. Quin tipus de despesa apareix en la imatge?
   A. Fixa.
   B. Variable.
   C. Inesperada.

smSabadigital.com REPASSA

Recuperant professions

En les últimes dècades, algunes professions quasi havien desaparegut. La producció industrial i la invenció de nous productes va fer que deixaren de ser rendibles, per la qual cosa van caure en desús. Però últimament, algunes d'aquestes professions estan sent recuperades. Vegem-ne dues.

Els **resiners** extrauen la resina dels pins per a diversos usos industrials, com els vernissos.

Els **ferrers** fabriquen diferents objectes de ferro en la forja, com les reixes de les cases o instruments per a la xemeneia.

1. A quins sectors pertanyen aquestes dues professions?
2. Per què penses que s'estan recuperant aquests oficis?
3. Pregunta als teus pares per altres professions que estiguen en risc de desaparéixer. A quins sectors econòmics pertanyen?

El cicle de l'economia

L'economia passa per moments d'expansió i crisi. Evoluciona de forma cíclica, com les estacions de l'any, però amb una diferència: no es pot saber quant durarà cada fase.

Expansió. La primavera de l'economia és l'època en què naixen noves empreses i augmenta l'ocupació.

Prosperitat. L'estiu econòmic és època de recollida de fruits: augmenten els salaris i els beneficis, i la gent pot consumir més.

Crisi. La tardor de l'economia coincideix amb la caiguda del consum i de l'ocupació. Els beneficis empresarials també cauen.

Recessió. L'hivern és dur, però a poc a poc l'economia es recupera i s'aproxima a la primavera següent.

1. Quina relació hi ha entre l'augment de l'ocupació i l'increment del consum?
2. Debateu a classe. En quina estació de l'economia ens trobem en l'actualitat? Per què?

Una història per investigar

PROJECTE TRIMESTRAL
Descobrim la història

La moneda preferida

Si poguérem rebuscar en els calaixos d'algunes cases, és probable que hi trobàrem monedes interessants d'èpoques diverses.

Treballarem segons el mètode científic per a descobrir algunes qüestions sobre les dues últimes monedes que s'han usat al nostre país.

1 Per començar, pots identificar aquestes monedes? Busca com s'anomenen i indica i escriu en el quadern totes les característiques que conegues sobre cada una.

a

b

2 Poseu en comú la informació que heu recollit cada un i completeu una fitxa sobre cada moneda. Si no coneixeu totes les dades, podeu seguir buscant informació en la biblioteca o en internet.

Nom de la moneda: • • •

Procedència del seu nom: • • •

Imatges de l'anvers i revers: • • •

Quantitats de les monedes: • • •

Quantitats dels bitllets: • • •

Durada del seu ús: • • •

Països on circulava: • • •

3 **Ja has vist que les dues monedes han funcionat al nostre país i pot ser que et planteges algunes preguntes que no sàpies com respondre:**

- L'euro és més o menys còmode que la pesseta?
- Està acostumada la gent a la nova moneda?
- Influeix l'edat en aquesta acceptació?

Per a investigar aquestes qüestions utilitzarem el mètode científic aplicat a les ciències socials, amb els passos que et proposem a continuació.

PAS 1	**OBSERVAR** Prestar atenció a la gent que utilitza els diners.		**a)** Vés a botigues i caixes de supermercats i observa si hi ha problemes amb els canvis, què ocorre amb les monedes de cèntim d'euro, com les manegen les persones majors, etc.
PAS 2	**IDENTIFICAR EL PROBLEMA** Investigar quina de les dues monedes és millor valorada pels espanyols quant al seu ús.		**b)** Pregunta als teus familiars com va ser el canvi de la pesseta a l'euro i com el van viure ells.
PAS 3	**FORMULAR UNA HIPÒTESI** Buscar una afirmació que reculla la idea que volem confirmar.		**c)** Una hipòtesi és una idea d'investigació, per exemple, "els espanyols segueixen pensant en pessetes". Si al final del teu estudi comproves que és certa, la hipòtesi es convertirà en una conclusió.
PAS 4	**INVESTIGAR** Determinar un nombre de persones que servisca com a mostra per a plantejar l'enquesta.		**d)** Fes l'enquesta al nombre de persones seleccionat i anota les seues respostes.
PAS 5	**TRACTAR LES DADES** Organitzar totes les dades que s'hi han obtingut.	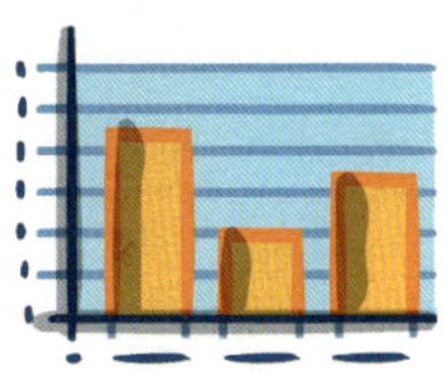	**e)** Fes un gràfic de barres amb el nombre de persones que pensen en euros, les que ho fan en pessetes i les que no saben contestar.
PAS 6	**TRAURE CONCLUSIONS** Determinar si la hipòtesi és verdadera o falsa.		**f)** Quan tragues conclusions, hauràs de dir si és certa o falsa la hipòtesi que has plantejat inicialment i explicar per què.

Aprén més

Aprén més Cronologia

1 Els paisatges d'Espanya

1916 Aprovació de la primera llei de parcs nacionals.

1918 Declaració dels primers parcs nacionals espanyols, els Picos de Europa i Ordesa i el Mont Perdut.

1954 Las Cañadas del Teide i La Caldera de Taburiente, declarades parcs nacionals.

1973 Declaració del Parc Nacional de Las Tablas de Daimiel.

2002 Declaració del Parc Nacional de les Illes Atlàntiques de Galícia.

2013 Declaració del Parc Nacional de la Serra de Guadarrama.

2014 Espanya posseeix 15 parcs nacionals.

2 Els paisatges d'Europa

1972 Cimera de París, en la qual es debat sobre la contaminació del medi ambient.

1973 Primer programa europeu d'acció en matèria de medi ambient (1973-1976).

1979 Directiva d'aus, relativa a la protecció de les aus i dels seus hàbitats.

1992 Directiva d'hàbitats, relativa a la conservació dels hàbitats naturals i de la flora i fauna silvestres.

1994 Creació de l'Agència Europea del Medi Ambient.

2002 S'aprova el Protocol de Kyoto sobre canvi climàtic.

2006 Estratègia de desenvolupament sostenible.

2010 Estratègia Europa 2020.

2013 Seté Programa Europeu d'Acció en Matèria de Medi Ambient (2013-2020).

3 Els inicis de l'edat contemporània

1788-1808 Regnat de Carles IV.

1789-1799 Revolució Francesa.

1808-1814 Guerra del Francés a Espanya.

1808-1813 Regnat de Josep Bonaparte.

1810 S'inicien els processos d'independència de les colònies espanyoles a Amèrica.

1812 S'aprova la primera constitució espanyola.

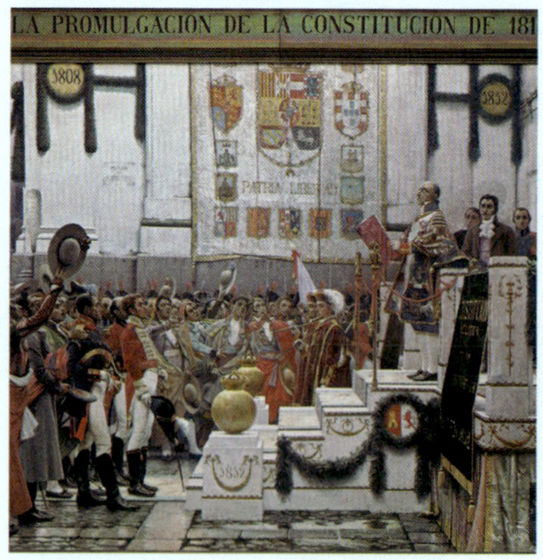

1813-1833 Regnat de Ferran VII.

1833-1868 Regnat d'Isabel II.

1868-1874 Sexenni democràtic.

1874-1885 Regnat d'Alfons XII.

1885-1902 Regència de Maria Cristina d'Habsburg.

1898 Crisi política i social per la pèrdua de Cuba, Filipines i Puerto Rico.

4 La nostra història recent

1902-1931 Regnat d'Alfons XIII.

1923-1930 Dictadura de Primo de Rivera.

1931-1936 II República Espanyola.

1936-1939 Guerra Civil Espanyola.

1939-1975 Dictadura de Franco.

1975-2014 Regnat de Joan Carles I.

1978 S'aprova la constitució actual.

1986 Entrada d'Espanya en la Comunitat Europea.

2004 Atemptat terrorista d'Al-Qaeda a Madrid.

2014-actualitat Felip VI, rei d'Espanya.

5 Els sectors econòmics

1831 Instal·lació de la primera màquina de vapor.

1919 Inauguració del metro de Madrid.

1931 Obertura de l'aeroport Madrid-Barajas.

1932 Aprovació de la Llei de reforma agrària.

1941 Creació de l'Instituto Nacional de Industria.

1959 Promulgació del Pla Nacional d'Estabilització Econòmica.

1969 Naixement d'internet a partir de la primera connexió entre computadores.

1988 S'inicia la planificació en recerca i desenvolupament.

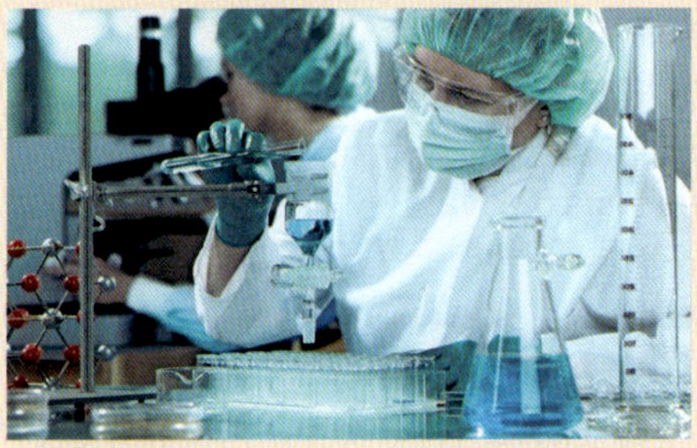

1989 Es regularitza l'agricultura ecològica.

6 Els diners i el consum

1831 Es crea la Borsa de Valors de Madrid.

1850 Primer segell postal.

1856 Fundació del Banc d'Espanya, antic Banco de San Carlos de 1782.

1868 L'escut és substituït per la pesseta.

1929-1933 Crisi financera mundial causada per la caiguda ràpida del mercat de valors.

1973-1974 Crisi del petroli.

2002 La pesseta és substituïda per l'euro.

2008 Crisi financera amb efectes negatius sobre la producció i l'ocupació.

2011 Regulació de diners electrònics o *e-money*.

2012 Rescat de l'FMI i de la UE al sistema bancari.

Roques i minerals... per totes bandes!

Les roques i els minerals que arreplegues quan fem una excursió pel camp no només serveixen perquè els col·leccionem.

L'ésser humà els empra per a fer **construccions** i també com a **matèria primera** per a obtindre una gran quantitat de productes.

A les **pedreres** s'aconsegueixen **roques** que després s'empren per a fer edificis, ponts, aqüeductes, voreres dels carrers, etc.

Aqüeducte de Segòvia, construït en pedra pels romans.

A les **mines** s'obtenen **minerals**, que tenen moltíssims usos. Els **minerals metàl·lics**, com el coure, s'utilitzen per a fer els **cables** que transmeten l'electricitat.

Les **pedres precioses** són minerals que s'utilitzen en joieria. Són molt escassos i per això tenen molt de valor. El diamant, la maragda o el robí són alguns d'aquests.

Altres minerals s'usen per a fer **productes mèdics** i **farmacèutics**, així com **en la higiene diària de les persones**.

És el cas del **guix** amb el qual ens immobilitzen un braç quan ens l'hem trencat.

La pasta de dents que utilitzes té **fluor**, que ve d'un mineral anomenat *fluorita*.

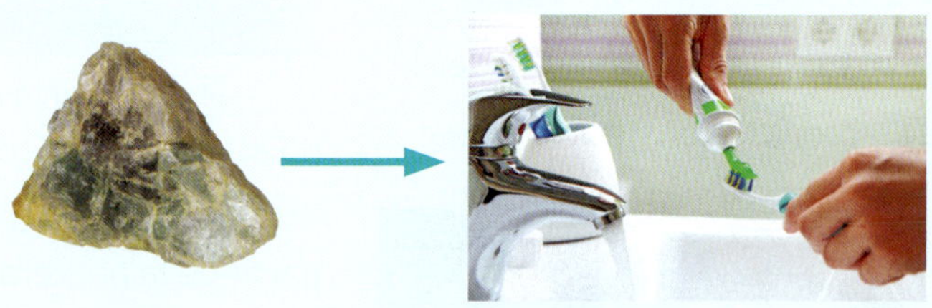

Els minerals també s'utilitzen per a l'**alimentació**. El nostre organisme necessita minerals per a dur a terme les seues funcions.

Molts es troben de forma natural en els aliments que consumim, com el calci, molt abundant en la **llet i els seus derivats**. Altres són utilitzats per a condimentar el menjar, com en el cas de la **sal**.

1. Per què són tan cares les pedres precioses? Busca a quins llocs d'Espanya hi ha presència d'aquestes pedres.

2. Entra a la cuina de ta casa i fes una llista amb els objectes i productes que cregues que han sigut elaborats amb roques o minerals.

Petroli, una roca líquida

En alguns **jaciments subterranis** s'obté **petroli**, considerat l'única roca líquida que hi ha a la Terra.

És el resultat de la **descomposició d'organismes** que van viure fa milions d'anys, convertits en matèria inorgànica que s'acumula en capes davall de la superfície terrestre.

Per a arribar a aquestes capes es construeixen **pous de petroli**, que perforen part de l'escorça terrestre.

El petroli s'utilitza com a **combustible** i per a la fabricació d'altres materials, com ara plàstics o asfalt.

Gasolina i gasoil

Querosé

Plàstic

Asfalt

Un bé escàs i mal repartit

L'aigua és una substància essencial per a tots els éssers vius que habiten al planeta Terra. Sense aigua, la vida seria impossible. Gràcies al cicle de l'aigua tenim assegurada la presència permanent d'aquesta entre la població mundial.

No obstant això, el mal ús que en ocasions fem de l'element líquid pot ocasionar períodes d'escassetat o la contaminació d'unes aigües que necessitem per al nostre ús quotidià.

A Espanya, a més, hi ha un altre problema greu: les precipitacions en bona part del territori són poc abundants. Fins i tot en algunes zones, com el sud-est peninsular i les Canàries, són bastant escasses. Aquesta escassetat pot afectar el consum humà, l'agricultura, la ramaderia i la indústria alimentària.

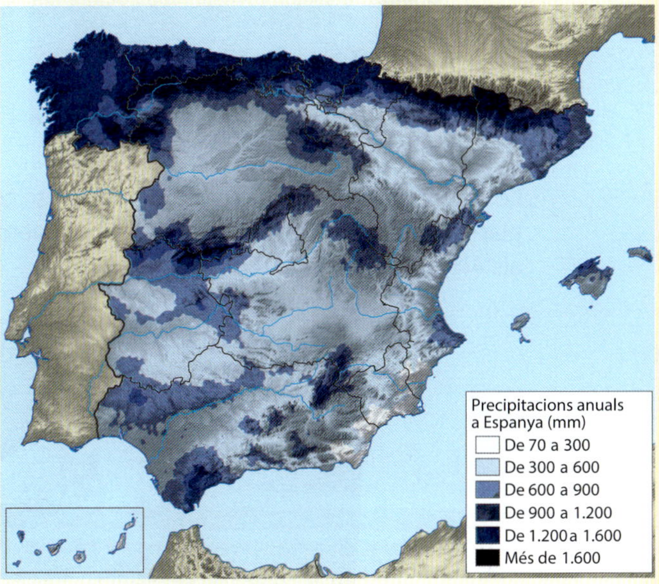

3. Observa el mapa. A quines comunitats plou menys? A quines plou més? Compara aquest mapa amb el de la pàgina 25. Quina relació observes entre els dos mapes?

4. En grups, penseu en possibles mesures per a evitar que les zones on plou menys es vegen perjudicades per la falta d'aigua.

Els paisatges d'Europa

La navegació d'interior

La majoria dels rius, llacs i canals europeus són navegables. Gran part del transport de mercaderies sol fer-se per aquests llits d'aigua dolça, cosa que contribueix al desenvolupament de la indústria i el comerç dels països.

En el segle XVIII els monarques espanyols van projectar una xarxa de canals navegables, amb la intenció d'unir les conques dels principals rius amb el mar, i així facilitar la navegació interior a Espanya.

El canal de Castella és un exemple dels projectes hidrològics que es van dur a terme a Espanya durant el segle XVIII.

Els paisatges que canvien

Els paisatges europeus i els éssers vius que hi viuen estan afectats pel calfament global.

El calfament global també està relacionat amb l'augment dels **incendis forestals**. La **pèrdua d'arbres** contribueix a augmentar la temperatura del planeta.

La pèrdua de vegetació fa que els sòls es tornen cada vegada més **àrids**. Això afavoreix l'augment de les **zones desèrtiques**, com està ocorrent al sud d'Europa.

Les **glaceres** europees s'estan **fonent**. Fins i tot, moltes muntanyes espanyoles, que estaven cobertes per glaceres, hui en dia a penes tenen neu a l'hivern. Aquestes fotografies ens mostren la **reculada d'una glacera** als Alps de Suïssa.

1. Quines conseqüències creus que pot tindre per a les persones l'avanç de les zones desèrtiques a Espanya? I els incendis forestals?
2. Quins altres efectes pot tindre l'augment de la temperatura sobre els nostres paisatges?

Si és global, també afecta els països més pobres?

El canvi climàtic provoca més desplaçats que un conflicte armat

Quan l'Agència de Nacions Unides per als Refugiats, ACNUR —creada per a atendre els desplaçats per la II Guerra Mundial—, comença a prendre mesures en el tema del canvi climàtic, sembla clar que la migració forçosa serà una de les principals conseqüències d'aquest fenomen.

De fet, ACNUR calcula que entre 250 i 1.000 milions de persones de tot el món perdran les seues cases o es veuran forçades a mudar-se de territori i fins i tot de país en els pròxims 50 anys.

Diari *El País*, 10 d'octubre de 2014

1. La seua vida i les seues **activitats** depenen del medi on viuen.

2. El calfament global provoca **pèrdua de collites**.

3. A vegades, s'alternen sequeres perllongades amb **pluges torrencials**.

Quan perden les collites, milions de persones es queden exposades a períodes llargs de molta **fam**.

Les pluges torrencials provoquen el **desbordament** de rius, a vegades ocupats pels poblats on viuen.

3. Observa aquestes imatges. Creus que la forma de vida d'aquestes persones contribueix al calfament global? Et sembla just que en patisquen les conseqüències? Explica per què.

4. Consulta el mapa de les migracions del teu *Atles* i observa quins continents són els que tenen més població que emigra a altres llocs.

Aprén més — Els inicis de l'edat contemporània

La independència de les colònies espanyoles d'Amèrica

Durant el segle XIX, es va anar produint la declaració d'independència de les colònies que Espanya tenia a Amèrica:

1808 — Guerra del Francés a Espanya

1811. Independència de Paraguai. Inici de les declaracions d'independència de les colònies espanyoles a Amèrica.

La Guerra del Francés a Espanya va afavorir l'inici del moviment per la independència a l'Amèrica hispana.

1814 — Regnat de Ferran VII

1816. Independència de l'Argentina.

1818. Independència de Xile.

1819. Independència de Colòmbia.

1821. Independència del Perú.

1821. Independència de Mèxic, Guatemala, Hondures, el Salvador, Nicaragua, Costa Rica i Panamà.

1822. Independència de l'Equador.

1823. Independència de Veneçuela.

1825. Independència de Bolívia.

1828. Independència de l'Uruguai.

El militar José Francisco de San Martín va tindre una participació decisiva per a la independència de l'Argentina, Xile i el Perú.

La batalla d'Ayacucho, en 1824, va suposar la fi del virregnat del Perú.

1833 — Període de regències i regnat d'Isabel II

1863. Independència de la República Dominicana.

1868 — Període democràtic

1874 — Restauració borbònica

1898. Independència de Filipines.

Atac de soldats filipins a un convent espanyol.

1898-1902. Independència de Cuba.

L'escriptor José Martí va fundar el Partit Revolucionari Cubà,amb l'objectiu principal d'aconseguir la independència de Cuba.

1. Durant el regnat de quin monarca espanyol es van declarar independents la gran majoria dels territoris americans? En quin període no hi va haver declaracions d'independència?
2. Quan es va produir l'última declaració d'independència? En quin any?

Causes de la independència de l'Amèrica hispana

El descontentament dels criolls

Els criolls eren persones que havien nascut al continent americà, però que tenien origen europeu, sobretot espanyol.

Tot i que formaven part dels grups de poder econòmic i social, moltes vegades estaven allunyats dels càrrecs polítics, que estaven en mans dels nascuts a Espanya.

Això va fer que una part important d'ells dirigiren els moviments independentistes americans.

Simón Bolívar va ser un militar i polític veneçolà que va contribuir a la independència de les actuals Bolívia, Colòmbia, l'Equador, el Perú, Veneçuela i Panamà.

L'exemple dels Estats Units

Les crisis econòmiques i polítiques a Espanya van provocar que els territoris americans cada vegada tingueren més autonomia.

A més, l'exemple dels Estats Units, que havia aconseguit la independència de Gran Bretanya el 1776, va espentar les colònies espanyoles a seguir el mateix camí.

La difusió de les idees liberals i il·lustrades

Aquestes idees havien estés els principis de llibertat i igualtat, que van començar a demanar els habitants de les colònies.

El buit de poder

La invasió napoleònica de la península Ibèrica va provocar un buit de poder que va ser aprofitat per les colònies per a exigir la independència.

3. Qui eren els criolls? Quina importància van tindre en els processos d'independència de les colònies espanyoles d'Amèrica?

4. Quins altres factors van influir en aquests processos independentistes?

5. Amb l'ajuda del mapa identifica a quins nous estats es van integrar aquests territoris després de la seua independència d'Espanya.

Els sectors econòmics

En què treballen els europeus?

La població europea du a terme diverses activitats econòmiques.

El **sector primari** ocupa només **4 persones de cada 100**. Són els treballadors que es dediquen a activitats com la pesca, l'agricultura, la ramaderia, la mineria i l'explotació forestal.

Encara que en el passat aquest sector ocupava una àmplia majoria de la població europea, hui en dia és molt minoritari.

La mecanització del treball al camp i la importació de productes d'altres continents ha fet disminuir la presència d'aquests treballadors a Europa.

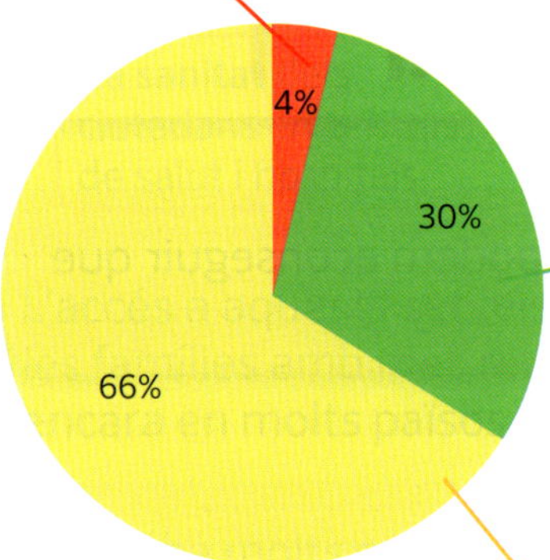

POBLACIÓ ACTIVA EUROPEA

El **sector secundari** ocupa **30 persones de cada 100**. Són treballadors que duen a terme la seua activitat en zones industrials.

Alguns es dediquen a la fabricació de productes metal·lúrgics o químics. Altres produeixen maquinària i automòbils.

En l'actualitat s'està desenvolupant la indústria d'alta tecnologia, especialment la dedicada als productes informàtics i electrònics.

El **sector terciari** ocupa **66 persones de cada 100**. Són els empleats de les activitats de comerç, transport, serveis socials o turisme.

Europa és el continent que més intercanvis comercials efectua amb la resta del món.

Posseeix una excel·lent xarxa de transport per carretera, ferrocarril i aèria. A més, és la principal destinació turística del món.

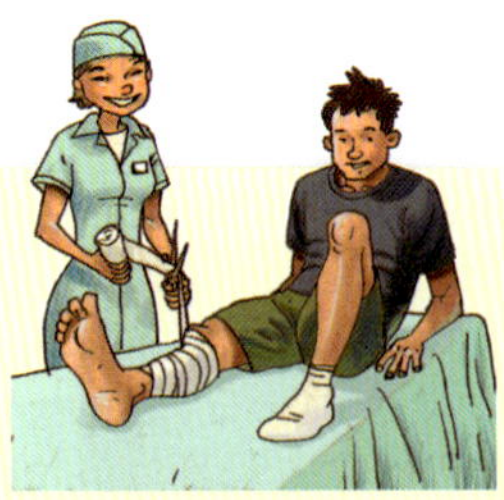

1. Posa cinc exemples de professions en cada un dels sectors d'activitat econòmica.
2. En quin sector econòmic treballen els teus familiars més pròxims?

Causes de la independència de l'Amèrica hispana

El descontentament dels criolls

Els criolls eren persones que havien nascut al continent americà, però que tenien origen europeu, sobretot espanyol.

Tot i que formaven part dels grups de poder econòmic i social, moltes vegades estaven allunyats dels càrrecs polítics, que estaven en mans dels nascuts a Espanya.

Això va fer que una part important d'ells dirigiren els moviments independentistes americans.

Simón Bolívar va ser un militar i polític veneçolà que va contribuir a la independència de les actuals Bolívia, Colòmbia, l'Equador, el Perú, Veneçuela i Panamà.

L'exemple dels Estats Units

Les crisis econòmiques i polítiques a Espanya van provocar que els territoris americans cada vegada tingueren més autonomia.

A més, l'exemple dels Estats Units, que havia aconseguit la independència de Gran Bretanya el 1776, va espentar les colònies espanyoles a seguir el mateix camí.

La difusió de les idees liberals i il·lustrades

Aquestes idees havien estés els principis de llibertat i igualtat, que van començar a demanar els habitants de les colònies.

El buit de poder

La invasió napoleònica de la península Ibèrica va provocar un buit de poder que va ser aprofitat per les colònies per a exigir la independència.

3. Qui eren els criolls? Quina importància van tindre en els processos d'independència de les colònies espanyoles d'Amèrica?
4. Quins altres factors van influir en aquests processos independentistes?
5. Amb l'ajuda del mapa identifica a quins nous estats es van integrar aquests territoris després de la seua independència d'Espanya.

Els sectors econòmics

En què treballen els europeus?

La població europea du a terme diverses activitats econòmiques.

El **sector primari** ocupa només **4 persones de cada 100**. Són els treballadors que es dediquen a activitats com la pesca, l'agricultura, la ramaderia, la mineria i l'explotació forestal.

Encara que en el passat aquest sector ocupava una àmplia majoria de la població europea, hui en dia és molt minoritari.

La mecanització del treball al camp i la importació de productes d'altres continents ha fet disminuir la presència d'aquests treballadors a Europa.

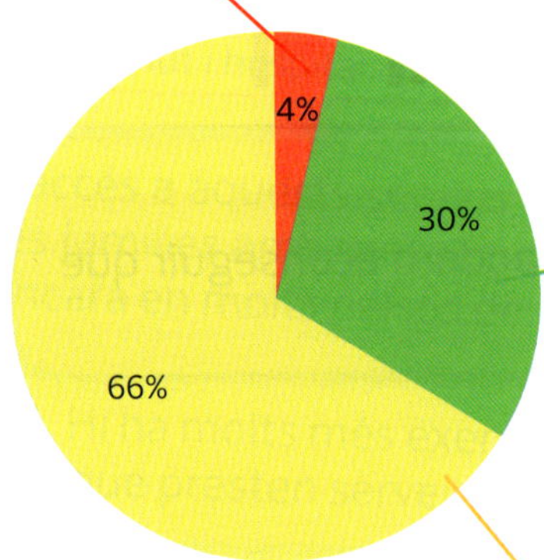

POBLACIÓ ACTIVA EUROPEA

El **sector secundari** ocupa **30 persones de cada 100**. Són treballadors que duen a terme la seua activitat en zones industrials.

Alguns es dediquen a la fabricació de productes metal·lúrgics o químics. Altres produeixen maquinària i automòbils.

En l'actualitat s'està desenvolupant la indústria d'alta tecnologia, especialment la dedicada als productes informàtics i electrònics.

El **sector terciari** ocupa **66 persones de cada 100**. Són els empleats de les activitats de comerç, transport, serveis socials o turisme.

Europa és el continent que més intercanvis comercials efectua amb la resta del món.

Posseeix una excel·lent xarxa de transport per carretera, ferrocarril i aèria. A més, és la principal destinació turística del món.

1. Posa cinc exemples de professions en cada un dels sectors d'activitat econòmica.

2. En quin sector econòmic treballen els teus familiars més pròxims?

Causes de la independència de l'Amèrica hispana

El descontentament dels criolls

Els criolls eren persones que havien nascut al continent americà, però que tenien origen europeu, sobretot espanyol.

Tot i que formaven part dels grups de poder econòmic i social, moltes vegades estaven allunyats dels càrrecs polítics, que estaven en mans dels nascuts a Espanya.

Això va fer que una part important d'ells dirigiren els moviments independentistes americans.

Simón Bolívar va ser un militar i polític veneçolà que va contribuir a la independència de les actuals Bolívia, Colòmbia, l'Equador, el Perú, Veneçuela i Panamà.

L'exemple dels Estats Units

Les crisis econòmiques i polítiques a Espanya van provocar que els territoris americans cada vegada tingueren més autonomia.

A més, l'exemple dels Estats Units, que havia aconseguit la independència de Gran Bretanya el 1776, va espentar les colònies espanyoles a seguir el mateix camí.

La difusió de les idees liberals i il·lustrades

Aquestes idees havien estés els principis de llibertat i igualtat, que van començar a demanar els habitants de les colònies.

El buit de poder

La invasió napoleònica de la península Ibèrica va provocar un buit de poder que va ser aprofitat per les colònies per a exigir la independència.

3. Qui eren els criolls? Quina importància van tindre en els processos d'independència de les colònies espanyoles d'Amèrica?

4. Quins altres factors van influir en aquests processos independentistes?

5. Amb l'ajuda del mapa identifica a quins nous estats es van integrar aquests territoris després de la seua independència d'Espanya.

Serveis per a tots

Els serveis públics són aquells que permeten resoldre les necessitats de la població. L'estat pot prestar aquests serveis directament o bé deixar-los en mans d'empreses privades, però amb el control estatal. Aquests en són alguns exemples:

L'**educació** dels xiquets i jóvens als col·legis, instituts i universitats.

La **seguretat dels ciutadans**, gràcies a serveis com els dels bombers o la policia.

La **sanitat** dels ciutadans en centres de salut i hospitals.

La distribució de l'**energia** i l'**aigua potable**, així com la **recollida de residus**.

L'accés a aquests serveis és una de les grans conquestes de la nostra història recent. Fa un segle, només les famílies amb més recursos podien accedir a una bona sanitat o educació. I per desgràcia, així succeeix encara en molts països del món.

1. Hi ha molts més exemples de serveis públics. Entre tots, feu una llista amb almenys deu professions que presten serveis públics.

Segurs pel carrer!

Quan viatges amb cotxe o amb autobús escolar has de portar cordat el **cinturó de seguretat**.

Quan creues per un **pas de vianants** has d'assegurar-te que els vehicles estiguen detinguts.

Quan portes **patins**, **patinet** o **monopatí** per la vorera, has d'anar al pas normal d'un vianant.

2. Dibuixa alguns senyals de trànsit, explica què signifiquen i les conseqüències que tindria no complir-los.

Respectar els drets de cada u

Els drets humans els posseeix qualsevol individu, independentment de la seua ètnia, color, sexe, idioma, religió o posició econòmica. En les societats més avançades hi ha un respecte total a aquests drets, que s'han anat aconseguint en tres etapes:

Primera generació de drets

Van ser els primers a ser declarats, a **final del segle XVIII**. Són drets civils i polítics, centrats en la **llibertat**:

- Dret a la vida.
- Dret a la llibertat religiosa i de pensament.
- Dret per a associar-se i participar en la vida política.

Segona generació de drets

Van començar a ser reconeguts **cap al 1920**. Són drets centrats en la **igualtat** d'oportunitats per a tots.

- Dret al treball.
- Dret a rebre assistència sanitària.
- Dret a la cultura i a l'educació.

Tercera generació de drets

Són aquells que defensen els interessos humans globals, com la solidaritat dels pobles o la necessitat de viure en un entorn saludable.

- Dret a la pau.
- Dret a un medi ambient sa i que perdure en el temps.

3. Posa exemples de situacions en què no es compleixen aquests drets. Com podem aconseguir que es respecten?

Països jóvens i ancians

Els països menys desenvolupats tenen més població jove que anciana.

Són països jóvens, ja que la natalitat és molt alta i l'esperança de vida, baixa.

Els països desenvolupats, com el nostre, tenen molta població major de 65 anys i pocs jóvens.

Són països envellits perquè tenen una taxa de natalitat baixa i una esperança de vida alta.

A

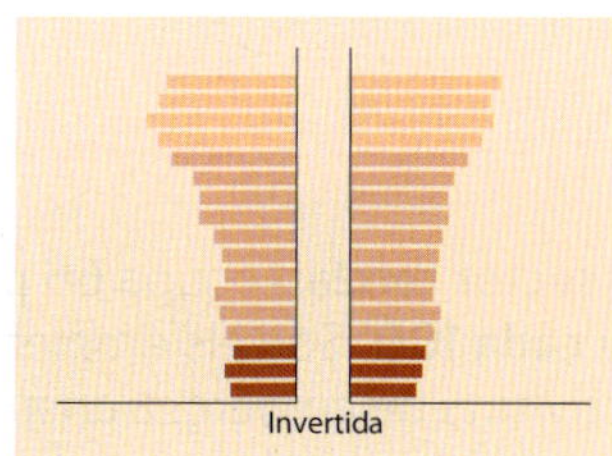

B

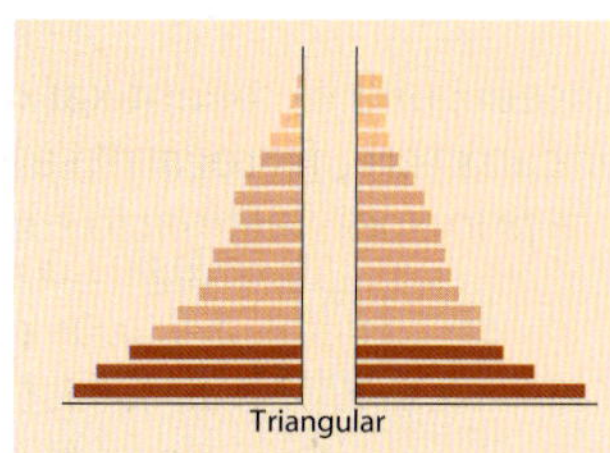

4. Observa les piràmides de població. Quina correspon a un país envellit? Quines dades ho indiquen?

5. A quina creus que ens referim quan parlem de superpoblació?

En què treballen els europeus?

La població europea du a terme diverses activitats econòmiques.

El **sector primari** ocupa només **4 persones de cada 100**. Són els treballadors que es dediquen a activitats com la pesca, l'agricultura, la ramaderia, la mineria i l'explotació forestal.

Encara que en el passat aquest sector ocupava una àmplia majoria de la població europea, hui en dia és molt minoritari.

La mecanització del treball al camp i la importació de productes d'altres continents ha fet disminuir la presència d'aquests treballadors a Europa.

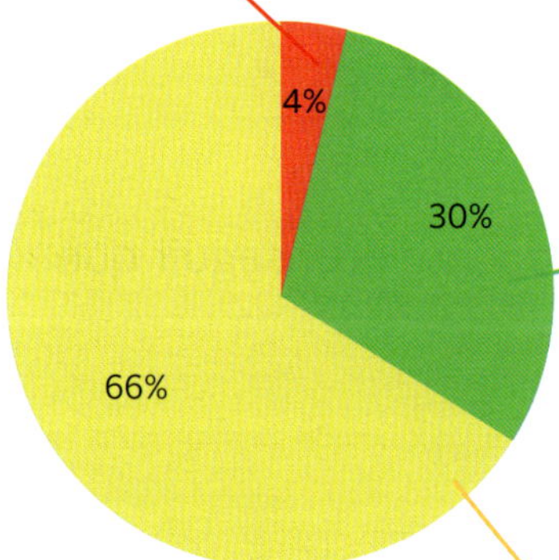

POBLACIÓ ACTIVA EUROPEA

El **sector secundari** ocupa **30 persones de cada 100**. Són treballadors que duen a terme la seua activitat en zones industrials.

Alguns es dediquen a la fabricació de productes metal·lúrgics o químics. Altres produeixen maquinària i automòbils.

En l'actualitat s'està desenvolupant la indústria d'alta tecnologia, especialment la dedicada als productes informàtics i electrònics.

El **sector terciari** ocupa **66 persones de cada 100**. Són els empleats de les activitats de comerç, transport, serveis socials o turisme.

Europa és el continent que més intercanvis comercials efectua amb la resta del món.

Posseeix una excel·lent xarxa de transport per carretera, ferrocarril i aèria. A més, és la principal destinació turística del món.

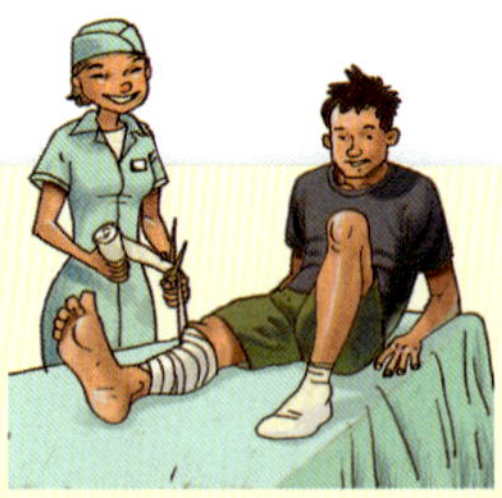

1. Posa cinc exemples de professions en cada un dels sectors d'activitat econòmica.
2. En quin sector econòmic treballen els teus familiars més pròxims?

Cada territori té la seua activitat

Sector primari

A pesar que aquest sector no ocupa molts treballadors, extensions molt grans d'Europa estan dedicades a l'**agricultura**.

Aquesta activitat és molt important al sud, on es conrea cereal, olivera i vinya, i a la plana de l'Europa central, on destaquen els cereals i els cultius de regadiu.

Els oliverars són molt freqüents a tota l'Europa mediterrània.

A la plana de l'Europa central l'agricultura està molt mecanitzada.

La **ramaderia extensiva** és aquella que es du a terme a l'aire lliure. Es localitza a les àrees muntanyenques i en planes arbrades. És el cas de les deveses espanyoles, on hi ha explotacions de porc ibèric.

La **ramaderia intensiva** es du a terme en estables i granges, on els animals estan tancats i són alimentats amb pinsos. Aquestes explotacions són freqüents als països del nord.

Camp d'alzines i cria de bestiar porcí a Espanya.

Granja de pollastres al centre d'Europa.

Sector secundari

La **indústria** europea es concentra sobretot als països que es van industrialitzar abans, com el Regne Unit, França, els Països Baixos, Bèlgica, Alemanya i el nord d'Itàlia.

La industrialització als països del sud es va produir dècades després, encara que s'ha anat estenent en les últimes dècades.

La fabricació de cotxes és una de les activitats més freqüents de la indústria europea i espanyola.

Les indústries d'alta tecnologia, com les que fabriquen ordinadors i mòbils, estan en ple desenvolupament.

Sector terciari

El comerç és l'activitat més important del continent europeu. La creació de la Unió Europea va permetre l'eliminació de les barreres comercials que existien fins aquell moment per a exportar i importar productes d'uns països a uns altres.

El turisme també està molt desenvolupat a Europa. Destaca el turisme cultural, a les grans ciutats del continent, el turisme de sol i platja, molt important als països mediterranis, i el turisme rural, en auge en les últimes dècades.

Itàlia és un dels països europeus més visitats pels turistes.

3. Quina diferència hi ha entre la ramaderia extensiva i la intensiva?

4. Quins llocs de treball creus que crea el turisme? Comparteix la teua opinió amb els teus companys.

Aprén més | Els diners i el consum

Guanye més diners dels que gaste!

Imagina que reps una paga totes les setmanes. Al llarg dels mesos, has anat gastant tot el que necessitaves i així i tot et segueixen sobrant diners per a estalviar en la vidriola. Aquesta quantitat de diners sobrants és el **superàvit**.

Amb els països succeeix una cosa semblant: un país **ingressa** diners de diverses formes, però també té unes **despeses** que ha de pagar.

UN PAÍS INGRESSA DINERS AMB...

- Els impostos que paguen els ciutadans a canvi dels serveis socials.
- Els impostos que aporten les empreses per a dur a terme la seua activitat.
- Els beneficis de les empreses públiques.
- El cobrament d'interessos de diners prestats a altres països.

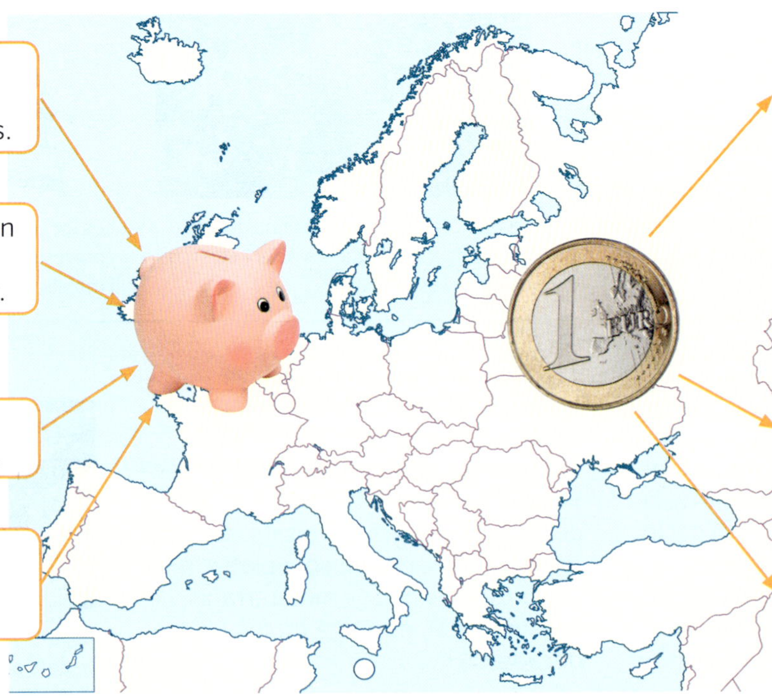

UN PAÍS TÉ DESPESES DE...

- La sanitat de la població i l'educació de xiquets i jóvens.
- Les pensions de les persones ancianes i el sou dels funcionaris.
- El pagament d'interessos dels diners que s'han demanat prestats a altres països o institucions financeres.
- Les infraestructures i el manteniment de les propietats i espais públics.

Si els **ingressos superen les despeses** d'un país, es produeix una situació de **superàvit**. Això ocorre en els moments de **creixement econòmic**.

L'estat pot estalviar part d'aquests diners per a moments posteriors, en què els puga necessitar, i dedicar una altra part d'aquesta quantitat a la **inversió**, bé siga en la construcció de noves infraestructures o per a fer préstecs a altres països i així obtindre'n interessos en el futur.

Guanye molt menys del que necessite!

Ara imagina que la teua família passa per un mal moment econòmic i et redueixen la paga a la meitat. Ja no pots gastar igual que abans per a tot el que necessites, així que no et queda més remei que **reduir les teues despeses**.

Però encara així, seguiràs necessitant disposar d'un poc més, per la qual cosa hauràs d'utilitzar part dels diners que tenies **estalviats**. I en el cas que hages utilitzat tot el que tenies estalviat i necessites seguir pagant les teues despeses, hauràs de demanar **diners prestats**.

Amb els països també ocorre el mateix: en els moments de **crisi** o **recessió**, la quantitat de diners que ingressa l'estat cau a nivells molt baixos. A més, part de les seues despeses augmenten, cosa que encara empitjora més la seua situació.

UN PAÍS EN CRISI HA D'ASSUMIR DESPESES...

Molts ciutadans es queden **sense treball**; per tant, ja no poden pagar tants impostos.

Cal demanar **diners prestats** per a afrontar les despeses imprescindibles, cosa que fa augmentar la despesa pel pagament dels interessos.

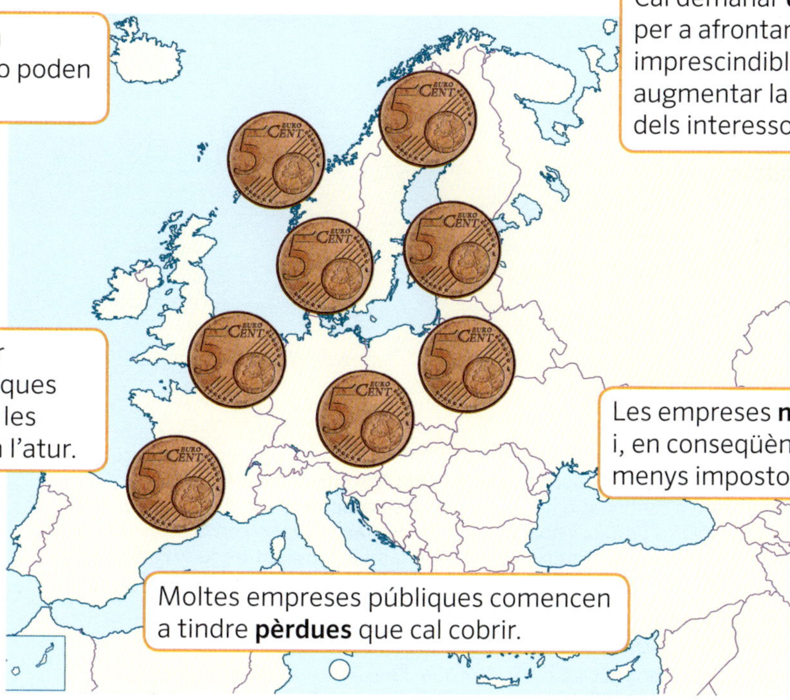

Cal destinar més diners per a pagar les ajudes econòmiques (**subsidi de desocupació**) a les persones que es queden en l'atur.

Les empreses **no tenen tants beneficis** i, en conseqüència, també aporten menys impostos.

Moltes empreses públiques comencen a tindre **pèrdues** que cal cobrir.

1. Explica amb les teues paraules què és el superàvit. En quines condicions econòmiques es dóna?

2. Quines mesures pot prendre un país que ha entrat en crisi per a poder seguir pagant les seues despeses?

El llibre de **Ciències socials** per a **6é de Primària** forma part del Projecte Editorial d'Educació Primària d'SM Arrels. En la seua realització ha participat l'equip següent:

Autoria
Sara Martín Heredia, Ezequiel Parra Benito, Alfredo de la Mata Carrasco (SM)
Juan Miguel Hidalgo, Vicente Moratalla (projectes trimestrals)

Edició
Vanesa Blanco Alonso, Alicia Gallego Cámara, Miguel García del Río, Maite Vílchez Gutiérrez (TIC)

Coordinació i assessorament lingüístics
Jaume Sellés Lloret, Trinidad Escudero Alcamí, Joan Antoni Lluch Hervàs / I més. Serveis Lingüístics i Editorials

Il·lustració
ARXIU SM; Ricardo Salas Loizaga; Gonzalo Izquierdo Fernández; El Bello Quebrado / Pelorroto; Lluís Filella García; Felipe López Salan; Marta Montaña; Víctor Fuertes Melón; Edgar Sicilia Calvo; David Arumí; Marcelo Pérez De Muti; Galofré; Estudio artefacto (Artefactum); SHUTTERSTOCK; RUGOMA CARTOGRAFÍA; GEOTEC
Coberta: Jesús Gabán (del llibre *Los niños del aire*, SM, 2008)

Cartografia
GlezBros, Silvia Gabaldón González

Fotografia
Sonsoles Prada, Javier Calbet, Fidel Puerta, Juan Baraja, Almudena Esteban, Yolanda Álvarez, José Manuel Navia, Montse Fontich, Matías Costa Marchisio, Sergio Cuesta, María Pía Hidalgo / ARXIU SM; C. / F. Martín, Ricardo Salas Loizaga, Daniel Gallego Florez, Olimpia Torres, Estudio Dacar, Pedro Carrion Juarez, Emilio Pedrinacci (Foto), Ariel Alejandro Gómez, Carlos Roca Vidal; Mickael David, Ryan McVay / PHOTODISC; Jonald John Morales / Dreamstime; COMSTOCK IMAGES / GETTY IMAGES; CONTACTO; EFE; IBERIMAGE; ORONOZ; PRISMA; G TRES ON LINE; LATINSTOCK; PLANOGRAFICO; ACI; CORBIS; ALINARI 24 ORE; TURGALICIA; PHOVOIR; INGRAM; INGIMAGE; THINKSTOCK; CORDON PRESS; 123RF; SHUTTERSTOCK; ESO (Observatori Europeu del Sud); iStock; NASA; MUSEU DEL PRADO; AGE FOTOSTOCK; ALBUM

Edició gràfica
Laura Villanueva Wheeler

Disseny de la coberta i dels interiors
Estudi SM

Maquetació
Equip SM; Equip I més

Responsable del projecte
Vanesa Blanco Alonso

Coordinació de continguts digitals
Mara Mañas Martínez

Coordinació editorial d'Humanitats
Javier Rambaud Cabello

Coordinació editorial de Primària
Nuria Corredera Arana, Nuria Vallina Fernández-Montes

Direcció d'Art del projecte
Mario Dequel Losa

Direcció editorial
Aída Moya Librero

Els fragments de les obres que citem tot seguit han sigut adaptats lingüísticament i de contingut per facilitar-ne la comprensió en el nivell educatiu de 6é de Primària: BRIGITTE LABÉ, MICHEL PUECH: *La feina i els diners?*, Cruïlla. A més, els fragments de les obres que citem a continuació han sigut traduïts i adaptat el segon fragment amb la mateixa finalitat: VICENTE VERDÚ: *Yo y tú, objetos de lujo*, Debate, 2005; ALVIN HALL: *Alucina con la economía*, SM. Finalment, els fragments de les diferents notícies que apareixen en el llibre també han sigut traduïts i adaptats de contingut.

Totes les activitats que conté aquest llibre s'han de fer en un quadern a banda, mai en el llibre mateix.
Els espais que hi ha són merament indicatius i tenen una finalitat exclusivament didàctica

ISBN: 978-84-675-7906-2
Depòsit legal: M-05403-2015
Imprés a la UE / *Printed in EU*

Aquest llibre està imprés en paper procedent de boscos gestionats de manera sostenible.